李商隐
咏物咏史爱情诗选

LI SHANGYIN

YONGWU YONGSHI AIQING SHIXUAN

曹　渊　注解

江西教育出版社
JIANGXI EDUCATION PUBLISHING HOUSE

·南昌·

图书在版编目（CIP）数据

李商隐咏物咏史爱情诗选 / 曹渊注解. -- 南昌：江西教育出版社，2025. 5. -- ISBN 978-7-5705-4869-9

Ⅰ. I222.742

中国国家版本馆CIP数据核字第2025N09M32号

李商隐咏物咏史爱情诗选

LI SHANGYIN YONGWU YONGSHI AIQING SHIXUAN

曹 渊 注解

江西教育出版社出版
（南昌市学府大道299号 邮编：330038）

出 品 人：熊 炽
责任编辑：樊 令
特约编辑：邓扶摇
特约校对：温 杰
封面设计：赵抒濛

各地新华书店经销
南昌市红星印刷有限公司印刷
889毫米 × 1194毫米 32开 11.875印张 235千字
2025年5月第1版 2025年5月第1次印刷

ISBN 978-7-5705-4869-9
定价：52.00元

赣教版图书如有印装质量问题，请向我社调换 电话：0791-86710427
总编室电话：0791-86705643 编辑部电话：0791-86705903
投稿邮箱：JXJYCBS@163.com 网址：http://www.jxeph.com

序

曹渊的《李商隐咏物咏史爱情诗选》即将出版，我很高兴。

这是一部很有特色的李商隐诗选。首先，他的书名和选目就不同于已有的多种李商隐诗选。书名标示，其所选集中于咏物、咏史、爱情三个类型，这显然就预示他要选入李商隐诗中被选率较低的某些诗篇。一看目录，果然，像《咏云》《齐梁晴云》《灯》《肠》《月》《赠歌妓》《饮席代官妓赠两从事》《饮席戏赠同舍》《戏赠张书记》《代越公房妓嘲徐公主》《代贵公主》一类诗，一般是不甚受重视者，而曹渊却选了它们，并声言编选它们的目的，是借以"呈现出李商隐诗歌最突出的面目特征，以期能更清晰、准确地认识这位思想深刻、艺术手法高超的诗人"。也就是说，曹渊倒是认为这三类诗最能体现李商隐诗歌思想艺术的特色和水平，以往重视不够，故须加以弥补。且不管曹渊的观点是否正确，其目的是否能够完美达成，他的《诗选》至少选入了许多通常会落选的作品，使读者可以品尝到更多的玉溪诗味，这就是一大特色，使这部《诗选》在玉溪诗选已多的情况下，仍有独立存在的价值。

本书的解读也很有特色。咏物、咏史、爱情（旧称“艳情”）在中国诗学里是些老概念，约定俗成地从题材、主题、诗面来分判作品。曹渊在遵照传统的基础上，又赋予新意——他自己的理解。他看到三者固然有别，但亦有共通之处、交叉之处，乃至混沌之处，并不是可以一刀切、分割得清清楚楚的，如《落花》(高阁客竟去)、《哀筝》(延颈全同鹤)就既是咏物，又有艳情色彩。关键在于曹渊发现了玉溪诗有将爱情泛化的趋势，不仅以男女之情寓托君臣关系，而且同事、朋友之间有时也会转成男女关系来写，如《寄蜀客》《离思》《摇落》《念远》等篇皆是。义山的这种做法影响其诗歌内涵，遂使咏物、咏史、爱情三者时有共通之处，简单化地截然分开是不科学的。故曹渊一面以三类型选诗，一方面也自觉不免“勉强”“笨拙”，乃特意作出声明，并另设“其他”一类予以弥补，以使这部《诗选》对李商隐诗艺的总体面貌照顾得更为周全。由此可见本书编撰者的一番苦心，及由此生成的又一特色。

第三个特点，一般解读古诗都遵循“知人论世”法，在诠释了诗中的时、地、名物、典实、词语之后，往往依据作者生平经历来解说诗意，这自然很是合理而有效，曹渊亦大体依循此法。然而他又能按实际情况处理，不把它们与李商隐生平作刻板联系，即不把所有的玉溪诗一律解释为作者的自传式叙述，而认为抒情诗人同样可以虚构情境、叙写故事、描绘他人。如此实事求是，就诗论诗，反倒取得某种自主性，避免重蹈前人说诗不得其解或牵强僵硬的覆辙，而常能自出新见。

另外，曹渊本人会写新诗，喜爱外国诗，善以现代人眼光心胸体会、发掘古人的心意，并能够以诗的思维和当代文学语言进行讲解。其有些解说虽未标榜叙事分析，而实暗合。这既说明玉溪诗本身有此特色，也可证叙事分析并非人为强加，而是符合诗歌实况，且有此客观需要。读曹渊的解说，有时仿佛感到是他受玉溪诗触发而进行的一种再创作，联想丰富，天马行空，有些篇章写得很别致，如对《天涯》《夜雨寄北》的解说。《天涯》五绝，原诗仅二十字，《夜雨寄北》七绝，原诗二十八字，曹渊的解说却都写成了一篇散文诗。这是一般拘谨者所不敢为的。我固然欣赏曹渊的才气和创造性，但尤其令我感佩的是义山诗歌情蕴之丰厚、思想之深刻，竟然能在千余年之后激发起人们的蓬勃诗情，引领一代又一代读者进入无限深邃的诗境，并引发出一轮又一轮新的艺术创作——近日恰巧先后读到广东罗英虹先生的《李商隐诗歌直解》（九州出版社，2021）和日本川合康三教授的《李商隐诗选》（凤凰出版社，2021），两家之书规模不同，风格体例亦殊，注释讲解各有千秋，但均使我对此点感触大大加深。我相信，今后还会有被李商隐诗歌激发起诗情的人，从读者变成作者，写出新的富于诗情和哲思的作品来。

曹渊研读李商隐诗多年，几可谓沉溺于此。他的这部《诗选》其实已草成多年。犹记 2014 年，他来报考博士生，就是拿着一本印好的《诗选》来行卷的。博士论文也是做的《晚唐三家研究——文学变革与时代变迁中的杜牧、李商隐和温庭筠》。毕业以后，他没有放下李商隐，将《诗选》反复修改、增删打磨，终于完成这样一部有特色的诗选。现在是到了贡献给社会，参与到与广大读者交流的行列，以更广泛听取意见的时候了。这将是曹渊进一步提高的重要途径。

我为他高兴，他寄来书稿，要我作序，我也就乐意为之。恰好这两天上海新冠疫情严峻，居家静养，乃草成此稿。

是为序。

董乃斌

2022 年 3 月 13 日

前　言

一、当此世生而不同此世

（一）

李商隐究竟是个什么样的人？——对于一个离世已一千多年的古人，今天的我们，谁又比谁知道多少呢？

有限的史料告诉我们，他是个有点小才、跟别人学了点文章技巧的文人，更是一个“诡薄无行”、背主“忘恩”与“放利偷合”之辈。（《新》《旧唐书·李商隐传》）——活脱脱一势利小人！

当然，这是严重的歪曲。李商隐绝非此等人。假使他仅仅是历史上某个不起眼的角色，除了这点史料就没别的什么了，那他也许真的就这么被定性了，——当然也不会引起多少关注。但他是个诗人，并且他的诗作流传至今。于是，通过阅读他的诗，我们得以知道：这是一个在文学艺术上罕见的天才；一个个性鲜明、思想深刻、见解独特、充满诗情画意的人；一个不合时宜、遍体鳞伤的人；一个内心倔强、终不肯向黑暗和世俗屈服的人……

我们知道，他宁愿四处漂泊，也不肯随波逐流；知道他宁愿困顿终生，也不肯违背自己的原则与操守。什么“归穷自解”，什么“屡启陈情”(《新》《旧唐书·李商隐传》)，不过就是后来“郎君官贵”(李商隐《九日》)的另一套说辞。

假如没有他的诗，我们就得不出这些。我们就可能真的只知道那个官方设定的李商隐形象。我们将不得不在这个框架里去试图印证什么或否定什么。但我们绝不会想象到他的诗所带给我们的非凡的想象。

假如没有诗，李商隐是什么样的人，只能是别人说的。尽管有了诗，他是什么样的人，还是别人说的。但诗也在说话。诗是李商隐自己在说。诗让每个评说李商隐的人努力去探寻那个最真实的李商隐。

那么，李商隐究竟是个什么样的人？——我们想从他早年写的两封书信说起。

因为这两封信，一是为了求知写给一位姓崔的刺史的，一是临别前写给他的好友令狐绹的，两封信的写作时间相距不长，都是在一种怨愤与近乎绝望的情绪下写成的，锋芒毕露，表现出作者强烈的思想个性。

(二)

在第一封信里，他向那位崔姓刺史——一个可能令他榜上有名也可能令他名落孙山的人和盘托出自己菲薄周孔、不以孔子的是非为是非的思想。——这人家能认可吗？

年轻人往往太急于向别人表达自己。信的后半部分道出了他这么急切的原因：

> 居五年间，未曾衣袖文章，谒人求知。必待其恐不得识其面，恐不得读其书，然后乃出。呜呼，愚之道可谓强矣！可谓穷矣！宁济其魂魄，安养其气志，成其强，拂其穷，惟阁下可望。辄尽以旧所为发露左右。恐其意犹未宣泄，故复有是说。(《上崔华州书》)

原来，他把人家看作自己唯一的希望。一段话，连用了三个“恐”字。前面两个“恐”，是倔强，也是无奈，后面一个“恐”，是太希望有人理解他了。

“愚之道可谓强矣！可谓穷矣！”——强则穷。谁叫你的道不是孔氏的道的？在一个不允许有独立思想的时代里，你这么强调自己的思想独立。——这合适吗？难怪你这一生要落得个“狂走远飏”(《别令狐拾遗书》) 的命；也难怪有人要出于义愤地宣布“此人不堪”(《与陶进士书》)。这不都源于你想越过孔子的人道而直接与最高的道相通吗！看来你是想走属于自己的道路。

道是什么？道即真理。但真理不是孔子的私人财产。真理人人有份。我就想“直挥笔为文”(《上崔华州书》)，碍着谁了？——你与整个主流价值观背离，你说碍着谁了?!

这哪是“为文”这么简单的。还好，这次没人跟你上纲上线，信发出后不久，你终于登第了。——当然，这还多亏了好友令狐绹的人情。

（三）

道，是一个哲学命题。古人用来指称宇宙人生的根本原理。在不同的人的思想认识里，道的具体内涵也不一样，如孔子的儒道，指道德仁义，是人之道；如老庄的道，指宇宙的本原与规律，是天之道。李商隐也说道。但他所谓的道肯定不是孔子的道，因为他说：

> 夫所谓道，岂古所谓周公、孔子独能邪？盖愚与周、孔俱身之耳。（《上崔华州书》）

所谓的“道”，难道就是周公、孔子说的那一套吗？难道就他们两个才会吗？不！我们每个人都可以的。既然是道，就该人人参与，人人有份。所以，他得出结论说：

> 以是有行道不系今古，直挥笔为文，不爱攘取经史，讳忌时世。（《上崔华州书》）

行道就行道，分什么今古！道不分今古的。“直挥笔为文”，——写出你自己就是了。你不用去管经史上说过什么！你也不用管当前的世道忌讳什么！

这是什么道？——是不迷信古人的道，是不盲从时世的道。

谁不迷信古人？不盲从时世？——是“我”。因此，这是“我”之道，是独立于今古时世的个人的道。

李商隐感叹：“愚之道可谓强矣！”——至此，我们也可附和道：可谓强矣。而下一个感叹：“可谓穷矣！”——则还有待他用一生的命运来印证。

（四）

李商隐有自己所信奉的道。这个道比起孔子的道最起码没有高下之别。因为他说：“夫所谓道……盖愚与周、孔俱身之耳。”可见，在道的面前，人人平等。孔子也并不比谁高明多少，或者他有他的高明，我自有我的；而人人之所得，无非都是从那人人“身之”的道中分有来的，所以“又岂能意分出其下哉！”（《上崔华州书》）

这样，所谓的“道”就与我们每一个人直接相通了，而不必经过像孔子这样的圣人。这究竟是个什么道呢？既然李商隐试图超越孔子，那我们就越过孔子往上探寻。李商隐曾为元结不以孔子为师辩护过，引用过元结的一番话：

> 次山之书曰：“三皇用真而耻圣，五帝用圣而耻明，三王用明而耻察。”（《容州经略使元结文集后序》）

“嗟嗟此书，可以无乎！”——这世上怎么能少了这样的书呢？

他如是赞叹道。可见，元结的这番话，他是完全认同的。

三皇，五帝，三王，呈逐级递减的态势，体现为前者所耻即后者所用。真，圣，明，察，一个不如一个。真最好。因此，这可以认为是一个不断失真的过程。真最好。因此，李商隐所谓的道可以称为崇尚“真”的道。

由此来看，李商隐是个认“真”的人。再来看他还跟别人说过什么认“真”的话：

> 千百年下，生人之权，不在富贵，而在直笔者。（《别令狐拾遗书》）

又说：

> 始仆小时，得刘氏《六说》读之，尝得其语曰：“是非系于褒贬，不系于赏罚；礼乐系于有道，不系于有司。”密记之。（《与陶进士书》）

看来，他的真，是冲着有权势的富贵者说的。

他的真，是直笔而书的历史的真，是褒贬是非的道义的真，是民心所向的礼乐的真。

（五）

在第一封信里，我们得出结论，李商隐心中的道不同于孔子的儒道，或者说他不把孔子的儒道视为普遍的真理。我们又辅以其他言论，进一步认为，他所谓的道，是以“真”为最高的标准，故可称之为“真”道。

那么，这个“真”，在他那里，又有哪些具体的内涵呢？——他的第二封信里为我们提供了这方面的素材。信是写给好友令狐绹的，有点长，不必复述，概括下来，大致有三点：

其一，痛斥虚伪无耻的世道。对于那些“今日赤肝脑相怜，明日众相唾辱”(《别令狐拾遗书》)的伪君子深恶痛绝。

其二，同情未嫁的女子，因为她们没有婚姻自主权，成了母妇们谋利的工具。这些可恶的母妇们，当自己还是女儿时，也恨死了之前的母妇，可一旦自己成了母妇了，竟然也干起同样的勾当。

其三，肯定大商人，认为商人讲诚信，有仁义，是真正的“长者大人”。

在这封信的最后，他发誓决不做忘记旧根的母妇，也决不以大商人的市道为可耻。看来，他是铁了心要站在普天下可怜的女儿们与被君子们所不齿的商人这边了。

可是，顺大流多好。竞争这么激烈，顺应社会才是正事。君子们爱打虚伪的交道，你也跟着虚伪好了；君子们把女人当财货，又不碍你事；君子们瞧不起商人，你也跟着翻翻白眼岂不皆大欢喜?！何必对着干，自讨苦吃呢？——因为他认“真”。

女儿们的真，是人的天性的真。一个母亲与她的女儿的关系不该这样的。“细而绎之，真令人不爱此世，而欲狂走远飏耳。”——这个社会不该这样的。商人市道的真，是人与人之间交往的真。这个社会不该这样吗?!

至于那些伪君子们表面上一套仁义道德骨子里唯利是图的虚伪交道，你是早已看透了。不但看透了，还要发誓与之决裂，而你这就是在自绝于主流社会，是在离经叛道了。说你是个异端，不冤枉的。

单单你同情女儿还发誓永远记恨这一条，我看，你就只配活在曹雪芹的小说里。在那里，有你伤心的泪水，也有你对人性美好的坚守与无可奈何的感伤……在那里，你还能找到你在人世上苦苦寻觅的志同道合的人。

（六）

李商隐痛恨母妇，因为母妇贪婪，为了利益，不顾女儿的死活：

> 今山东大姓家，非能违摘天性而不如此。至其羔鹜在门，有不问贤不肖健病，而但论财货，恣求取为事。(《别令狐拾遗书》)

更因为这些母妇们忘记了自己的悲惨出身：

> 当其为女子时，谁不恨？及为母妇，则亦然！(《别令狐拾遗书》)

骨肉至亲之间都能这样，那这世上人与人之间的关系，你还能指望什么？

> 彼父子男女，天性岂有大于此者耶？今尚如此，况他舍外人，燕生越养，而相望相救，抵死不相贩卖哉！（《别令狐拾遗书》）

连亲情中这块人间最温馨的面纱都被无情地揭掉了，那人与人之间的关系也就只剩下了赤裸裸的利益："䌷而绎之，真令人不爱此世，而欲狂走远飏耳。"——这样的人世还有什么好待的？与其待在里头，还不如狂走远飏算了。这是恨到连人世都厌弃了。但是，李商隐并不曾像女儿那样被母妇"贩卖"过啊，他为何要把如此切齿之恨结在母妇身上呢？

原来，在信中，他提起母妇是有前因的：他已经对这个社会中人与人之间的关系失望透顶了。他珍惜自己与令狐绹之间纯粹的真情交往，而痛恨伪君子们唯利是图的虚伪无耻的交道。他是先痛恨那些伪君子们，之后才痛恨母妇的。可见，在他的语境里，伪君子们和母妇就是一丘之貉。

伪君子们是谁？——是有权势的"长者大人"，是在仕途经济的道路上拼命攀爬的贾雨村之流。

长者大人是有权势者，母妇也是。长者大人是有成长过程的，母妇也是。母妇忘记了自己卑贱可怜的出身，长者大人也是。母妇一旦从女儿成长为母妇，就干起贩卖女儿的事，长者大人也是。

你看，母妇是谁？——是那种在社会中受尽凌辱而一旦掌握了权力就加倍凌辱别人的人。在封建社会里，这样的人还少吗?！但李商隐发誓决不做这样的人。他要永远站在受尽凌辱的弱者这边。

在这封信的末尾，他还举出两种相互对立的人物：

> 首阳之二士，岂蕲盟津之八百？吾又何悔焉！（《别令狐拾遗书》）

首阳二士，是周武王灭商后隐居于首阳山宁愿饿死也誓不食周粟的伯夷、叔齐。他认为：以自己的价值观行事的伯夷、叔齐难道会羡慕那与周武王会盟的八百诸侯吗？——你热闹你的，你开辟你的新世界去，而我就按我内心认定的原则活。——话说到这份上，就算到底了，再无回旋的余地。

李商隐就这么顽固。有人评价他的诗为“顽艳”。“顽”字正能切中他坚持真理、誓不妥协的个性。你要看不到他的这种生性的倔强，你就理解不好他的那些被人指责为艳情的诗篇。就像尤三姐嫖贾氏兄弟的那股放荡劲里有一种无可企及的高贵与刚烈。——我觉得，这才是他的那些伟大的诗篇最为动人的地方。

二、安定城楼

（一）

大中十二年（858），李商隐病逝，享年四十八岁。他短暂的一生大部分时光都耗费在科举考试和依托幕府中了，显得有些憋屈，活得有些被动。其实，他的人生历程，也是当时的底层文人所能有的道路：参加科举考试——授官——从基层干起——受人聘请入幕——在幕府中等待机会。

他的恩师令狐楚就是这么走出来的，在官场上摸爬滚打，直到宰相的位置。令狐楚靠的是什么？——一手好文章。他因为四六文写得好，幕府争相聘请，最后连皇帝都知道了，甚至能从一大堆奏章中辨认出他的大作。他的文章还曾在一次平叛中发挥过重要的作用，给他带来不小的声誉。

李商隐当然也可以复制他恩师的道路。他也是这么走的。但他英年早逝，而令狐楚活到七十岁以上。李商隐没令狐楚能熬。在性情上，也似乎没令狐楚能熬。——史书上不是说他“恃才诡激”（《旧唐书·李商隐传》）吗？李商隐成不了令狐楚。但复制不成功，并不代表此路不通，或者说并不代表不能给走这条路的人带来希望。

这条路可以说就是晚唐时期包括李商隐在内的底层文人唯一的希望了。他参加科举考试，通过后做过两次县尉，但都做不长。第一次还干出气来，大概这种小吏是不好做的。又在秘书省任职，但最后也不干了，大概也是因为看不到什么前途。这条磨人的路似乎不太合他性子。

在体制里上着班，拿着国家工资，享着一份清闲。——这要换成别的人，可能早乐坏了吧？毕竟，并不是每个在秘书省上班的人都整天想入非非，非要跟着人家幕府天涯海角地走的。李商隐就这么一个。要是他也到此满足了，那他就不是李商隐了。毕竟只有这样的李商隐，才能写出那些哀艳绝俗的伟大诗篇来。我相信，他的一生中最重要的作品就是在一次次伤心绝望的远游中写成的。

（二）

开成三年（838），李商隐二十八岁，这年的春天，他参加吏部博学宏辞科的考试，吏部选中后送中书省审核，一位中书省的官员在审核时，看到李商隐的名字，说了句“此人不堪”(《与陶进士书》)，即大笔一挥，把他给抹掉了。

显然，此官对李商隐有成见。但这成见哪来的？——现已很难知晓。李商隐称此人是“中书长者”，可见年龄和资历都不小。李商隐考进士前，不过是一名默默无闻的幕客而已，年纪轻轻，不太可能直接得罪他。那么，间接地得罪他：一个可能是他出自令狐楚门下，此人或与令狐楚素来不和，于是恨屋及乌？另一可能是，按照史书上的说法，李商隐曾因娶了李党人（指王茂元）的女儿而导致另一党派——牛党的不满。但此时，李商隐还单身着呢，可见，他之被人目为“不堪”，应当另有所指。那么，比如他的那些艳体诗是否当时就已经给他带来非议了呢？这不是没有可能。

但让我们停止类似的暗中猜测，因为历史很快将把我们带到明亮处，地点就在甘肃省泾川县以北一个叫安定的城楼上。李商隐落选后，便去了王茂元——他后来的岳丈大人——的幕府暂且栖身，等待机会。此时，王茂元任泾源节度使，治所即在安定城。

这天，李商隐登上安定城楼，眺望着远处的风光，心中仍然气愤难平，于是写下了千古名诗《安定城楼》：

迢递高城百尺楼，绿杨枝外尽汀洲。
贾生年少虚垂涕，王粲春来更远游。
永忆江湖归白发，欲回天地入扁舟。
不知腐鼠成滋味，猜意鹓雏竟未休。

这是登高望远之作。但只有首二句写的是远望的景色，而所望见“绿杨枝外尽汀洲”的景色，又过于笼统，重复和无聊，似乎写的人很想把这一切一笔带过，显得内心格外烦闷。不过，令人觉得突兀的还是下面的两句：从景色的描写直接切换到人物典故的引用上。当中的两个历史人物，一个是西汉初期的贾谊，一个是东汉末年的王粲。历史上，贾谊年纪轻轻的，就为了国事哭了又哭；而年轻的王粲则眼看国是日非，在长安已无法存身的现实下，带着伤心绝望的心情，远赴荆蛮投靠了地方实力派刘表。

如果我们认定作者不是随便举出两个和自己毫不相干的人物来故弄玄虚，那么，他就应该是在登上城楼远望时，心中不由得想起了这两个人，或者说他心里早已存下了这两个“同病相怜”的人了。他为什么要想起这两个人呢？——因为类似的情感在共鸣。所以，不要觉得诗歌的节奏从写景毫无预兆地切换到对两个历史人物的介绍上。——那个登城楼的人本来就是带着这两个历史人物一起来的。

那登楼远望的人心里沉甸甸的，装着有同样心思的两个人。诗的三、四句就好比是把原先隐藏在登楼者心里的两个人剥离出来，独立出来。于是，这两个人代替了原来的那人，或者说原来的那人分裂为这两个彼此独立的人。

这两个彼此独立的人，一个年纪轻轻的还在那里为了国事哭，一个在春天这个美好的季节，带着无限的悲愤与无奈开始了奠定一生路线的远游。

是像贾谊那样永远地为天下事势流涕呢？还是像王粲那样选择决绝地离去呢？——登楼者自此分裂了。李商隐也分裂了。

但这分裂后的两个人又是统一的，因为他们都“永忆江湖归白发，欲回天地入扁舟”——这是他们的初心。

从这初心出发，李商隐、贾谊、王粲永远都是统一的。李商隐就是贾谊与王粲的合体。可是，在历史的十字路口，现实迫使这个合体裂开了。于是我们看到了巨大的裂缝，也通过这个裂缝看到了古代文人的那份过于理想化的理想。

巨大的裂缝使得理想与现实之间变得前所未有的遥远，使得现实变得更丑陋，而理想变得更缥缈；还导致了分裂者严重的心理失衡，使他变得悲愤不已，对现实中的一切不公正的对待耿耿于怀，不吐不快。而他在诗的最后终于还是吐出来了：“不知腐鼠成滋味，猜意鹓雏竟未休。”

李商隐的最高理想是“永忆江湖归白发，欲回天地入扁舟”，是要“事了拂衣去，深藏功与名”的。可现实呢？现实却是鹓雏不得不与鸱们一起争食腐鼠。李商隐不愿争食腐鼠。但当他把现实里的功名利禄嗤为腐鼠，而对主流社会持一种不合作的顽固态度时，他“狂走远飏”的命运也就这么注定了。

理想与现实之间的鸿沟，李商隐在这首诗中已为自己勾勒了出来，而他将会用一生的时光来一次次地丈量两者的距离。

执着于理想的是贾谊，决绝于现实的是王粲。他们从李商隐身上分裂出来。他们同时又不同时。在贾谊与王粲之间，历史趋向王粲，就是说李商隐越来越“王粲”。

安定城楼，已成为一个历史的瞭望口。通过它，我们可以看到一个人的深刻的精神危机，而由于这个人是个典型的传统文人，因而这也代表了传统的文人在历史的关口所遭遇的精神危机。

（三）

贾谊是西汉初期有名的政论家。他二十岁刚出头，就被汉文帝征召为博士，因他学识渊博，很快脱颖而出，不到一年就升为太中大夫，前途可谓一片大好。但他的深谋远虑不为人理解。不久，即遭到朝中一些老臣的诬告，被贬为长沙王太傅。罪名是“年少初学，专欲擅权，纷乱诸事”（《汉书·贾谊传》）——年纪轻轻的，刚学了点东西，懂了些皮毛，就不知天高地厚起来，权欲还大得很，到处插手，把事情弄得乱七八糟。总之，你还是个娃娃，懂什么！

后来，贾谊到地方上，忧国的心不减，多次向文帝上书论事，其中有一篇叫《治安策》。开头即云：

> 臣窃惟事势，可为痛哭者一，可为流涕者二，可为长太息者六，若其它背理而伤道者，难遍以疏举。进言者皆曰天下已安已治矣，臣独以为未也。

这番动人的言论从此奠定了贾谊为国事伤心流涕的孤独者形象。“贾生年少虚垂涕。”一个“虚”字，说明他为国而流的泪都白流了。他的“虚垂涕”正当年少时。——这是事实。然而，说这句“贾生年少虚垂涕”的人却不仅是为了说一个事实。

一个人正当青春年少，就如旭日初升，本该充满朝气与理想，怎么好端端地就伤心流泪了？是什么事导致的？——是国事。国家的前途和命运过早地沉重地压在了一个年轻人的心里。

贾谊是如此，李商隐更是如此。加个“更”字，是因为李商隐所在的晚唐已是日落西山，早没了贾谊的忧虑中所含的希望。

李商隐约生于元和六年（811），他的童年是在史称“元和中兴”的那段动荡岁月中度过的。元和十五年（820），李商隐十岁，唐宪宗为宦官谋害，元和梦碎，唐王朝自此步入衰亡的最后阶段。唐文宗大和九年（835），李商隐二十五岁，一场惨烈的宫廷政变爆发，史称“甘露之变”。长安城一时血雨腥风，混战中，无数人头落地。李商隐震惊之余，奋笔写下了《有感二首》《重有感》诗，笔法的老到，思想的深邃，内心的悲痛，批判的力度，都似乎不是一个二十几岁的年轻人该有的。唐文宗开成二年（837），李商隐进士及第，可少年老成的他哪里还有多少高中的喜悦。这一年，正好他的恩师令狐楚辞世。辞世前急召他前来代草遗表。遗表中，令狐楚至死不忘甘露之变的惨痛教训，欲以“尸谏”的方式说动皇帝，希望国家能“普加鸿造，稍霁皇威，殁者昭洗以云雷，存者沾濡以雨露”（《旧唐书·令狐楚传》）。

表是李商隐起草的，不代表李商隐的观点，也不足以代表李商隐的观点。作为年轻人，李商隐要更激进，更悲愤。但他们师徒一心，都深深痛心于这场人间惨祸。在护送令狐楚灵柩回长安的路上，李商隐又沉痛地写下了《行次西郊作一百韵》的长篇史诗，其价值堪与杜甫《北征》相等。

李商隐这一代人过早地承受了时代的压力，就像是一朵含苞待放的花朵过早地经受了冰霜的摧残。在“贾生年少虚垂涕”的“年少”里，已无青春的快意，只有来自权势的轻蔑与时代的沉重。而在权势与时代面前，一个年轻人的垂涕是多么的渺小与无奈啊！

（四）

在安定城楼上，年少的不止贾谊，还有王粲。

王粲，字仲宣，少有才名，十七岁那年，又是司徒辟请，又是皇帝下诏的，要他做官，但他都不肯去就任，却去了偏远的荆州依附于刘表。原因就是：“西京乱无象，豺虎方遘患。”（王粲《七哀诗》）长安是不能待了，所以不得已，只好“委身适荆蛮”。

要说年少，王粲比贾谊还年少。因此，那句“贾生年少虚垂涕”中的“年少”，也兼顾了王粲的。何止一样年少，王粲也一样地在虚垂涕！

可是，王粲的“春来”却不能兼顾了贾谊，因为贾谊的垂涕不受季节的限制，而有一种穿透时空的苍茫感。不但不能兼顾贾谊，其实历史上也并没有记载说王粲是在春天到来的季节开始远游的。王粲的“春游”只能说是虚构。真正“春游”的是李商隐。他在科考落败的这年春天作了一次远游，就是去依附泾原节度使王茂元。因此，王粲离李商隐的现实更近。他仿佛是与贾谊在同一个历史深处独自哭泣，但最后，他收起了哭泣，擦干了眼泪，起身远去，走向了现实，走进了春天。春天就在这里。春天就是历史与现实的交汇点。

贾谊与王粲，这两个人物，并非彼此无关的两个人。他们同是伤心人。他们甚至就是同一个人，一个从王朝的初期走到末期的人。从贾谊到王粲，中间是一个王朝的兴衰史，也是文人理想的幻灭史。

"王粲春来更远游。"一个"更"字，就把贾谊永远地抛在了历史的烟云深处，任由他固定在那里虚虚地垂涕。

李商隐把两个历史人物召唤进他的诗歌里，让其中一个留在历史中保持哭泣的姿态，而让另一个走进了自己的生活。李商隐与王粲，这两个乱世文人，出于同一种无奈，离开了长安，相约在春天里。以后，李商隐还将沿着王粲的脚步继续走下去。可是他将走向哪里呢？他的未来在哪里呢？

唐宣宗大中三年（849），因为有人聘请他去徐州，他又一次提到王粲："且吟王粲从军乐，不赋渊明归去来。"（《偶成转韵七十二句赠四同舍》）王粲从军，乐什么呢？他说："从军有苦乐，但问所从谁。所从神且武，焉得久劳师。"（《从军诗》）——原来他一开始先依附的刘表，后来刘表死了，遂归附于曹操。王粲的从军之所以觉得快乐，就是因为他跟上了"神且武"的曹操。

可是，李商隐没有王粲的好运气，一辈子也没有遇上自己的曹操。大中五年（851），四十一岁的李商隐最后一次受邀远游，他又一次提到了王粲：“但誓依刘之愿。”(《上河东公谢辟启》)——也许，这时的他已看明白他自己的人生只停留在了王粲“依刘”的阶段上。

李商隐与王粲，这两个曾经相约在春天里一起远游的文人就在这里分道扬镳了。王粲继续前进，去与他的曹操会合。而我们的李商隐却只能永远地停留在了安定城楼上：“登兹楼以四望兮……”——他望到什么了？

他永远也望不到他的未来。苍茫的地平线上，只有群山、远道和徐徐落下的夕阳。

（五）

让我们再来回顾一下，在安定城楼上，共出现了三个人物：“我”、贾谊和王粲。他们同时存在于一首诗中，表明他们是有关系的人。他们之间什么关系呢？

“我”登楼远望，望见“绿杨枝外尽汀洲”。“我”是现实中的人，是实际的登楼者。“我”能望见。“绿杨枝外尽汀洲”，“我”眼中的景色显得重复、无聊，没完没了。“我”的心情可能是抑郁的，孤独的，悲愤的，痛苦的，烦躁的，嘲笑的，决绝的，等等。

另外的两个人物，贾谊和王粲，各在历史的某处，并不实际在场。他们不能望见。但他们的行为却注解了“我”的心情：

贾生年少虚垂涕，王粲春来更远游。

他们一个在人生最美好的年龄上黯然垂泪，显得是那么的无助与空虚。一个则在最美好的季节里开始远游，显得是多么的孤独与决绝。贾谊哭了，王粲没哭吗？“我”呢？“我”有没有哭？

画面中，只有年少的贾谊在哭。他一直在哭。他永远年少。他从一个王朝的初期一直哭到了王粲和“我”所在的王朝末期。他的哭声似乎透过了历史的重重迷雾，传进了现实，回荡在每个人的心中。可是，他的哭泣有什么用呢？一切都已成虚。当时就已成虚。

就在他日益虚化的哭声中，王粲收起了眼泪，开始起身远游。王粲从历史中走来，从一个“我”所虚构的春天里走进了“我”的现实。与此同时，他也把那个一直哭泣的贾谊永远地留在了历史的起点处。

从贾谊到王粲，是一个文人走完一个王朝的心灵痛史。贾谊有多痛苦，王粲只有更痛苦。相对于贾谊，王粲是过来人。王粲覆盖了贾谊。他也哭过，绝望过，幻灭过。而现在，他开始远游，要去寻找人生新的意义。

从王粲到“我”，是历史与现实的相遇。这两个乱世文人，一同经历了贾谊，在他们的心中，永远都有个一直哭泣着的年少的贾谊。王粲可以就是“我”。可是，“我”还不是王粲。王粲最终的归宿早已是历史。而此时，我的未来还在未知中。此时，在这虚构的春天里，“我”只是与他暂时重叠。或者说，“我们”将要同行一段时间。

（六）

让我们再来回顾一下，在“贾生年少虚垂涕，王粲春来更远游”这两句里，对贾生的描述，是突出他的年少与空虚无助的哭泣，而对王粲的描述，是突出他在春天到来时的远游。

贾生年少，这是事实。他至死都算是个年轻人。并且“年少初学”，正是他的一个罪状。“年少”一词关联着打击与诬陷，关联着个人的不幸与坎坷，而“垂涕”则关联着不计个人得失和对天下苍生的忧虑。年少与垂涕之间存在着内在的紧张关系。

王粲的“远游”是在春天。这是虚构。而作者正好是在春天远游的，所以可以说是他把自己远游的季节附会给了王粲。远游，背井离乡耳，是迫不得已的事。——于是，在春天这个美好的季节到来时，历史上的那个王粲开始了他背井离乡的旅程。前途茫茫，他要“委身适荆蛮”。“春来”与“远游”之间也存在着内在的紧张关系。

再来看这两个人物。他们都曾年少得名，都在年少时为国事流过涕，也都远游过。于是，诗里的人名可以互换。我们可以说“王粲年少虚垂涕”，当然也可以说“贾生春来更远游”。但历史上的那个贾谊止于年少，止于垂涕。王粲却在垂涕后成长为了中年人，他的真正的人生是从远游开始的。

在垂涕的意义上，贾谊大于王粲。而在远游的意义上，王粲大于贾谊。但在更高的意义上，他们就是同一个人，是

“我”的化身，一个分有了“我”的“年少虚垂涕”，一个分有了“我”的“春来更远游”。——因为“我”就是这么从春天走来的。于是，“贾生年少虚垂涕，王粲春来更远游”这两句，就可以约解为：一个年轻人在人生最美好的年龄阶段黯然哭泣，在一年中最美好的季节开始了背井离乡、前途茫茫的旅行。

这是反常的。但有什么办法？——整个时代都已经不正常了。身在其中的每一个年轻人都过早地承受了它的重压。

在晚唐，李商隐那一代人，由于过早地感受到了整个社会的腐烂，他们的心灵的创伤就格外深。他们少年老成，他们的青春与快乐就像是遭遇暴风雨的花朵过早地凋零了。他们那一代人因此格外地感伤。就像当年王粲远游时写下了《七哀诗》，他们也写了很多类似的感伤之作。但因为永远等不到王粲的从军乐，他们的人生就止步在了《七哀诗》。他们只有不停地感伤。

而李商隐，这个曾经在安定城楼上悲愤过的年轻人，注定要化悲愤为感伤，并用感伤来追忆在当时就已惘然的一生的往事。

他的从军乐，只如昙花一现，亦徒增感伤而已。

凡　例

一、本书所选李商隐诗的原文，以冯浩注本为据，对于一些有异文或疑似文字有讹误者，则择善而从，酌情加以辨析。

二、李商隐诗选本已多，本书特色是选咏物、咏史、爱情（艳情）之作。这样做的理由在于：首先，李商隐是一位“爱君忧国”的抒情诗人。在他今存的约六百首诗里，有不少作品可以明确认为是属于这一情感内容的，如数量可观的咏史诗和一些反映时事政治的作品，而咏史诗为数最多，更见讽刺的艺术性。其次，李商隐也是一位“好为艳体”“喜说妇人”的诗人。写了不少所谓的“艳情”诗，这部分作品不但具有“高情远识”，而且艺术成就独树一帜，辨识度极高，是最“李商隐”的。最后，李商隐还是一位擅长咏物的大家。他的咏物诗为数不少，质量上乘，一些篇章确实达到了“离形得似，象外传神”（张燮承语）的艺术境界，受到历代人们的珍视。将上述三类作品编选成书，其目的即在于呈现出李商隐诗歌最突出的面目特征，以期能更清晰、准确地认识这位思想深刻、艺术手法高超的诗人。

三、本书篇目内容分为咏物、咏史、爱情及其他，共四类，合计选入李商隐的诗约二百首，占其全部诗歌的三分之一。此三类诗，中国诗学早有定义，本书基本也是遵此定义，但本书编者又有一些自己的想法，下面分而述之。

四、关于咏史诗。李商隐的咏史诗打破了时空的限制，古今不分，即咏史与讽今是合一的。基于此，编者认为，咏史一类，最好连咏当代史的也算进去才好。但为了区别起见，我们还是按照通常的做法，把当代部分归入“其他”类中。另有一些咏史诗，同时也可视为爱情诗，如讽刺汉武帝的《汉宫》诗，一些与曹植有关的诗篇等也有爱情的成分，一般来说，只要其中的历史事件比较确实，我们就将之归入咏史诗中。而对一些历史事件不那么确实的，如《碧城三首》，尽管诗中也提到“武皇内传”等历史内容，并且编者也倾向于认为这是一组讽刺帝王求仙好色之作，但因为历史事件过于虚泛，而仍将之归于爱情一类。

五、关于咏物诗。李商隐的咏物诗突破了形神的限制，物我不分，即咏物与写人是合一的。大部分是自寓之作，如《杏花》《蝉》《深树见一颗樱桃尚在》等，少数为讽人之作，如《咏云》《赋得鸡》《洞庭鱼》等，还有些是寄托某种人生感慨的，如《灯》《屏风》《肠》等，以上作品属于典型的咏物诗。另有如《落花》诗，既是在咏物，又是在伤春伤别，具有明显的艳情色彩，而对落花的描写又旨在营造伤感的氛围，但尽管如此，我们还是将之归入咏物类。而对像《哀筝》《宿晋昌亭闻惊禽》这些虽然也有咏物，但重心却在伤春伤别上的，则一律将之归入爱情类。至于一些仅仅名义上咏物的作品，如《锦瑟》、《曲池》、《垂柳》（垂柳碧鬅茸）等，则根据实际内容各归其类。

六、关于爱情诗（编者按：艳情与爱情不完全等同，这里不作细分）。李商隐有把爱情泛化的倾向。他不仅以男女之情寓托君臣关系，而且同事、朋友之间也会转成男女情事来写，如《饮席戏赠同舍》就是一个典型的例子，甚至《夜雨寄北》也不无这种可能。再有如《戏赠张书记》《寄恼韩同年二首时韩住萧洞》等诗则是拿艳情开同事朋友的玩笑。此外，他还把伤春伤别之作与艳情结合起来写，如《离思》《摇落》《念远》等等皆是。基于上述认识，本书所谓“爱情”一类，所收范围就不能不尽量广泛些。总之，不论诗的意趣如何，是伤春伤别，还是戏谑玩笑，也不管所写的对象是谁，是写给妻子的，还是写给同事朋友的，甚至某个虚构的人物的，但凡涉及男女之情者都囊括在内。

七、关于其他诗。上述三类可说是李商隐诗歌中最精华的部分。本书即试图将之切取出来。坦白地说，这样的切分是勉强的、笨拙的。李商隐的全部诗作，首先是一个艺术整体，强行地加以切取，并冠以某种称谓，固然便于理解和交流，但也会带来某些难以克服的遗憾，比如这可能会导致我们以一种僵化的时空观念看待咏史诗与时事政治诗；再如，这还可能会人为地制造出咏史诗与爱情诗或咏物诗之间的距离。实际上，它们血肉相连，有些作品更是边界模糊，往往横跨在咏史、爱情或咏物之间，既与前三类都有关，又不便仅归于某一类，具有综合性特征，故此必须选入而增添出一类来。

八、在注释上，以简明见意为尚。对于一些典故出处，为了给本书增加些故事性与趣味性，有时会加以转述。

九、在解说上，力求贴近原意，契合作者的神思妙想。有时不免发挥己意，自觉酣畅之余，或许求解过甚。但无论如何，必定纯然出于一片求真之心，绝非标新立异或哗众取宠。唯读者明鉴。

目　　录

一、咏物诗

咏云[1]

捧月三更断[2]，　藏星七夕明[3]。
才闻飘迥路，　旋见隔重城[4]。
潭暮随龙起[5]，　河秋压雁声[6]。
只应惟宋玉[7]，　知是楚神名[8]。

【注释】

〔1〕名为咏云，实为讽云。

〔2〕“捧月”句：三更之后，半夜过去，月渐西沉，不复有利用的价值，所以“捧月”以三更为限。

〔3〕“藏星”句：农历的七月初七是牛郎织女相会日。是夜，人皆仰观天星。在这个时候“藏星”算是把握到了炫耀的机会。

〔4〕“才闻”二句：谓云的善变。重城：古代的城市常分为几个层次，因此有重城的说法，如唐朝长安城即由外郭城、宫城、皇城三个部分构成。

〔5〕“潭暮”句：写云的善于攀附。

〔6〕“河秋”句：写云的仗势欺人。

〔7〕宋玉：战国时楚国文人，是屈原之后著名的辞赋家，代表作有《神女赋》《高唐赋》等。

〔8〕楚神：指巫山神女，宋玉文学作品中的人物形象，亦叫朝云。宋玉《高唐赋》序："昔者先王尝游高唐，怠而昼寝，梦见一妇人曰：'妾巫山之女也，为高唐之客。闻君游高唐，愿荐枕席。'王因幸之。去而辞曰：'妾在巫山之阳，高丘之阻，旦为朝云，暮为行雨。朝朝暮暮，阳台之下。'"这里用神女事，着意在"旦为朝云"这点上。李商隐引申宋玉的这个说法，把神女和（朝）云合成一个意象。

【解说】

首句说捧托月亮以三更为限。次句说到了七夕之夜，它就藏纳众星，据为己有，搞出很明亮的样子。农历的七月初七，是传说中的牛郎织女鹊桥相会的日子。是夜，人皆仰观天空，它岂肯失去这一年才一次的露脸机会？三、四句说才听说它飘远了，一眨眼却又见它大模大样地傍上了城池。五、六句说到了傍晚的时候，它就到潭边附着龙一飞上天；到了深秋，它就凌驾在黄河的上空对归雁要耍威风。末二句说还真亏了那个善写辞赋的宋玉，我们才知道原来这个颇有些手段的家伙还是个大名鼎鼎的人物呢！

灯

皎洁终无倦〔1〕，煎熬亦自求〔2〕。

花时随酒远〔3〕，雨后背窗休〔4〕。

冷暗黄茅驿[5]，　暄明紫桂楼[6]。
锦囊名画掩[7]，　玉局败棋收[8]。
何处无佳梦，　谁人不隐忧[9]？
影随帘押转[10]，　光信簟文流[11]。
客自胜潘岳[12]，　侬今定莫愁[13]。
固应留半焰[14]，　回照下帏羞[15]。

【注释】

〔1〕皎洁：灯发出皎洁的光亮。终无倦：说灯就这种性情，是有一分力气就要发一分光明的，是“蜡炬成灰泪始干”，是“一寸相思一寸灰”。

〔2〕煎熬：灯在“皎洁终无倦”的同时，也在煎熬着自己。皎洁和煎熬揭示了灯的两种相互对立的存在状态。

〔3〕“花时”句：在繁花盛开的季节，灯和花和酒组成了一个热闹繁盛的场面。他的《花下醉》诗末二句“客散酒醒深夜后，更持红烛赏残花”，说的也是这灯、酒、花的组合。

〔4〕“雨后”句：冷雨淅沥后，灯和雨和窗组成了一个寂寞冷清的场面。他的《夜雨寄北》诗也用到了这灯、雨、窗的组合：“何当共剪西窗烛，却话巴山夜雨时。”后：一作“夜”。“后”比“夜”好，因灯已说明了夜，夜可不必说出来。“雨后背窗休”，是有了一段故事后的“休”，更见落寞与无奈。

〔5〕黄茅驿：用黄茅草搭盖的简陋的驿站。刘兼《送二郎君归长安》：“红叶满山归故国，黄茅遍地住他州。”

〔6〕紫桂楼：富贵豪华的高楼。紫桂是名贵的木材。王嘉《拾

遗记》："暗河之北有紫桂成林，其实如枣，群仙饵焉。"

〔7〕锦囊：盛画用的锦制袋子。

〔8〕玉局：玉制的棋局。

〔9〕"何处"二句：谓哪里没有佳梦，又何人不怀深忧呢？——灯是这一切默默的见证者。"佳梦"与"隐忧"代表着两种互相对立的生存状态。隐忧：深深的忧愁。《诗经·邶风·柏舟》："耿耿不寐，如有隐忧。"毛传："隐，痛也。"

〔10〕帘押：压在帘子下端的轴。

〔11〕信：顺着。簟文：席纹。这句说光波顺着席子的纹路流动。

〔12〕潘岳：古代的美男子。刘义庆《世说新语·容止》上说他是"妙有姿容，好神情"，年轻时"挟弹出洛阳道，妇人遇者，莫不连手共萦之"。

〔13〕侬：我。莫愁：泛指民间女子。萧衍《河中之水歌》："河中之水向东流，洛阳女儿名莫愁"。以上两句说你自去做你人见人爱的宠儿，而我自有我所钟情的人儿。

〔14〕留半焰：分出一半的烛光。聂夷中《咏田家》"我愿君王心，化作光明烛。不照绮罗筵，只照逃亡屋"一诗，在心愿上固然比"固应留半焰"要强烈一倍，但这里却非用"半焰"不可，因为这"半焰"是全诗结构上的枢纽，是它的秘密。"半焰"既照应着首二句的"皎洁"与"煎熬"，统领着全文的结构，又象征着社会中人的得意与失意这两种生存状态。

〔15〕下帏：也作"下帷"，本指放下室内的帷幕，这里指闭门苦读的贫士。班固《汉书·董仲舒传》："仲舒遭汉承秦灭学之后，六经离析，下帷发愤，潜心大业……为群儒首。"最后这两句说灯本

就应当分出一半的光焰，来照照那些下帏苦读的失意人。

【解说】

一

这首诗题目叫“灯”，但并不单纯的咏物。首二句指出灯在皎洁发光的同时，也在自我煎熬着。而人何尝不也就像这灯一样，一半是在皎洁的灯光下享受生活，一半则在昏灯的陪伴下苦苦煎熬。灯的这种两重性揭示了人的两个相互对立的生存状态。下面的句子一直到“客自胜潘岳，侬今定莫愁”，都是用两两对举的方式来揭示这种状态。末二句在此基础上总结全文，说灯本就应该分出一半的光焰来“回照”那些生活在底层的失意落魄的人。

如果我们不能很好地理解这诗的旨趣，就可能在“客自胜潘岳，依今定莫愁”这类似乎与灯八竿子打不到的句子面前摸不着头脑。事实上，这类诗句虽不涉及“灯”这个意象，却在骨子里紧扣作者从“灯”这个意象上解析出的主题。

整首诗体物精微、客观，布局也很精整。全诗首尾呼应，结构分明，确乎达到了具象和抽象的高度统一，显示了作者非同寻常的艺术能力。钱良择《唐音审体》说：“义山咏物诗，力厚色浓，意曲语炼，无一懈句，无一衬字，上下古今，未见其偶。”这一评价虽未免有些夸大，但“力厚色浓，意曲语炼”的评语确能道出李商隐咏物诗的艺术特点。

李商隐的咏物诗无不在所咏之物上下工夫、做文章。别看他“清词丽句”（鲁迅语），仿佛一味地逞才，其实如项庄舞剑，剑锋所指总不离沛公。咏云的诗就总有个云在字里行间若隐若现，咏灯的诗总有个灯一路照过来。冯浩等人不知李商隐这类咏物诗的特点，离灯而解灯诗，结果弄得满纸黑暗，离题万里。如冯浩说此诗：

> 此桂府初罢作也。首二句领起通篇，“皎洁”言不负故交，“煎熬”言屡遭失意，“自求”二字惨甚。三、四溯昨春从行而背京师，五谓行近桂管，六则抵桂幕，七、八不意其遽贬也。“何处”一联言倏喜倏忧，人世皆然。“影随”二句，谓踪迹又将流转。结二韵谓两美终合，定有余光之照。虽未见明切子直，而此外固无人矣，正应转首句。（冯浩《玉溪生诗集笺注》卷二）

几乎把一首咏灯的诗解说成了一篇游记。

从作者的立意说，这首诗其实还是读书人的感慨。末句“回照下帏羞”说明他很能感受广大寒士的敏感的心理。因为此句，我们很自然地推断说这首诗应该是他考取进士前的作品。但文学的创作往往又是复杂的。一个人固然会在痛苦中写作，却也可能在痛苦过后追写。谁能保证这首诗不是作者对自己难忘的痛苦经历作的一番回忆呢？又谁能保证这首诗不是作者有感于广大未第、落第举子的悲惨命运而为他们作的一呼喊呢？

二

把这首诗和德语诗人里尔克的《豹》作一比较是件有趣的事情。在里尔克的《豹》诗中，我们可以明显地感到，处处有一个观察者和一个观察者的力图客观的态度。观察者试图将他的观察和感受客观地描述下来。《豹》诗的描述方式使我们确信有一只豹在那里。我们也意识到一个观察者在观察与体验这只豹。我们觉得作者是在面对面地观察、描述一个事物。

《灯》诗的首二句“皎洁终无倦，煎熬亦自求”，同样既不缺乏观察，也不缺乏体验和真知，这很似《豹》诗的咏物方式。但接下来的路径和归趣则迥然不同：《灯》诗不再去观察灯本身，而是提供了不少有灯在场的典型的场景；灯被降低为一个事件或场景的参与者，它不再是被观察的中心。艺术的思不再围绕它转。接下来的诗句无不指向从灯的身上解析出的主题上。这里显示出了中西诗人创作思维的异同：《豹》诗一直在观察，在体验，力求客观，而《灯》在观察和体验后却把重心放在了对意图的描述上。在《灯》诗里，我们看不到这一个灯，也无法确定一个观察者的角度，但我们却看到了许多有灯参与的美的画面。透过这些画面，我们得以了解作者的意图。为什么李商隐不坚持继续“客观地”观察灯呢？这同样是个有趣的问题。

从《豹》诗的立场看，《灯》诗从刚开始处就已经结束了。“皎洁终无倦，煎熬亦自求”，只是一个观察和体验的结果，但是过程却被省略了，而代之以诸多优美的画面。这样来看，李商隐的这首诗是那么古雅，又是那么地具有现代的意识。

肠

有怀非惜恨，　不奈寸肠何〔1〕。
即席回弥久〔2〕，　前时断固多〔3〕。
热应翻急烧，　冷欲彻空波〔4〕。

隔树澌澌雨，通池点点荷〔5〕。
倦程山向背，望国阙嵯峨〔6〕。
故念飞书及，新欢借梦过〔7〕。
染筠休伴泪〔8〕，绕雪莫追歌〔9〕。
拟问阳台事〔10〕，年深楚语讹〔11〕。

【注释】

〔1〕“有怀”二句：心里郁结着情思，并非是舍不得去恨，可是若任由情感泛滥，不加以节制，这柔弱的寸肠怎么受得了呢？所谓“有怀非惜恨”，乃惜肠之意。李贺《秋来》诗有“思牵今夜肠应直”句，也是对肠表示出担忧。江淹在《别赋》里说“有别必怨，有怨必盈”，可见离别的人要控制住情感，做到惜恨怜肠是很难的。

〔2〕“即席”句：谓回肠。司马迁《报任安书》：“是以肠一日而九回，居则忽忽若有所亡，出则不知所如往。”

〔3〕“前时”句：谓断肠。以上两句说此时此刻是回肠百结，之前更是肝肠寸断。

〔4〕“热应”二句：（肠）焦热的时候就如急火翻烧，灰冷起来能令水波寒透。两句用强烈的冷热对比表明肠子在这样的极端状态下滋味很不好受。应：一作“因”。空：一作“微”。冯浩引《颜氏家训》：“墨翟之徒，世谓热腹；杨朱之侣，世谓冷肠。”杜甫《赠卫八处士》：“访旧半为鬼，惊呼热中肠。”

〔5〕“隔树”二句：远隔烟树，唯闻雨声澌澌；近通秋池，但见雨荷点点。澌澌：雨雪声。这两句及以下四句是用具体的不同场景让人去体会肠子在此时此刻难受的滋味。

〔6〕“倦程”二句：倦程之时，怅见群山向背；远眺国都，唯见城阙嵯峨。

〔7〕“故念”二句：旧交新欢只有靠书信、靠梦这些隔靴搔痒的方式聊解思念之苦。

〔8〕“染筠”句：字面的意思说，眼泪已把竹子染得斑斑驳驳的，你（肠）就不要去陪伴了；言下之意是说，你吃不消的。张华《博物志》卷八：“尧之二女，舜之二妃，曰湘夫人。舜崩，二妃啼，以涕挥竹，竹尽斑。”

〔9〕绕：用“余音绕梁”意。雪：《白雪》，歌名。《阳春》《白雪》，常用来泛指高雅的歌曲。宋玉《对楚王问》：“客有歌于郢中者，其始曰《下里》《巴人》，国中属而和者数千人；其为《阳阿》《薤露》，国中属而和者数百人；其为《阳春》《白雪》，国中属而和者不过数十人……是其曲弥高其和弥寡。”这句立意在绕的动作和肠的联系上，前面提到的李贺诗句“思牵今夜肠应直”，是利用牵的动作和肠发生联系。

〔10〕阳台：见《咏云》注〔8〕。

〔11〕“楚语”：宋玉所说的巫山神女事，和楚王有关，可见说的是楚语。末二句说，你就不要再问了，别让我再牵动这愁肠了，伤心往事不堪回首。“年深楚语讹”，是劝人别问的委婉的借口。

【解说】

这是一首以咏肠来倾诉离愁别恨的诗。首二句说有心事郁结在内就难以节制情感，可是拿这首当其害的寸肠怎么办呢？要知道，它对痛苦的反应最强烈了。三、四句说当时就已回肠百结，先前更是断痕累累。五、六句说明了寸肠在两种极端的情感状态下的反应。

七、八句一直到十一、十二句都是在列举种种有怀难惜的具体场景。十三、十四句说的是劝解这好恨好愁的肠子的话，叫它应当知道节制。末二句说还是算了吧，陈年往事就不要再追问了（放过这愁肠），话音里有往事不堪回首的意味。

整首诗的立意表现在处处为寸肠着想上（当然，处处为肠着想，就是处处为人着想）。开头两句是惜肠（“有怀非惜恨”，实为惜肠，是不想让肠子再受这份罪了）。三、四、五、六句是怜惜肠子的理由。七、八句直到十一、十二句虽没有从肠子的意象上说，却通过种种“有怀”的具体情景，紧扣惜肠这个主题。“染筠休伴泪，绕雪莫追歌”两句则由惜肠变为劝肠。最后的两句又由劝肠转为护肠。

泪

永巷长年怨绮罗〔1〕，离情终日思风波〔2〕。
湘江竹上痕无限〔3〕，岘首碑前洒几多〔4〕。
人去紫台秋入塞〔5〕，兵残楚帐夜闻歌〔6〕。
朝来灞水桥边问〔7〕，未抵青袍送玉珂〔8〕。

【注释】

〔1〕永巷：深宫中的长巷。《三辅黄图》卷六：“永巷，永，长也，宫中之长巷，幽闭宫女之有罪者。武帝时，改为掖庭，置狱焉。”李商隐《无题四首》之四：“何处哀筝随急管，樱花永巷垂杨岸。”

〔2〕思风波：思念挂帆远行的人。

〔3〕湘江竹：湘妃竹，见《肠》注〔8〕。

〔4〕岘首碑：堕泪碑。据房玄龄等撰《晋书·羊祜列传》载，坐镇襄阳的羊祜死后，当地老百姓很是怀念他，就为他在岘山建碑立庙，每年都去祭祀他。来看他的人，对着墓碑，没有不流泪的。人们因此把他的墓碑称为堕泪碑。

〔5〕“人去”句：这句用昭君入塞的典故。紫台：紫宫。萧统《文选》中收江淹《恨赋》：“若夫明妃去时，仰天太息。紫台稍远，关山无极。”李善注：“紫台，犹紫宫也。”

〔6〕“兵残”句：四面楚歌之际，一个经典的场景即霸王别姬。司马迁《史记·项羽本纪》：“项王军壁垓下，兵少食尽，汉军及诸侯兵围之数重。夜闻汉军四面皆楚歌，项王乃大惊曰：‘汉皆已得楚乎？是何楚人之多也！’项王则夜起，饮帐中。有美人名虞，常幸从；骏马名骓，常骑之。于是项王乃悲歌慷慨，自为诗曰：‘力拔山兮气盖世，时不利兮骓不逝。骓不逝兮可奈何，虞兮虞兮奈若何！’歌数阕，美人和之。项王泣数行下，左右皆泣，莫能仰视。”

〔7〕灞水桥：桥名，在长安城东，古人送别之处。

〔8〕青袍：一种低级官员穿的官服。李商隐《春日寄怀》：“青袍似草年年定，白发如丝日日新。”玉珂：马络头上玉做的饰品。

【解说】

这首诗的结构技巧在于，先用前六句列举历来令人涕泣的典型事例，末二句再抬出更可泣者予以肯定，从而达到衬托的效果。

像《泪》诗里所用的铺排列举的手法，其实是赋中惯用的。如江淹《恨赋》：“至如李君降北，名辱身冤，拔剑击柱……若夫明妃去时，仰天太息。紫台稍远，关山无极……至乃敬通见抵，罢归田里。闭关却扫，塞门不仕……或有孤臣危涕，孽子坠心。迁客海上，流戍陇阴。”再如《别赋》“舟凝滞于水滨，车逶迟于山侧。棹容与而讵前，马寒鸣而不息。掩金觞而谁御，横玉柱而沾轼”等。李商隐只是把写赋的手法和技巧运用到诗歌里罢了。我们甚至在他最令人费解的《锦瑟》等诗中也能看到赋的影子。

玉珂只是马身上的一个饰品，并非什么了不起的物件，因此并不能代表人的高低贵贱。青袍与玉珂并非指一贱一贵，而是指命运、遭际相似的两个人。由于同是天涯沦落人，他们有着相同的人生经历，他们在精神上、情感上、心理上产生出巨大的共鸣。只有这样，他们的离别才有足够的分量去把历史上那些经典的离别比下去。

牡丹

锦帏初卷卫夫人〔1〕，绣被犹堆越鄂君〔2〕。
垂手乱翻雕玉佩〔3〕，折腰争舞郁金裙〔4〕。
石家蜡烛何曾剪〔5〕，荀令香炉可待熏〔6〕。
我是梦中传彩笔〔7〕，欲书花叶寄朝云〔8〕。

【注释】

〔1〕卫夫人：春秋时卫灵公夫人南子，以美艳风流闻名。据《典略》载，孔子到卫国后，一天，南子派人对孔子讲：“无论是从哪边来的客人，只要是想结识我国君的，都要来见我的。所以我想见见你。”孔子应邀而往。当时的情景是“夫人在锦帷中，孔子北面稽首，夫人自帷中再拜，环佩玉声璆然”。

〔2〕“绣被”句：“犹堆”和前面的“初卷”令人联想到的牡丹

含苞初放时的形态美。据刘向《说苑·善说》载，鄂君是楚王的弟弟。有一天，在河中泛舟游玩，鼓乐赏景。一曲终了，舟中一个划桨的越人受了感染，也情不自禁地唱了起来。鄂君听不懂越方言，叫人把他唱的歌词翻译成楚语。歌词如下："今夕何夕兮，搴洲中流。今日何日兮，得与王子同舟。蒙羞被好兮，不訾诟耻。心几顽而不绝兮，得知王子。山有木兮木有枝，心说君兮君不知。"这鄂君听后，被感动了，于是他扬起长袖，"行而拥之，举绣被而覆之"。鄂君是楚人，按理应该叫楚鄂君才对，这里称之为越鄂君。以上两句从锦帏与卫夫人、绣被和鄂君之间的联系处展开想象，锦帏与绣被用来比喻牡丹的富丽，给人以质感；初卷与犹堆则用来表现牡丹的形态，给人以美感。卫夫人、越鄂君是作陪衬用的，有助于引导人把牡丹往富贵、神奇的方向想。

〔3〕垂手：舞名。郭茂倩《乐府诗集·杂曲歌辞·大垂手》："乐府解题曰：'《大垂手》《小垂手》，皆言舞而垂其手也。'"雕玉佩：指雕有花纹的玉佩。

〔4〕折腰：舞名。刘歆著、葛洪辑抄的《西京杂记》卷一："（戚）夫人善为翘袖折腰之舞。歌出塞入塞望归之曲。"郁金裙：染有郁金色的裙子。"折腰"，和上句的"垂手"，虽是表示舞名，实际却是要我们按名究索动作。"垂手"和"玉佩"对应，"折腰"和"裙子"对应。

〔5〕石：晋朝人石崇（字季伦）。刘义庆《世说新语》上说他是当时有名的铺张浪费的人。一个奢侈的事例是用"蜡烛作炊"。何曾剪：指牡丹不需像蜡烛那样要剪灯花，就有那火焰的热闹状态。燃着的蜡烛会结出灯花，不剪掉灯花，则会影响照明。

〔6〕荀令：东汉末年的荀彧（字文若）。因他做过尚书令，所以称荀令。据习凿齿《襄阳记》上说，此人好熏香，整天香喷喷的，到人家里略坐一坐，留下来的香气三天后还能顽强地存在着。可待：岂待。

〔7〕彩笔：五色笔。据李延寿《南史·江淹传》载，江淹年轻时写文章很有一手，后来老了，一天晚上，梦见来了一个自称是郭璞的人，对他说："我有一支笔在你这里很多年了，现在你该把它还给我了。"江淹一听，就伸手从怀里掏出一支五色笔，交给了来人。此后，江淹写的文章越来越没有才气，当时人谓之江郎才尽。"梦中传彩笔"，是把牡丹往神奇的地方说，只有用这样神奇的充满诗意的笔才能在牡丹的花叶上书写。

〔8〕朝云：神女，见《咏云》注〔8〕。

【解说】

这首诗极具表现力，仿佛是用人物和舞蹈表现想法的哑剧。首二句以两个人物来开幕，沉默中传递着两者（卫夫人、越鄂君）的心思、情意，其中还融合了两者在特定的氛围下（"锦帏初卷""绣被犹堆"以及自身的魅力）传递给我们的美的感受。此时，我们期待有打破这个默默相对的局面的情况出现：时间在流逝，而这个默默中传递的内在的东西饱和了，不能再继续了。三、四句正是这个饱和了的必然结果：一场极富表现力的舞蹈开始了。"垂手""折腰"是身体语言，"乱翻""争舞"是这语言的表现程度。"雕玉佩""郁金裙"是引人往牡丹那里想的道具（在颜色、形状等上引起的联想）。这个极富表现力的舞剧传递给了我们很多美好的信息，五、六句更把这个表现往更高处推进：五句是让人在热烈的舞蹈后出现的空白中感受宁静的火光。"蜡烛"，就是火一样的花朵。六句是让人在全场弥漫的香气中陶醉。末二句更把自己在此陶醉状态下的“狂想”表达了出来。

牡丹

压径复缘沟，　当窗又映楼〔1〕。
终销一国破，　不啻万金求〔2〕。
鸾凤戏三岛〔3〕，　神仙居十洲〔4〕。
应怜萱草淡〔5〕，　却得号忘忧。

【注释】

〔1〕“压径”二句：谓牡丹多得到处都是。

〔2〕“终销”二句：唐朝人把牡丹当国宝看待，赏玩牡丹是当时的风气，贵族们更是不惜代价购买名贵品种。

〔3〕三岛：传说中海里的三个神山，即蓬莱、方丈、瀛洲。

〔4〕十洲：《海内十洲记》谓“巨海之中，有祖洲、瀛洲、玄洲、炎洲、长洲、元洲、流洲、生洲、凤麟洲、聚窟洲”。

〔5〕萱草：又名忘忧草。淡：指萱草的闲淡，既没有牡丹的色香，也不像牡丹那样忙于被人竞购观赏。结句说忘忧，暗示出牡丹其实也是烦恼的，不自由的。

【解说】

首二句说牡丹是世人的宠儿，家家户户种得到处都是，三、四句说人们为了购买它不惜一切，都快到了疯狂的地步。五、六句用他一贯夸张、讽刺、虚构的手法，表现人们追求、玩赏牡丹时滑稽热闹的场面。末二句找出与牡丹相对的事物，用“淡”字说明它的处境，用“忘忧”说明它在这种闲淡的处境中倒也落得清心寡欲，自由自在。

杏花

上国昔相值〔1〕，亭亭如欲言〔2〕。
异乡今暂赏，脉脉岂无恩〔3〕？
援少风多力，墙高月有痕〔4〕。
为含无限意，遂对不胜繁〔5〕。
仙子玉京路，主人金谷园〔6〕。
几时辞碧落，谁伴过黄昏〔7〕。
镜拂铅华腻〔8〕，炉藏桂烬温。
终应催竹叶〔9〕，先拟咏桃根〔10〕。
莫学啼成血〔11〕，从教梦寄魂〔12〕。
吴王采香径，失路入烟村〔13〕。

【注释】

〔1〕上国：都城长安。相值：相逢。

〔2〕“亭亭”句：身处胜境时，那亭亭玉立的模样，灵动得像要开口说话了。

〔3〕脉脉：相视貌。《古诗十九首·迢迢牵牛星》：“盈盈一水

间，脉脉不得语。”前面“如欲言”，这里“脉脉不得语”，境遇不同的缘故。恩：情。前面“如欲言”，是花与“我”的情话缠绵；这里“脉脉不得语”，是花与“我”的相看无语凝噎，有苦难言。

〔4〕“援少”二句：援少则风多摧力，墙高则月影落深。援：篱笆，护栏。月痕：月影。

〔5〕“为含”二句：因为心里饱含着无限的心意，想太多了，反倒为自己增添了无穷的烦恼。对：一作“到”。“对”字更有孤独味。

〔6〕“仙子”二句：谓杏花本是阆苑仙葩，如今流落异乡，心里念念不忘的是故主和失去的家园。玉京：指都城长安。李商隐《上尚书范阳公启》：“远从桂海，来返玉京，无文通半顷之田，乏元亮数间之屋。”金谷园：晋人石崇在金谷涧中所筑的园子，历史上有名的清幽之地。园中有清泉茂林和各种奇花异草。

〔7〕“几时”二句：自从流落此地，只有寂寥度日，每到黄昏独自愁。碧落：碧霄。

〔8〕铅华：化妆用的铅粉。腻：粉垢。因为前面提到了仙子，所以这里就接着说铅华。实际上，李商隐是把流落异乡的杏花和贬谪下界的仙子合二为一了。（参见《重过圣女祠》诗）

〔9〕催：劝酒。竹叶：酒名。萧统《文选》中收张协《七命》：“乃有荆南乌程，豫北竹叶，浮蚁星沸，飞华萍接。”李善注：“张华《轻薄篇》曰：‘苍梧竹叶清，宜城九酝酒。’”

〔10〕桃根：费昶《行路难》有“君不见长安客舍门，娼家少女名桃根”。桃根，大致和莫愁差不多，指的是农家女。这里兼用竹叶、桃根的字面义，表示杏花流落于此后，只好借酒消愁，与俗物为伍。这一心态在其《李花》诗中也有表现：“减粉与园箨，分香沾渚

莲。”但落得这样一个命运，李商隐是不甘心的，他在《深树见一颗樱桃尚在》中不仅表达了前面这种无奈的心态（“惜堪充凤食，痛已被莺含”），而且表达出了对这种命运的不甘（“越鸟夸香荔，齐名亦未甘”）。

〔11〕啼成血：用杜鹃啼血的典故。罗愿《尔雅翼·释鸟》：“子雋出蜀中，今所在有之，其大如鸠，以春分先鸣，至夏尤甚，日夜号深林中，口为流血，至章陆子熟乃止。农家候之……亦曰杜宇，亦曰杜鹃。”又《华阳国志》等记载，杜宇在蜀地称王，号曰望帝。后禅位隐于山中。死后魂魄化为子规，叫声凄苦，据说一声接一声的，至口中出血也不停。

〔12〕从教：听任。徐凝《春寒》：“乱雪从教舞，回风任听吹。”施肩吾《春日宴徐君池亭》：“池上有门君莫掩，从教野客见青山。”以上两句与前面《肠》诗中的“染筠休伴泪，绕雪莫追歌”两句都是劝解性的话，手法相似。

〔13〕“吴王”二句：相传春秋时吴王种香于香山（今江苏香山）。山下有采香径，吴王常派美人来此采香。这最后两句是故作希望语，意思是说不定哪天有像吴王一样的人物派人来采香，不小心迷路到这烟村，就意外地发现了你呢！宋玉在《九辩》中不仅说了这层意思（“愿徼幸而有待兮”），而且把最终的悲剧结果也说出来了：“泊莽莽与野草同死。”李商隐这首诗则还保持着对未来的某种希望。

【解说】

这是一首感慨异乡沦落的诗。起四句举出杏花的两种境遇，身处上国之时，亭亭之态如在诉说着万种风情；流落异乡之后，脉脉之间似有千言万语说不出口。五、六句说流落异乡后的孤独、冷清与无助。七、八句说它因为心中含着无限的情意，以致弄得自己繁乱如麻。九、十句指出杏花所含的绵绵不尽之意，乃是对故园和旧主的思念与向往。十一句“几时辞碧落”承上，补充说明它是被贬谪下来的。十二句以下，一直到“先拟咏桃根”，讲它贬谪后的寂寞而无奈的生活。最后的四句说的是劝解的话，叫它不要伤心过度（“莫学啼成血”），保持期望（“从教梦寄魂”），也许有一天会被人发现的（“吴王采香径，失路入烟村”）。

李商隐的沦谪意识，在他的作品中多有体现，如《圣女祠》(杳蔼逢仙迹)、《重过圣女祠》、《李花》、《曼倩辞》等。从这个角度看，李商隐可称为“谪仙人”。这个“谪仙人”称号本属于李白，不过一向自诩“天生我材必有用”的李白未必真把自己看作是沦谪的仙人，他相信自己有朝一日一飞冲天（“大鹏一日同风起”），相信“长风破浪会有时”。他的沦谪意识远远没有李商隐这么持久、强烈、深沉和痛苦。

临发崇让宅紫薇〔1〕

一树秾姿独看来，　秋庭暮雨类轻埃。
不先摇落应为有〔2〕，　已欲别离休更开。
桃绶含情依露井〔3〕，　柳绵相忆隔章台〔4〕。
天涯地角同荣谢，　岂要移根上苑栽〔5〕。

【注释】

〔1〕据姚宽《西溪丛语》引《韦氏述征记》，河阳节度使王茂元的宅第在洛阳崇让坊内。王茂元是李商隐的丈人。这个崇让宅当是

指王茂元宅。

〔2〕应为有：应为有情。

〔3〕桃绶：一串串的桃花开得如绶带一般。

〔4〕章台：汉时长安街名，街多柳树。

〔5〕上苑：西汉时期的上林苑，是汉武帝在秦朝旧苑的基础上扩建成的，这里代指皇家园林。

【解说】

首句说独自看树。次句补说是在秋庭暮雨之时看的。“类轻埃”的暮雨不是到了第二句才“加”上去的，是自始自终都存在，是和“看”同时的。三、四句说自己看后的想法（结合了自己要走时的心情和感受），说花朵不在我走之前掉落，大概可以称之为有情吧，现在就要离别了，也请不要再开放为好（这说得紫薇花真是落也不是，开也不是了）。五、六句用露井旁的桃绶、章台边的柳绵作陪衬，说不管流落到哪里，都是天涯沦落人。末二句结合紫薇总结这个道理，说不拘在哪个地方（露井也好，章台也好，上苑也好），荣谢的道理还不都是一样的。惜别不舍之情宛然可见。

十一月中旬至扶风界见梅花〔1〕

匝路亭亭艳〔2〕，非时裛裛香〔3〕。
素娥惟与月，青女不饶霜〔4〕。
赠远虚盈手〔5〕，伤离适断肠〔6〕。
为谁成早秀〔7〕？不待作年芳〔8〕。

【注释】

〔1〕扶风：地名，今陕西省凤翔县一带。

〔2〕匝路：匝地，遍地。郭利贞《上元》：“倾城出宝骑，匝路转香车。”

〔3〕非时：梅花开的不是时候。十一月中旬开，是开早了点。裛裛：形容香气散溢的样子。

〔4〕“素娥”二句：谓梅花身处僻地，唯与霜月为伴。素娥：嫦娥。与：给予。青女：掌管霜雪的女神。刘安《淮南子·天文训》：“至秋三月，地气不藏，乃收其杀；百虫蛰伏，静居闭户；青女乃出，以降霜雪。”高诱注：“青女，天神，青霄玉女，主霜雪也。”

〔5〕虚盈手：梅香盈手，从“虚”字可见出。张九龄的“不堪盈手赠，还寝梦佳期”(《望月怀远》)，也是从月光、从虚的方面说的。

〔6〕适断肠：自己伤离嗟远，见此梅花，徒添愁闷。

〔7〕早秀：过早地开放。这句有意问梅花：你这么早地绽放，是为了谁呢?《红楼梦》林黛玉《问菊》诗句“一样开花为底迟”，可说是这句的反面。

〔8〕年芳：春光，春色。韩偓《梅花》诗：“梅花不肯傍春光，自向深冬着艳阳……应笑暂时桃李树，盗天和气作年芳。”

【解说】

这是一首借咏梅抒发自己怀才不遇、生不逢时的诗。题目交代了见梅花的时间、地点。首二句就说它开的不是地方、不是时候。三、四两句说这梅花在此非时非地的境遇下寂寞冷清，唯与霜月为伴。五、六句说自己身在异乡，见此梅花，触景伤怀，当此嗟远怀人无可奈何之时，想要折梅赠远表心意，却奈何一手梅香虚满。“赠远”说明自己的处境和心意，“虚盈手”说明徒劳无计。由于时空的限制（又何止受限于时空），这远途之人，这不合时宜的人的一腔心愿显得多么无助！梅香盈手，不堪赠人，所以用个“虚”字说明。六句“伤离适断肠”，是把这愿望无法传达（时空的隔绝）的痛苦直接说出来。末二句怜惜梅花，当然也是自伤身世，问梅花怎么这么早早地就开放了，这到底是为了什么呢？为谁呢？——这个疑问，再加上诸多人生中的艰难苦恨，最后都化为《锦瑟》中的千古一叹：“此情可待成追忆，只是当时已惘然。”

李商隐天资聪颖，很早就展现出惊人的才华。他说自己是“五年读经书，七年弄笔砚”（《上崔华州书》），“十六能著《才论》《圣论》，以古文出诸公间”（《樊南甲集序》）。二十不到，即为当时的天平军节度使令狐楚所赏识，任命为幕府巡官，并教他学习“今体”（骈文）的写作。他描述自己的这段特殊而难得的经历是“天平之年，大刀长戟。将军樽旁，一人衣白……人誉公怜，人谮公骂”（《奠相国令狐公文》）。当其得意时，也曾幸福地说过“雾夕咏芙蕖，何郎得意初。此时谁最赏，沈范两尚书”（《漫成三首》）、“庾郎年最少，青草妒春袍”（《春游》）之类的话。但他自令狐楚去世后，人生境况大不如前，不久便开始了四处飘荡、寄人幕下的生活。这与他早年的经历恰好形成了一个鲜明的对照。

这首诗咏叹早秀的梅花，自寓之意显然。

李花

李径独来数〔1〕，　愁情相与悬〔2〕。
自明无月夜〔3〕，　强笑欲风天〔4〕。
减粉与园箨〔5〕，　分香沾渚莲。
徐妃久已嫁〔6〕，　犹自玉为钿〔7〕。

【注释】

〔1〕数：多次。

〔2〕悬：挂着，没有着落。《酬令狐郎中见寄》诗有“万里悬离抱，危于讼阁铃”句，也用了“悬”字，表示没有着落的感受。

〔3〕自明：李花色白，故曰“自明”。

〔4〕笑：唐人常把花朵的绽放称为笑。崔护《题都城南庄》：“人面不知何处去，桃花依旧笑春风。”

〔5〕箨：竹笋皮。

〔6〕徐妃：南朝梁元帝的妃子，她姿容姣好，即使后来上了点岁数，依旧风韵犹存。这里说“徐妃久已嫁，犹自玉为钿”就是用她风韵犹存的意思。

〔7〕钿：古代一种镶以金花的首饰。

【解说】

上一首借梅花抒发“贾生年少虚垂涕”的苦闷，这一首则借李花表达久困不遇的矜持与牢骚，以及一点孤芳自赏的傲气。

首二句说“我”和李花有共通的地方（“愁情相与悬”）。但是具体共通的是什么呢？下面的几句是对这共性的具体说明。三、四句说在不利于“我”的大环境下的无奈表现。五、六句说在岁月的消磨中，青春消逝，白粉也少了，香气也淡了。末二句说尽管如此，现在它（也是“我”）依然风韵犹存，对美的追求依然执着。——粉淡了，香散了，可是像玉一样的美的本质依然如昔。

落花

高阁客竟去，　小园花乱飞〔1〕。
参差连曲陌〔2〕，　迢递送斜晖〔3〕。
肠断未忍扫，　眼穿仍欲稀〔4〕。
芳心向春尽，　所得是沾衣〔5〕。

【注释】

〔1〕“高阁”二句：“客去花乱飞”的同时，别忘了“我”是“落花人独立”。

〔2〕参差：不齐貌。

〔3〕迢递：远貌。

〔4〕稀：指枝上的花越飘越少。稀，一作“归”，非。

〔5〕沾衣：泪。

【解说】

首句说他（她）到底还是走了，次句是把他（她）的背影放在这落花纷飞的状态下看。三、四句是目标消失后环境在视线上自然的延伸。首二句是“孤帆远影碧空尽”，三、四句是“唯见长江天际流”。五、六句说看到落了这么多，已经受不了了，可是它还在一个劲地凋零。末二句把镜头再拉回到“我”自己身上，说明自己在这个境况下的失落之情。

这个“客”是谁呢？他（她）和写诗的人是什么样的关系？他（她）很重要吗？是什么事情使之离开？他（她）的离开是无奈的吗？还是出自离去者本人的意愿？他们之间到底发生了什么故事？现在，我们看不到这个故事了。当我们看到时，这个故事已经结束，我们只能恰好看到故事中的那人渐渐远去的背影。从这里说，我们只是在适当的时候被邀进场的观众。

高松〔1〕

高松出众木，　伴我向天涯。
客散初晴后〔2〕，　僧来不语时。
有风传雅韵，　无雪试幽姿。
上药终相待〔3〕，　他年访伏龟〔4〕。

【注释】

〔1〕从“天涯”“无雪试幽姿”等词句看，此诗当是在桂林时所写。

〔2〕后：各本作“候”，冯浩本作“后”。

〔3〕上药：仙药。葛洪《抱朴子内篇·仙药》引《神农四经》：“上药令人身安命延，升为天神，遨游上下，使役万灵。”

〔4〕伏龟：旧说松树下伏着的神龟，是松树成了精变化的。刘安

《淮南子·说山训》："千年之松，下有茯苓，上有兔丝，上有丛蓍，下有伏龟。"又《初学记·嵩高山》引《嵩山记》："嵩高山有大松树，或百岁，或千岁，其精变为青牛、为伏龟，采食其实，得长生。"

【解说】

首二句说高高的松树出类拔萃，在这天涯海角，只有它陪伴着我。"伴我向天涯"，把松树说得极富人情味。"向"字则说得颇有些神情。三句说客人们都走了，此时独步庭院，看那雨过天晴之后一松挺立的景象，最佳。四句说默然而至的僧人在松树一片浓荫的衬托下，更是增添了静谧之气。五、六句说有风的时候，松涛真是悦耳，只可惜没有雪花来一展幽姿，或暗含了"岁寒然后知松柏之后凋"义。三、四、五六句都是在说松树的好。末二句作希望语，说终有一天，它的非凡价值会被人发现的。

李商隐的诗里有不少伤感、悲怨的情绪，但大都可称作"哀而不伤"，比如这一首的结尾两句，就是说的保持希望的话，还有如《杏花》、《圣女祠》（杳蔼逢仙迹）、《灯》、《鸾凤》、《无题》（相见时难别亦难）等诗篇都是始以哀怨，而终于期许。这表现了他的精神中积极、乐观的面貌。他的诗一方面以尖刻、有深度著称（这以他的讽刺诗为代表），另一方面，又能在伤感中不失其乐观和坚强、艳丽中不失其忠贞（这以他的艳情诗、一些无题诗及咏物诗为代表）。

深树见一颗樱桃尚在[1]

高桃留晚实[2]，寻得小庭南。
矮堕绿云髻[3]，欹危红玉簪[4]。
惜堪充凤食，痛已被莺含[5]。
越鸟夸香荔，齐名亦未甘[6]。

【注释】

〔1〕据题目，应属即景赋诗。

〔2〕高桃：一作“高枝”。

〔3〕矮堕：倭堕髻，古代女子的一种发式，大概是因发髻倾斜若堕而得名。绿云是形容这个髻的，指秀发乌黑发亮。

〔4〕欹危：倾斜。以上两句说深树中悬挂着一颗樱桃，就像绿云髻中斜斜地插着一柄红玉簪。

〔5〕“惜堪”二句：谓这颗樱桃该被鸾凤一类的鸟儿食用，可恨的是却落到了莺嘴里。

〔6〕“越鸟”二句：越鸟们把它和香荔一类的果子放在同一个等级上评夸，这本身就是一个耻辱啊！正如韩信说的那句牢骚话：“生乃与哙等为伍。”

【解说】

首二句说自己在某某地方发现了树上最后一颗樱桃。三、四句说它的好。五、六句说这么好的樱桃本应由凤凰享用的。结果呢，却被黄莺所食。以上六句说它生不逢时，所遇也就可想而知了。末二句说在这种命运下，已经是够憋屈的了，可还要去接受眼前的一切人和事，好比说自己本是凤凰，却掉在了鸡窝里，还要按着鸡的头脑和步调生存。

樱桃的三恨：一恨独挂深树中，二恨成莺口中食，三恨与香荔等为伍。

百果嘲樱桃

珠实虽先熟〔1〕，琼莩纵早开〔2〕。
流莺犹故在，争得讳含来〔3〕。

【注释】

〔1〕“珠实”句：《初学记》卷二十八“果木”部“樱桃”第四，“《吕氏春秋》曰：‘仲夏之月，羞含桃。’高诱注曰：‘含桃，樱桃为鸟所含，故曰含桃。’傅咸《粘蝉赋》曰：‘樱桃为树则多阴，为果则先熟，故种之于厅事之前，有蝉鸣焉。’”又引后梁宣帝《樱桃赋》：“懿夫樱桃之为树，先百果而含荣。”

〔2〕琼莩：樱桃树开出的粉白色的花朵。莩：莩甲，指种子破壳萌芽。樱桃树和桃树等一样都是先开花后长叶子，所以说“纵早开”。樱桃花色白。

〔3〕“流莺”二句：樱桃被莺含食，是件可惜的事。《深树见一颗樱桃尚在》：“惜堪充凤食，痛已被莺含。”争得：怎得。

樱桃答

众果莫相诮，　天生名品高。
何因古乐府，　惟有郑樱桃〔1〕。

【注释】

〔1〕郑樱桃：乐府诗里载有《郑樱桃歌》。郭茂倩《乐府诗集·杂歌谣辞·郑樱桃歌》：“《晋书·载记》曰：‘石季龙，勒之从子也，性残忍。勒为聘将军郭荣之妹为妻，季龙宠惑优僮郑樱桃而杀郭氏，更纳清河崔氏，樱桃又谮而杀之。’樱桃美丽，擅宠宫掖，乐府由是有《郑樱桃歌》。”这里不涉及樱桃的这个残忍的故事，只就古乐府里载有樱桃一事而言。

【解说】

这两首诗一诮一答，表现了樱桃走自己的路让别人说去的性格特点。第一首假借百果嘲笑樱桃，说它尽管花开得早，果实成熟早，奈何命不行，那个爱吃你的流莺应该还在的吧，它怎么忍心不把你含嘴里吃呢？第二首是樱桃对这个不怀好意的讥诮的回应。它说你们不要讥诮我，我是天生高贵，要不然，为什么那古乐府里只有歌颂我的歌曲呢？

在《深树见一颗樱桃尚在》里，作者以樱桃自比，痛惜自己生不逢时，命运不济，而这里的樱桃相对来说则乐观多了。

嘲樱桃

朱实鸟含尽，　青楼人未归。
南园无限树，　独自叶如帏〔1〕。

【注释】

〔1〕帏：帷幕。“帏”字照应第二句。于溃《古离别》末二句“自倚对良匹，笑妾空罗帏”，也是空帏喻独守。李诗的新意在以艳情作嘲。

【解说】

首二句说树里红红的果实已被鸟儿衔光了，就如人去楼空。三、四句是嘲笑的意思，说你看南园里那么多的樱桃树，只剩下浓密的树叶还煞有介事地围得跟个罗帷似的！

李商隐的诗里多有诙谐幽默的成分，这从以上几首里即可看出。

菊

暗暗淡淡紫，　融融冶冶黄。
陶令篱边色〔1〕，　罗含宅里香〔2〕。
几时禁重露，　实是怯残阳。
愿泛金鹦鹉〔3〕，　升君白玉堂〔4〕。

【注释】

〔1〕陶令：陶渊明。因他做过彭泽县令，所以称陶令。陶渊明

爱菊。

〔2〕“罗含”句：《晋书·罗含传》，“及致仕还家，阶庭忽兰菊丛生，以为德行之感焉。”

〔3〕金鹦鹉：用鹦鹉螺做成的酒杯。

〔4〕白玉堂：汉乐府《相逢行》，“黄金为君门，白玉为君堂。”

【解说】

这首诗借咏菊花表达自己的高洁品质以及希望得到人赏识的心愿。首二句用“暗暗淡淡”“融融冶冶”形容它的两种颜色。三、四句指出菊花高洁的品质。五、六句说它其实也很坚强，它的所作所为，实在是出于“恐美人之迟暮”的心理。末二句道出了它内心殷切的愿望。它希望有人能够像陶渊明和罗含那样发自内心地真正地赏识它。

垂柳

娉婷小苑中，　婀娜曲池东[1]。
朝佩皆垂地，　仙衣尽带风。
七贤宁占竹[2]，　三品且饶松[3]。
肠断灵和殿，　先皇玉座空[4]。

【注释】

〔1〕“娉婷”句：小苑、曲池与后面的朝佩、仙衣、七贤、三品，以及灵和殿、先皇、玉座赋予了垂柳以超出它本身的意义。

〔2〕七贤：魏晋时的竹林七贤。七贤爱的是竹子。刘义庆《世

说新语·任诞》："陈留阮籍、谯国嵇康、河内山涛，三人年皆相比，康年少亚之。预此契者：沛国刘伶、陈留阮咸、河内向秀、琅邪王戎。七人常集于竹林之下，肆意酣畅，故世谓竹林七贤。"

〔3〕饶：让。这句说松树曾被封以三品。据《嵩山志》载，武则天曾在嵩山少林寺封松树为三品大夫，松树的这一光荣历史，垂柳也不好比。五、六两句的写法，在《李肱所遗画松诗书两纸得四十韵》中也用过。这里把垂柳与竹松进行对比，指出垂柳有不如竹、松处，实际上是说垂柳和竹松各有千秋。而《李肱所遗画松诗书两纸得四十韵》一诗里则是把松树和桂树、桑树进行对比，得出它们各有灵气不同的结论。（参见"淮山桂偃蹇，蜀郡桑重童。枝条亮眇脆，灵气何由同"四句）

〔4〕"肠断"二句：想当年，灵和殿旁，御柳千行，也曾受过先皇的爱赏！灵和殿：南朝齐武帝时所建。李存勖《歌头》词："灵和殿，禁柳千行，斜金丝络。"可见，灵和殿旁，垂柳们也曾风光过的。

【解说】

首二句说垂柳当年得意的样子，其手法一如《杏花》诗的开头。三、四句接着说这个意思，"垂地""带风"，总不离柳的本分。五、六句"突然"离开垂柳，说竹和松都有它们属意的人，言下之意是说垂柳本也有的，可是属意于它的那个人哪里去了呢？末二句把这个疑问明确地回答了，原来这是株沉浸在往事感伤中的垂柳。

柳

柳映江潭底有情[1]，望中频遣客心惊。
巴雷隐隐千山外[2]，更作章台走马声[3]。

【注释】

〔1〕底有情：极有情。

〔2〕巴：巴蜀。唐宣宗大中五年（851），李商隐应东川节度使柳仲郢之辟，前往四川梓州担任掌书记一职。这首诗应该是在四川期间写的。

〔3〕章台：西汉时长安城有名的街道，以多柳著名。史书记载西汉京兆尹张敞每次罢朝回去，都要“走马章台街”。李商隐《无题》(昨夜星辰昨夜风)：“嗟余听鼓应官去，走马兰台类转蓬。”

【解说】

这是一首借物伤别之作。前二句直说出观后感，为什么会如此受“惊”呢？别急，且跟着他把眼睛专注于映着柳枝的潭底，积聚起作为一个远客之人的情绪。后二句说雷声远远地听起来，就像是当年在章台街上的车马声。此时回顾前面，原来他对柳的过度反应是由于柳在他的记忆和情绪中产生的特殊作用。由于柳在当年走马章台的生活中具有特殊的意义，使他此时此刻成了“惊弓之鸟”(“望中频遣客心惊”)，又使他在接下来的事件中（误听巴雷为走马声）“风声鹤唳”。

巴江柳

巴江可惜柳〔1〕，柳色绿侵江。
好向金銮殿〔2〕，移阴入绮窗。

【注释】

〔1〕巴江：四川的巴江。

〔2〕金銮殿：金銮殿位于大明宫太液池的南边，因殿旁有金銮坡，故名。马端临《文献通考·职官八》："前朝因金銮坡以为门名，与翰林院相接，故为学士者称金銮以美之。"金銮殿和大明宫西边的翰林院相近，因此与文人学士们的关系密切。文官们常在金銮殿当值，并以此为荣。如李白在《赠从弟南平太守之遥二首》之一中说自己初被君王重用时的情况是："承恩初入银台门，著书独在金銮殿。"再如李德裕《长安秋夜》"内宫传诏问戎机，载笔金銮夜始归"、元稹《酬李浙西先因从事见寄之作》"近日金銮直，亲于汉珥貂"、白居易《重赠李大夫》"早接清班登玉陛，同承别诏直金銮"、韩偓《感事三十四韵》"紫殿承恩岁，金銮入直年"等。

【解说】

巴江之柳，绿色侵染江水，这个视觉上的感受令人愉悦。这个愉悦的感受把他引向了哪里呢？在他的感觉里被触动的是哪部分呢？三句提到"金銮殿"，一个特定的场所，这个场所在他的记忆中此时被触发了，被这个强烈的视觉上的感受触发了，一下子，它们被组合起来，同时呈现。末一句"移阴入绮窗"只是个结果。

李商隐的许多诗里常有个念念不忘的怀旧的地点，一个隐隐的痛处，如《重过圣女祠》、《杏花》、《蝶》（叶叶复翻翻）等皆是。

柳

为有桥边拂面香，何曾自敢占流光[1]。
后庭玉树承恩泽[2]，不信年华有断肠。

【注释】

〔1〕“为有”二句：谓柳的命运只有在桥边飘飘枝条，给行人传送点香气（桥是人来人往的地方，迎送的都是匆匆过客），哪敢望独占春光？流光，春光。

〔2〕后庭玉树：长在皇家后花园供人赏玩的名卉，语出陈叔宝《玉树后庭花》诗。承恩泽：受人宠爱。

【解说】

前两句说生在桥边的柳树虽然婀娜多姿，可是身微命贱，哪敢有什么非分之想（出身不好，就像左思说的“郁郁涧底松”，陆游说的“驿外断桥边”，或者李商隐自己说的“匝路亭亭艳，非时裛裛香”）？后两句说长在人家后庭中的玉树从不缺呵护，哪里会相信人生中还有离别这样的断肠事。柳树就不同了，他生长在人们匆匆来去的桥边，被离别的人折过，早已品尝过了人世中的辛酸。

李商隐许多诗的写法就如这首《柳》，以及前面的《蝶》（飞来绣户阴）、《灯》等诗，常常以对比的方式揭示出两种截然对立的存在状态。因此，他的诗里往往存在着一种紧张与冲突的美，以及强烈的批判意识。从时代看，这反映出了晚唐时期社会阶层的矛盾和对立。

柳

曾逐东风拂舞筵，　乐游春苑断肠天[1]。
如何肯到清秋日，　已带斜阳又带蝉。

【注释】

〔1〕乐游春苑：乐游原。

【解说】

首二句说它曾经追逐过快乐，经历过美好的难忘的时光，末二句却说，可是现在呢，到了衰败的秋天了，你看垂拉的身影下，这又是拖夕阳又是带鸣蝉的，我们这个“曾经沧海”过的柳树怎么肯的呢？

这里突出的是今昔强烈的对比，是现实的无情。

柳

动春何限叶，　撼晓几多枝[1]。
解有相思否？应无不舞时[2]。
絮飞藏皓蝶，　带弱露黄鹂[3]。
倾国宜通体，　谁来独赏眉[4]？

【注释】

〔1〕“动春”二句：表现春天的何止是叶子，你看那拂晓时分舞动着的万千柳枝，多么婀娜！

〔2〕“解有”二句：你看柳条不仅善解人意（折柳赠所思），而且无时不在翩翩起舞。《北史·列传第五十五》：“杨素尝于朝堂见调，因独言曰：‘柳条通体弱，独摇不须风。’”否：一作“苦”，非。古人有折柳寄所思的习俗。

〔3〕“絮飞”二句：飘柳絮的时候，就与皓蝶为伴，柳条柔软多姿的时候，就与黄鹂为伍。带：指柳条。

〔4〕“倾国”二句：要达到倾国的效果，就该要整个身段都好，光有个柳叶眉有什么用啊！通体：指柳条。眉：指柳叶。

【解说】

这是一首讽刺诗。首二句说表现春天的何止是柳叶，看拂晓时分婀娜多姿的柳条通体多么流畅。三、四句接着说柳条特别善解人意，你看它扭着腰肢做出各种迎合的姿态。五、六句说它特别善于和皓蝶、黄鹂为伴，真是物以类聚。末二句再把柳叶和柳条作对比，说柳叶不过就是像眉毛这点算是不错罢了，可是要想达到倾国倾城的效果，还得要有柳条这样的身段才行啊！

赠柳

章台从掩映〔1〕，郢路更参差〔2〕。
见说风流极〔3〕，来当婀娜时。
桥回行欲断，堤远意相随〔4〕。
忍放花如雪〔5〕，青楼扑酒旗。

【注释】

〔1〕章台：见《柳》(柳映江潭底有情）注〔3〕。

〔2〕郢路：楚路，流放的路。屈原《九章·抽思》：“惟郢路之辽远兮，魂一夕而久逝。”以上两句说，无论是在北方的章台街，还是在南方的郢路，都有你美丽的身影。

〔3〕见说：听说。《南史·张绪传》：“绪吐纳风流，听者皆忘饥疲，见者肃然如在宗庙。虽终日与居，莫能测焉。刘悛之为益州，献蜀柳数株，枝条甚长，状若丝缕。时旧宫芳林苑始成，武帝以植于太昌灵和殿前。常赏玩咨嗟曰：‘此杨柳风流可爱，似张绪当年时。’”

〔4〕“桥回”二句：状杨柳依依不舍之态。

〔5〕花：柳絮。

【解说】

这是一首赞美柳的诗。首二句先笼统地说它的参差掩映之美，三、四句说它婀娜多姿，风流无限。五、六句说它的多情和依依不舍之态。七句“忍放花如雪”，“忍”字说得柳好像很是心痛而无奈。七、八句承上两句“桥回行欲断，堤远意相随”继续说柳的多情，说它不仅仅“意相随”，还有实际上的行动。这个行动就是“忍放花如雪，青楼扑酒旗”。

谑柳

已带黄金缕〔1〕，　仍飞白玉花〔2〕。

长时须拂马，　密处少藏鸦〔3〕。

眉细从他敛，腰轻莫自斜。
玳梁谁道好[4]，偏拟映卢家[5]。

【注释】

〔1〕黄金缕：柳条。

〔2〕白玉花：柳絮。

〔3〕少：稍。

〔4〕玳梁：玳瑁梁。玳瑁：也作瑇瑁，一种海龟，甲片在古代据说是珍贵的装饰物。梁：屋梁。

〔5〕卢家：指萧衍《河中之水歌》中所说的卢家，见《灯》注〔13〕。

【解说】

如题，这是一首嘲谑柳的诗。首二句说它又是黄金缕，又是白玉花的，都已经得意成这样了，还不知满足。三、四句说它很会规划自己，迎合需要，与时俱进。五、六句谑它的搔首弄姿的样子，看它细眉嫩眼的，在那里无事愁苦，作勾魂状，那小腰肢为了吸引眼球，都扭成什么样儿了！“莫自斜”，是劝告语，告诉它要珍惜身体，要是扭伤了可不好。末二句谑它的好妒争胜之心，一听说谁怎么样怎么样，就吵着要去比个高低。

上一首《赠柳》写尽柳的多情，这一首却又力刻柳的善妒，足见作者笔力之多端，运意之狡黠。

离亭赋得折杨柳二首[1]

一

暂凭尊酒送无憀[2]，莫损愁眉与细腰。
人世死前惟有别，春风争拟惜长条[3]。

【注释】

〔1〕离亭：送别之亭，一般建在城郊的道边。赋得：古人写诗，如沿用古题或摘取古人成句为诗，一般题目上即冠以“赋得”二字，有时也用于即景赋诗，这里显然是沿用古题。《折杨柳》，即为乐府曲词，见郭茂倩《乐府诗集》。

〔2〕尊酒：杯酒。

〔3〕争拟：怎拟。

【解说】

首二句说暂凭这杯中酒来解闷消愁吧，不要因离别而伤感伤身。三四句说人生在世，活着仿佛就是不断地离别，那善解人意的春风又怎么会怜惜这长长的柳条呢！

二

含烟惹雾每依依[1]，万绪千条拂落晖。
为报行人休尽折，半留相送半迎归[2]。

【注释】

〔1〕每：常。

〔2〕“为报”二句：劝说行人不要在离别的时候把杨柳折尽了，留下些作为迎归的使者。

【解说】

首二句先说柳条的可爱，意思是要你不忍心去折它。后二句再劝说行人不要全折尽了，应当“半留相送半迎归”。

以上两首诗的立意都在柳上，但一个是要你去折柳，一个又是要你去惜柳，真弄得人无所适从了，“狡黠”得很。

赋得鸡

稻粱犹足活诸雏〔1〕，妒敌专场好自娱〔2〕。
可要五更惊晓梦〔3〕，不辞风雪为阳乌〔4〕。

【注释】

〔1〕“稻粱”句：谓大公鸡占有的食物足够养活子女了。

〔2〕好自娱：它以斗为乐。刘孝威《斗鸡篇》：“丹鸡翠翼张，妒敌得专场。”

〔3〕可要：岂肯。

〔4〕阳乌：太阳。古代传说太阳里有个三足乌，后人因以阳乌指太阳。

【解说】

这是一首讽刺那些善妒好斗、忘记自己本分之人的诗。首二句说它粮食已够了，足以养家糊口了，可是它还这么好妒斗狠，争来争去，还自以为其乐无穷。末二句说它完全忘了自己的本职工作，哪肯去做那忠于职守、为人民服务的报晓鸡啊？

蝶

叶叶复翻翻〔1〕，斜桥对侧门〔2〕。
芦花惟有白，柳絮可能温〔3〕？
西子寻遗殿，昭君觅故村〔4〕。
年年芳物尽，来别败兰荪〔5〕。

【注释】

〔1〕叶叶、翻翻：状蝶的飞。

〔2〕斜桥、侧门：飞蝶经过的衰败偏僻的场所。

〔3〕“芦花”二句：芦花白得无情，而柳絮也一样冷冰冰。这里的说法和他在另一首《蝶》诗里说的两句“相兼唯柳絮，所得是花心”，手法恰好相反。对照着看，可以见出作者对意象的运用非常灵活。可能温：岂能温，即不温。絮：一作“叶”。

〔4〕“西子”二句：比拟蝶的怀旧。西子：西施。西施是越王勾践送给吴王阖闾的，居于吴宫。吴国灭亡后，吴宫即为遗殿。昭君：王昭君。王昭君本是汉元帝的宫女，后奉旨和亲，远嫁匈奴。她出生在南郡秭归县宝坪村，今湖北省宜昌市兴山县昭君村。

〔5〕兰、荪：皆香草名。屈原《离骚》："扈江离与辟芷兮，纫秋兰以为佩。"王逸注："兰，香草也。"《九歌·湘君》："薜荔柏兮蕙绸，荪桡兮兰旌。"王逸注："荪，香草也。"

【解说】

这是一首伤春怀旧之作。首二句先给出一个翩翩飞舞的蝴蝶，它飞过斜桥，飞过侧门，它的飞是有目的的。三、四句用芦花、柳絮的无情来衬托它的孤独与执着。五、六句用凭空捏造的历史来表达蝴蝶的故园之思。李商隐引用典故常把典故意象化，组织进诗的结构中，融合在他所要表达的诗意里。末二句揭示出这个叶叶复翻翻的伤感的孤蝶是来怀旧的。

蝶

飞来绣户阴，　穿过画楼深〔1〕。
重傅秦台粉〔2〕，　轻涂汉殿金〔3〕。
相兼惟柳絮，　所得是花心。
可要凌孤客〔4〕，　邀为子夜吟〔5〕。

【注释】

〔1〕绣户、画楼：指蝶尽往好地方飞。

〔2〕傅：通"敷"，涂抹。秦台：也叫凤台。《列仙传·萧史》："萧史者，秦穆公时人也。善吹箫，能致孔雀白鹤于庭。穆公有女，字弄玉，好之。公遂以女妻焉。日教弄玉作凤鸣。居数年，吹似凤

声，凤凰来止其屋。公为作凤台。夫妇止其上，不下数年。一旦皆随凤凰飞去。”又《中华古今注》“粉”条载：“自三代以铅为粉，秦穆公女弄玉有容德，感仙人萧史，为烧水银作粉与涂，亦名飞云丹。”

〔3〕“轻涂”句：班固《汉书》载，汉成帝的皇后赵飞燕所居住的宫殿用黄金作涂料。此外，汉武帝说过用黄金作屋的豪话。据《汉武故事》，汉武帝还是个几岁的小孩子的时候，他姑姑问他将来娶媳妇的问题，他曾说：“若得阿娇（姑姑的女儿）作妇，当作金屋贮之。”

〔4〕凌：接近。孤客：当指深夜独自吟唱的昆虫。

〔5〕子夜歌：省作“子夜”，古乐府曲名。郭茂倩《乐府诗集·清商曲辞·子夜歌》引《唐书·乐志》曰：“《子夜歌》者，晋曲也。晋有女子名子夜，造此声，声过哀苦。”子夜，既指幽怨孤苦之曲，亦指深夜之时蟋蟀等昆虫的吟唱。蝶不在夜晚活动，故有此说。

【解说】

这是一首讽刺诗。前六句说它（蝴蝶）白天忙碌得很，整日在富贵繁华、男欢女爱之所流连忘返，和它打交道的是轻飘飘的柳絮，而它得到的是香艳艳的花心。末二句忽作对比语，说它哪肯与那些“孤客”一起吟唱幽怨的夜曲啊！

蝶

孤蝶小徘徊，　翩翾粉翅开〔1〕。
并应伤皎洁，　频近雪中来〔2〕。

【注释】

〔1〕翩翾：一作“翩翩”。

〔2〕伤皎洁：自伤皎洁。

【解说】

为什么它“频近雪中来”，是白雪对它有一种神秘的吸引力吗？一次次地，它不由自主地飞了过去。是皎洁的雪使它误以为同类吗？还是它自悼命薄，此刻正承受着自身的皎洁？或者它本就是一片尚未落地的雪花？

常识告诉我们，下雪天是不会有蝴蝶出没的。可这首诗却明明白白告诉我们雪地里有一只翩翩飞舞的蝴蝶。蝴蝶和雪的意象同时出现在一首诗里，这个手法或可与王维绘画不问四时并论。据沈括《梦溪笔谈》（卷十七）云，他家藏有王维的《袁安卧雪图》，图中有雪中芭蕉。他引彦远《画评》言：“王维画物，多不问四时，如画花往往以桃、杏、芙蓉、莲花同画一景。”

这只孤蝶伤感于皎洁之雪，即自伤之意。

洞庭鱼

洞庭鱼可拾，　不假更垂罾〔1〕。
闹若雨前蚁，　多于秋后蝇。
岂思鳞作簟，　仍计腹为灯〔2〕。
浩荡天池路，　翱翔欲化鹏〔3〕。

【注释】

〔1〕罾：一种捕鱼工具。

〔2〕“仍计”句：鱼腹多脂，可以作灯油。冯浩注引《天宝遗事》：“南方有鱼，多脂，照纺绩则暗，照宴乐则明，谓之馋灯。”

〔3〕“天池”二句：《庄子·逍遥游》，“北冥有鱼，其名为鲲。鲲之大，不知其几千里也。化而为鸟，其名为鹏。鹏之背，不知其几千里也。怒而飞，其翼若垂天之云。是鸟也，海运则将徙于南冥。南冥者，天池也。”

【解说】

这也是一首讽刺诗。首二句说洞庭湖里的鱼多得随手可拾。三、四句说这些鱼闹哄哄的就像下雨前的蚂蚁，密密麻麻的就像秋后的苍蝇。五、六句说这些洞庭鱼们精于算计，得陇望蜀。末二句说你瞧瞧，这些争名夺利、恬不知耻的家伙们还一个个快要飞黄腾达了呢！

蝉

本以高难饱〔1〕，　徒劳恨费声〔2〕。
五更疏欲断〔3〕，　一树碧无情〔4〕。
薄宦梗犹泛〔5〕，　故园芜已平〔6〕。
烦君最相警〔7〕，　我亦举家清〔8〕。

【注释】

〔1〕“本以”句：古人认为蝉栖居在高枝上，吃的是露水。高难

饱即饥寒之慨。

〔2〕“徒劳”句：心里再难受，再有牢骚（恨），嘴里叫得再响，再激昂，也是白费气力。

〔3〕“五更”句：蝉声在此五更时候有气无力，断断续续的。

〔4〕“一树”句：当此声嘶力竭，天荒地老之时，一树尤其碧得无情。碧绿之色连成一片，成了高于它的存在。树既如此，蝉何以堪。李商隐另有《哭刘司户二首》诗云：“一叫千回首，天高不为闻。”此处的碧绿之树即如那高高在上、不为下闻的无可奈何天。

〔5〕薄宦：微官。梗：草木的根茎。《战国策·赵一》：“夜半土梗与木梗斗曰：‘汝不如我。我者，乃土也。使我逢疾风淋雨，坏沮乃复归土。今汝非木之根则木之枝耳，汝逢疾风淋雨，漂入漳河，东流至海，泛滥无所止。’”后世因用“梗泛”表示漂泊无依。

〔6〕芜：杂草丛生。平：指杂草丛生，远看连成了一片。此句比陶渊明的“田园将芜胡不归”一句说得还要无奈、痛心，因为陶渊明说这话时毕竟还可以回去的。李商隐却是“薄宦梗犹泛”，有家难回。

〔7〕烦：烦劳。君：指蝉。警：指蝉声警醒人心。

〔8〕举家清：等于说自己一贫如洗。清：清贫。

【解说】

一

此诗以蝉自比。起句言所处如此，忍饥挨饿就是必然的了。所以下句用“徒劳”二字作总结。三句“五更疏欲断”，状蝉声之凄苦，是个断续的状态。四句“一树碧无情”，状内心之紧张，是个连续的状态，更见其难忍。言“碧”，就是个难忍的意思。言“无情”是从深心里忍不住要说出来的感受。五、六句由蝉及己，说自己飘零无依，兴起了归乡之意。末二句更进一步，说他在蝉声的警醒下仿佛看到了自己的处境。

在这首诗中，李商隐表达出了内心的苦闷与失落，薄宦泛梗，故园已芜，却始终没能像陶渊明那样用《归去来兮辞》来响亮地号召自己。当陶渊明说“田园将芜胡不归”时，心情是重获自由时的喜悦。而当李商隐说“故园芜已平”，说“永忆江湖归白发，欲回天地入扁舟”时，他的心情仍然是囚禁中的苦闷。这是他个人的苦闷，也是时代的苦闷。

二

有人说这首诗前半部分写蝉，后半部分写人，断裂了。这只是皮相之论。这首《蝉》诗，尽管在表层上半蝉半人，实质上却是人蝉合一。具体地说，在诗的前半部，我们认识到了一只蝉，同时又感受到了一个心里有恨、与周围环境处于紧张、对立状态中的人。而在后半部，我们进一步地了解到了这个人，而同时也感受到了原来那个蝉心里的恨的具体内容：原来这是一只漂泊在外、有家难回的流浪蝉。也就是说，后半部分的人的处境使得蝉的紧张的内心有了具体的指向，而蝉则提供了后半部分中的人的内心的紧张程度。总之，只有把前后两部分所具有的不同的内蕴整合起来，才能构成一个完整的蝉或一个完整的人。

三

前面曾将《灯》诗与奥地利诗人里尔克的名篇《豹》做过比较，今再比以《蝉》诗。从所咏之物看，二者都是着力描述一种被囚禁的不自由的紧张状态。《豹》诗是事先告诉我们有一只豹在笼中，然后引领我们去体验它的被拘囚的滋味。《蝉》诗事先没有告诉我们有一只蝉在笼中，但文中描述的这只蝉与周围的环境是如此的紧张和对立，事实上也是在引领我们去体验一种被拘囚的滋味。

此外，从艺术手法看，《豹》诗自始至终刻画的是豹。通过对豹子的形体、眼神、动作等细节的观察和体验式描写，揭示出豹子内在的神态，故可谓之“以形写神”。《蝉》诗虽也不乏真切的体验，但却不太注重事物本身的细节描写，而旨在设计典型的场景来表现人物的内在的神态。因为一开始就采取了“遗貌取神”的美学原则，所以不妨人蝉分写，以一种表面上的分裂来反向暗示我们内在的统一，故可谓之“离形得似”。

《豹》诗以冯至所译最为流行，但其译文为现代汉语。今试译为古体，以与李商隐《蝉》诗对照来看：

豹

——在巴黎植物园

目眩千杆铁，　神迷无尽缠。
身外知何有，　天地碍眼前。
步柔旋已极，　力舞昏欲眠。
几时自窥犯，　一斑忽相传。
四肢寂立处，　中心入渺然。

流莺〔1〕

流莺漂荡复参差〔2〕，度陌临流不自持〔3〕。
巧啭岂能无本意〔4〕？良辰未必有佳期〔5〕。
风朝露夜阴晴里，万户千门开闭时〔6〕。
曾苦伤春不忍听，凤城何处有花枝〔7〕？

【注释】

〔1〕流莺：四处飞啼的莺鸟。

〔2〕漂荡复参差：形容莺鸟高高低低、飘飘荡荡的轻盈优美的飞翔姿态。

〔3〕度陌临流：暗指流莺的飞翔是有“偏好”的地点的。不自持：不能自已。以上两句写法类似《蝶》诗首二句：“叶叶复翻翻，斜桥对侧门。”

〔4〕“巧啭”句：这句以反问的语气强调，流莺的歌声如此婉转动听怎么可能是出于无心呢?!

〔5〕“良辰”句：承上句指出，它其实是一只怅惘佳期的伤感的鸟儿。

〔6〕“风朝”二句：列举流莺啼叫的种种环境，而突出它的无所依从。这两句既写出流莺的早晚鸣叫不止，亦暗指它的投靠无门。

〔7〕“曾苦”二句：表明作者和这流莺一样同是伤春者，故此忍不住要替可怜的流莺发问：这凤城之中到底哪有可以依托的花枝啊？凤城：古指秦都咸阳，此指唐都长安。

【解说】

首句形容流莺优美轻盈的飞姿，次句指出这只流莺在特定的地点最是不能自已。三、四句说明它之所以在某些特殊场合不能自已的原因，原来这是一只用歌声表达内心的苦闷和感伤的鸟儿。五、六句具体描写它的流离失所、飘荡无依的生活。七、八句是一直“在暗中”观察、倾听这只流莺的人忍不住现身为它漂泊无依的身世发出叹问。

鸾凤

旧镜鸾何处〔1〕？衰桐凤不栖〔2〕。
金钱饶孔雀，锦段落山鸡〔3〕。
王子调清管〔4〕，天人降紫泥〔5〕。
岂无云路分〔6〕？相望不应迷。

【注释】

〔1〕鸾：据范泰《鸾鸟诗序》，此鸟在镜中看到自己，如伤同类，乃至悲鸣而死。

〔2〕“衰桐”句：传说凤凰非梧桐树不栖，这里进一层地说它是连衰桐也不肯栖的。宋玉《九辩》：“众鸟皆有所登栖兮，凤独遑遑而无所集。”

〔3〕金钱、锦缎：指羽毛的花纹、色彩。以上两句是说，论羽毛的美丽，鸾凤比不上孔雀与山鸡。

〔4〕王子：王子乔，仙人。据《列仙传·王子乔》载，此人“好吹笙，作凤凰鸣。”

〔5〕紫泥：古人用泥土封书信，帝王用的泥叫紫泥。因此紫泥也代指诏书。

〔6〕云路：云间，高天。分：本分，职分。李商隐《幽居冬暮》："如何匡国分，不与夙心期。"

【解说】

首二句说鸾凤无处可栖。三、四句说从外表看，孔雀和山鸡比它们华丽多了。五、六句指出鸾凤所应该过的生活。末二句归以希望，要鸾凤不要灰心，要相信自己有高远的前途。

霜月

初闻征雁已无蝉〔1〕，　百尺楼台水接天〔2〕。
青女素娥俱耐冷〔3〕，　月中霜里斗婵娟〔4〕。

【注释】

〔1〕征雁：归雁。无蝉：指到了深秋，听不到蝉声了。

〔2〕"百尺"句：从高台上远望，只见水天在月光的映照下茫茫一色。

〔3〕青女：主掌霜雪的神。见《十一月中旬至扶风界见梅花》注〔4〕。

〔4〕婵娟：美好的样子。

【解说】

首句"征雁"点出季节，"无蝉"表示寒意。次句"百尺楼台"，是说高处的寒。“水接天”，咏月光。三四句显出作诗的妙法。妙则妙在月流霜飞的灵动上，妙在一个“斗”字上，妙在斗得浑然，斗得无形。试把它和张元的诗句“战罢玉龙三百万，败鳞残甲满天飞”作个比较看：张诗斗得粗豪，李诗斗得精妙；张诗斗得磅礴，李诗斗得浑然；张诗斗在结果上，斗在实处，所以说“败鳞残甲满天飞”；李诗斗在过程上，斗在虚处，所以说“月中霜里”；张诗是斗给人看的，李诗是斗给人想的；张诗斗得有形，李诗斗得无形。

月

池上与桥边，　难忘复可怜。
帘开最明夜，　簟卷已凉天。
流处水花急，　吐时云叶鲜。
姮娥无粉黛〔1〕，　只是逞婵娟。

【注释】

〔1〕姮娥：嫦娥，指月。

【解说】

首二句先找出最佳的位置和看点（池上、桥边，都是和水分不开的），总的说水月交映之夜美得令人难忘。三、四句都要和这水发生关系：拉开窗帘，只见一轮明月当天，下面波光粼粼的。而竹席上，月凉如水，是到收卷的时候了。五句说月和水的互动之态，六句说月和云的映衬之美。末二句不再找具体的东西表现它（这种表现，说实话，终究是隔了一层），而是在饱有了一切观察的具体印象后，直接去感受这月的“本质”（婵娟，是这本质的流露，而“逞”，是这本质的不可遏止的力）。无须粉黛，婵娟自美。最后这两句和上一首的“月中霜里斗婵娟”一样神妙。

月

过水穿楼触处明，　藏人带树远含清〔1〕。
初生欲缺虚惆怅〔2〕，　未必圆时即有情。

【注释】

〔1〕藏人带树：传说月中有嫦娥、吴刚和桂花树。刘义庆《世说新语·言语第二》：“徐孺子年九岁，尝月下戏。人语之曰：‘若令月中无物，当极明邪？’徐曰：‘不然，譬如人眼中有瞳子，无此，必不明。’”杜甫《一百五日夜对月》中“斫却月中桂，清光应更多”两句，是假设，是推理，这里是从实际的效果看的。

〔2〕初生欲缺：月初生与欲缺之时。虚：空，枉自。

【解说】

这首咏月之作，是以月的无情来反衬人的多情与无奈。首句说月亮经过水面时，银光闪闪，穿过楼台时，窗明几亮，总之月之所至一片皎洁（这是用明月的光来泛说一切月的光线作用）。次句说月的本身，月里面还装载着人和树呢，可是你远远地看见它，依然是那么清亮，一副一尘不染的样子。三句说它初生的时候也好，残缺的时候也好，你都不要因它而自作多情（虚惆怅），四句接着说你这样为它空自惆怅有什么意思呢？恐怕它就是在最圆的时候也未必有什么情意（总之，它的阴晴圆缺不干卿事）。

宋代词人朱敦儒在《水调歌头》里也说到了类似的意思："中秋一轮月，只和旧青冥。都缘人意，须道今夕别般明。"

齐梁晴云〔1〕

缓逐烟波起，　如妒柳绵飘。
故临飞阁度，　欲入回陂销〔2〕。
萦歌怜画扇〔3〕，　敞景弄柔条〔4〕。
更奈天南位〔5〕，　牛渚宿残宵〔6〕。

【注释】

〔1〕题目或可理解为，用齐梁体咏晴云。齐梁体是南朝齐梁时期形成的一种诗风，以咏物写人细致入微为主要特点，形式上追求音律的和谐、对偶的工丽、辞藻的绮艳等。齐梁又表明了晴云的地理位置。

〔2〕回陂：环形的山坡。

〔3〕萦歌：云绕歌。云和歌搭上关系始于《列子·汤问》中的"声振林木，响遏行云"。

〔4〕敞景：云开日出。景：日光。

〔5〕天南位：齐梁在长江以南，所以这么说。

〔6〕更奈：更赖。牛渚：即牛渚矶，又名采石矶，是扼守长江的重要关口，也是著名的风景名胜地。

【解说】

这首诗应是以齐梁晴云喻贵族的富贵闲暇的生活。首二句说云起时的状态，缓缓地随着烟波升起，那轻飘飘的神态就像是故意要跟柳絮作对似的（“妒”字，是要我们往柳絮飘飞的样子处想）。三、四、五、六句说云起之后的主要活动，看它整天和“画扇”“柔条”混在一起，这样的云确实是齐梁式的。末二句说它一天的活动下来，到了夜晚就垂落到著名的牛渚上休息。

春雨

怅卧新春白袷衣〔1〕，白门寥落意多违〔2〕。
红楼隔雨相望冷〔3〕，珠箔飘灯独自归〔4〕。
远路应悲春晼晚〔5〕，残宵犹得梦依稀〔6〕。
玉珰缄札何由达〔7〕，万里云罗一雁飞〔8〕。

【注释】

〔1〕白袷衣：白夹衣。萧统《文选》中收潘岳《秋兴赋》：“藉莞蒻，御袷衣。”李善注：“袷，衣无絮也。”又据李商隐《楚泽》“白袷经年卷，西来及早寒”句，白袷衣应是秋天穿的，有一定的御寒功能。此处言“新春”，言“白袷衣”，可见寂寞中有着冷意。这个冷和下面红楼隔雨时相望的冷不是一回事。

〔2〕白门：古城门名，指南朝都城建康的宣阳门，旧为男女幽会欢爱之所。南朝乐府民歌《杨叛儿》：“暂出白门前，杨柳可藏乌。欢作沉水香，侬作博山炉。”意多违：心意多违。

〔3〕隔：阻隔，指不能相会。不能相会，故觉“意多违”。隔着雨，隔着红楼相望，相望却最终无望。这个望最终落实到一个“冷”字上，这个冷就代表了令人无奈的冷冰冰的现实。

〔4〕珠箔：珠帘。

〔5〕晼晚：沉沦。宋玉《九辩》：“白日晼晚其将入兮，明月销铄而减毁。”

〔6〕残宵：残夜。梦依稀：指梦里依稀相见。

〔7〕玉珰：玉做的耳饰，随信寄出的情物。《释名》：“穿耳施珠曰珰。”李贺《大堤曲》：“青云教绾头上髻，明月与作耳边珰。”缄札：书信。

〔8〕云罗：像罗网一样布撒在空中的阴云。鲍照《舞鹤赋》：“厌江海而游泽，掩云罗而见羁。”

【解说】

首句“怅卧新春白袷衣”，有神情，有姿势，有服装，但卧着的那人看不分明，只由一袭白衣写意。次句“白门寥落意多违”，把镜头推向更广大处，但见春雨绵绵，一片寂寥之色。“意多违”三字是回到上句，把那人的神情具体化。三、四句“红楼隔雨相望冷，珠箔飘灯独自归”，是个咫尺天涯的经典剧情。一个在楼上，一个在雨中；一个隔窗相望，一个雨中怅归……五、六句“远路应悲春晼晚，残宵犹得梦依稀”，是这剧情下的抒情之乐，是这音乐之下的如烟往事。末二句“玉珰缄札何由达，万里云罗一雁飞”，是把那镜头重新聚焦到开初的那人身上。让这个心“意多违”，百感无奈的人仰望苍穹，去羡慕、寄希望于空中高翔的鸿雁。

微雨

初随林霭动[1]，稍共夜凉分。
窗迥侵灯冷[2]，庭虚近水闻。

【注释】

〔1〕林霭：林中雾霭。

〔2〕侵：有“随风潜入夜，润物细无声”（杜甫《春夜喜雨》）的意味，不过季节不同，心情不同，环境给人的感受也不同，一个是“侵”，一个是“润”。

【解说】

先说微雨刚开始的时候在远处随雾霭浮动，而后渐渐地从夜晚的凉气中区分出来（可以感觉得出了雨的凉意，夜晚更冷了）。接着通过具体的环境中人的具体感受表现微雨的细小、持久而有效的绵绵之力。

雨

摵摵度瓜园[1]，依依傍竹轩[2]。
秋池不自冷[3]，风叶共成喧[4]。
窗迥有时见[5]，檐高相续翻[6]。
侵宵送书雁[7]，应为稻粱恩[8]。

【注释】

〔1〕摵摵：叶落声，风声，这里指雨落在瓜果花叶等上发出的声音。

〔2〕依依：细雨绵绵不绝的样子。

〔3〕“秋池”句：秋池在雨中寂然自若的状态。它是吃得消这似乎无穷无尽的雨的。

〔4〕“风叶”句：风、叶、雨共成一个有声的世界。没有风和雨，叶子就一个巴掌拍不响。以上两句构成一个与我这个用心感受冷雨的人相对立的无情的世界。

〔5〕“窗迥”句：雨帘掀起，可隐约看见远处幽深的窗子。

〔6〕“檐高”句：屋檐上，雨点碰在了硬处，落得前赴后继的。

〔7〕侵宵：傍晚时分。送书雁：即鸿雁传书。

〔8〕“应为”句：雁这么辛劳奔波想必也是为了混口饭吃吧。稻粱：指生计。

【解说】

首二句说雨落在瓜园、竹轩上的情景，三句说雨落在秋池里，而秋池仿佛是要永远这样承受下去，一点也不觉得冷，以此反衬我的清冷。四句用风、叶、雨组成一个喧闹的局面，用这个局面映照看雨人的寂寞冷清的场所。五、六句把视线冲入无边的雨中。说远远的窗户在雨的作用下时隐时现，高高的屋檐上雨点在前赴后继地翻打。末二句说这时看到空中还有雁飞过，不禁对它的命运表示了关注，心想大概它也和自己一样是为了“身上衣裳口中食”吧，否则谁会在这凄冷的雨天不辞劳苦呢?“雁”字前面冠以“送书”二字，使看雨人的形象明朗起来，使这个看雨的片段具有了全部的剧情。

李商隐一生沉沦下僚，寄身幕府，穷愁飘荡的日子过得很是艰难。这首诗表达出了他在窘迫的生活中自嘲而无奈的心情。

细雨

帷飘白玉堂，　簟卷碧牙床。
楚女当时意〔1〕，　萧萧发彩凉。

【注释】

〔1〕楚女：即宋玉《高唐赋》里所谓的神女。见《咏云》注〔8〕。

【解说】

首二句从有形处说细雨的清凉和细微，末二句从无形处说细雨的清凉与细微。末二句最有神，可媲美于他的“月中霜里斗婵娟”。参见《霜月》的注解。

春风

春风虽自好〔1〕，　春物太昌昌〔2〕。
若教春有意，　惟遣一枝芳〔3〕。
我意殊春意，　先春已断肠〔4〕。

【注释】

〔1〕“春风”句：这句是承认春风的好（好是好，可是……）。

〔2〕昌昌：繁盛。可是在春风的作用下，春物太多了，太盛了（有盛就有衰）。

〔3〕“若教”二句：假若春也有情意的话，那就用“一枝芳”来表示下意思吧！

〔4〕“先春”句：谓我在春天来临之前就为伤春而断肠了。这个超前意识，杜牧也表达过，如他的《和严恽秀才落花》：“无情红艳年年盛，不恨凋零却恨开。”又王初《春日咏梅花二首》之二“隔年拟待春消息，得见春风已断肠”，说的是梅花的早谢，从超前意识上看，比这里的“先春已断肠”的说法还是慢了一拍。

【解说】

这首诗表达出了作者伤春的极端心理，并有一个逻辑次序。试看它的二、四、六句，先言“春物太昌昌”，再言“惟遣一枝芳”，末言“先春已断肠”，正是个递减的过程。看这最后的一句说先春已断肠，意思是在花朵还没有开放的时候，我就已经忍不住要伤心了。言下之意，更何况在“春物太昌昌”那个明朗了的局面下呢？

此诗只是极端地说伤春这个主题，并没有什么寄托在里面。他的意思不过是说，如此繁华的春物固然美好，可总会“花落水流红”的。如果春天可怜我这番心肠，就不要派遣这么多“春物”来折磨人了（“惟遣一枝芳”），或者说如果春天也有这番心肠的话，大概它也只要用一枝芬芳来表达下意思就够了吧。但是我比它走得更远，在春天还没有被表示出来之前（花朵还没有绽放），就在为伤春而苦恼了。他的另一首诗《忆梅》末二句“寒梅最堪恨，常作去年花”，又是从回忆的角度说伤春，意思是这梅花最可恨了，你看它孤零零开在那里，这副模样却总叫人想起去年繁花盛开的季节。

《红楼梦》第三十一回“撕扇子作千金一笑，因麒麟伏白首双星”中写道：“林黛玉天性喜散不喜聚。他想的也有个道理，他说，‘人有聚就有散，聚时欢喜，到散时岂不清冷？既清冷则生伤感，所以不如倒是不聚的好。比如那花开时令人爱慕，谢时则增惆怅，所以倒是不开的好。’故此人以为喜之时，他反以为悲。那宝玉的情性只愿常聚，生怕一时散了添悲；那花只愿常开，生怕一时谢了没趣；及到筵散花谢，虽有万种悲伤，也就无可如何了。”林黛玉的这番言论正好为这里“我”的伤春之意作个注解。

风

回拂来鸿急，　斜催别燕高。
已寒休惨淡，　更远尚呼号。
楚色分西塞〔1〕，　夷音接下牢〔2〕。
归舟天外有，　一为戒波涛。

【注释】

〔1〕西塞：楚国西部边界地区。

〔2〕下牢：下牢关，在今湖北宜昌市西北。下牢关是古人经长江由楚入蜀的重要通道，它与西塞一样，也是地域、乡音的分界处。陆游《入蜀记》：“八日。五鼓尽，解船，过下牢关。夹江千峰万嶂，有竞起者，有独拔者，有崩欲压者，有危欲坠者，有横裂者，有直坼者，有凸者，有洼者，有罅者，奇怪不可尽状。初冬草木皆青苍不雕，西望重山如阙，江出其间，则所谓下牢溪也。”

【解说】

这首诗既是咏物诗，又是伤别之作。全文紧扣题目“风”来写。诗里句句处处都显示出了风的力量。风在这里是作为为难伤别之人的“恶势力”出现的。

前四句说风的厉害。“来鸿”“别燕”表示这风和离别有关。五、六句说离别在外的人在风的吹拂下看到景色（楚色）变换了，感受到风俗也变化了，熟悉的乡音变成了夷音（至此，思乡之情也随之愈浓）。末二句是劝诫语。“归舟”点明主旨，“波涛”表示风的险恶。

九月於东逢雪〔1〕

举家忻共报〔2〕，　秋雪堕前峰。
岭外他年忆〔3〕，　於东此日逢。
粒轻还自乱，　花薄未成重〔4〕。
岂是惊离鬓〔5〕，　应来洗病容。

【注释】

〔1〕於东：商於以东。商於，古地名，指商（今陕西商县东南）、於（今河南内乡县东）一带地区。

〔2〕忻：欣喜。

〔3〕岭外：五岭之外，泛指南方一带。李商隐曾在桂州（今桂林）待过一段时间，桂州少雪，故说“岭外他年忆”。

〔4〕“花薄”句：谓雪花薄得不成样子。

〔5〕惊离鬓：离人之鬓已斑白，因见雪而自惊。

日内集，与儿女讲论文义，俄而雪骤，公欣然曰：‘白雪纷纷何所似？’兄子胡儿曰：‘撒盐空中差可拟。’兄女（谢道韫）曰：‘未若柳絮因风起。’公大笑乐。即公大兄无奕女，左将军王凝之妻也。”

〔9〕落梅：喻雪。古笛曲有《梅花落》。王安石《梅花》：“墙角数枝梅，凌寒独自开。遥知不是雪，为有暗香来。”两句说咏和唱的准备工作都已做好，就等着雪来了。

〔10〕琼蕊：喻雪花，“蕊”字由前面的庭树来。

〔11〕粉绵：喻雪花，“粉”字由前面的妆楼来。

〔12〕“瑞邀”句：呈瑞之日，飞雪盈尺。谢惠连《雪赋》：“盈尺则呈瑞于丰年，袤丈则表沴于阴德。雪之时义远矣哉！”

〔13〕两岐：代指麦子，丰收之年，麦秀两歧。岐，一作“歧”，通。古人认为麦出两歧（一麦有两穗）是丰收之兆。范晔《后汉书·张堪传》：“乃于狐开稻田八千余顷，劝民耕种，以致殷富。百姓歌曰：‘桑无附枝，麦穗两岐。张君为政，乐不可支。’”

〔14〕延：邀。枚：指枚皋。谢惠连《雪赋》：“乃置旨酒，命宾友，召邹生，延枚叟。相如末至，居客之右。俄而微霰零，密雪下。”

〔15〕访戴：用王子猷雪夜起兴，乘船造访戴安道的故事。刘义庆《世说新语·任诞》：“王子猷居山阴，夜大雪，眠觉，开室，命酌酒，四望皎然。因起彷徨，咏左思《招隐诗》。忽忆戴安道，时戴在剡，即便夜乘小船就之。经宿方至，造门不前而返。人问其故，王曰：‘吾本乘兴而行，兴尽而返，何必见戴？’”

〔16〕映书：就着雪光看书。在古代，映雪与萤囊一起被人们当作夜间苦读的典型。

〔17〕氅：罩在外面的大衣，用羽毛做的，叫鹤氅。《晋书·王

恭列传》："尝被鹤氅裘涉雪而行，孟昶窥见之，叹曰：'此真神仙中人也。'"

〔18〕"几向"句：台阶上满是白霜，看起来像是落了一层薄薄的雪。

〔19〕褰：掀开。李白说"床前明月光，疑是地上霜"，这里是把月光和霜一起疑为雪。

〔20〕玉京：指长安。

〔21〕白屋：茅草屋。班固《汉书·王莽传上》："开门延士，下及白屋。"颜师古注："白屋，谓庶人以白茅覆屋者也。"颙然：举首翘盼貌。

【解说】

题目叫"忆雪"，即想望雪的意思。首二句说天欲雪而未雪，就使得忆雪之说有了现实的基础。天欲雪而未雪的时候，最是令人心驰神往。这个时候，也给了人最大的想象的空间。忆雪，是心里想望着雪，于是主动去发挥对雪的记忆和美好的遐想。从第三句"徒闻周雅什"一直到第十六句"披氅阻神仙"，都是充分发挥对雪的想象，说明由雪带来的诸多好处，表达内心对雪的热烈的渴望。"徒闻""愿赋""欲偯""须资""思""认""邀""待""预约""虚乘"，这些词语表明只有在雪的参与下，一切才美好得起来。十七、十八句说自己在经过前面这一通充满激情的浪漫想象后，在心理上已提前进入到了有雪的状态中，几乎都把霜月之光当作白雪了（说明自己内心饱满的渴望）。末二句以盼雪照应开头两句，说北国风光一定已经万里雪飘过了，可是我这里独居寒舍，还在眺望当中呢！

这首诗紧扣一个忆字，采用辞赋的作法，逞才斗艳，而又句句不离主旨，末则不忘归之于忠贞与向往。他的这个作诗法确是继承了《楚辞》的传统，真可谓是“骚之苗裔”。杜牧评价李贺的诗，说“少加以理，奴仆命骚可也”。若把这个“奴仆命骚”的说法拿来评价李商隐的诗，倒也不见得不合适。

残雪

旭日开晴色，　寒空失素尘〔1〕。
绕墙全剥粉，　傍井渐消银〔2〕。
刻兽摧盐虎，　为山倒玉人〔3〕。
珠还犹照魏，　璧碎尚留秦〔4〕。
落日惊侵昼，　余光误惜春〔5〕。
檐冰滴鹅管〔6〕，　屋瓦镂鱼鳞。
岭霁岚光坼〔7〕，　松暄翠粒新〔8〕。
拥林愁拂尽，　着砌恐行频〔9〕。
焦寝忻无患〔10〕，　梁园去有因〔11〕。
莫能知帝力，　空此荷平均〔12〕。

【注释】

〔1〕素尘：雪花。

〔2〕“绕墙”二句：喻天晴后残雪的消融。

〔3〕“刻兽”二句：喻雪的快速消融。盐虎：做成虎形的盐。春秋战国时期，形盐是国家举行祭祀时所用的物品。《周礼·天官·盐

人》："掌盐之政令，以共百事之盐。祭祀共其苦盐、散盐；宾客共其形盐、散盐；王之膳羞共饴盐。"郑玄注："形盐，盐之似虎形。"因盐是白色的，故用来喻雪。《左传·僖公三十年》："王使周公阅来聘，飨有昌歜、白、黑、形盐，国君文足昭也，武可畏也，则有备物之飨以象其德，荐五味、羞嘉谷、盐虎形以献其功，吾何以堪之?"

〔4〕"珠还"二句：形容残雪犹存的状态。犹：一作"独"，非。司马迁《史记·田敬仲完世家》："梁王曰：'若寡人之国小也，尚有径寸之珠照车前后各十二乘者十枚。'"璧碎：据司马迁《史记·廉颇蔺相如列传》载，赵国得到楚国的宝物和氏璧，秦国听说后，想要用十五座城池作为交换，换和氏璧。赵国于是派遣蔺相如前去接洽交换事宜。谁知秦王毫无诚意，根本无心拿城池来换璧，相如于是假意说璧上有瑕疵，把和氏璧重新拿回手中，"因持璧却立，倚柱，怒发上冲冠"，在厉声指责了秦王的不讲信用后，要带璧一头撞碎在柱子上。后来秦王害怕和氏璧破碎，就不再作非分之想，蔺相如也得以完璧归赵。这里说"璧碎尚留秦"，是为了形容残雪的状态，故作虚语。

〔5〕"落日"二句：形容残雪之光仍很明亮。

〔6〕鹅管：比喻从屋檐流挂下来的冰。

〔7〕岚光：山光。坼：开，裂开。这句说雪霁天晴后，山光明亮。

〔8〕翠粒：翠鬣，指翠绿色的松针。

〔9〕"拥林"二句："愁""恐"二字说明此时的残雪更残了，快要消融尽了。

〔10〕"焦寝"句：据陈寿《三国志·魏书》卷十一裴松之注引《高士传》载，东汉末年有个叫焦先的人自己搭建了个草庐，独居其

中。后来发生了火灾，草庐被烧掉了，他就索性睡在大露天里。一天，下大雪，他睡在地上一动不动，被雪覆盖了一层，人们都以为他给冻死了，走到跟前一看，发现他还活得好好的。

〔11〕梁园：西汉梁孝王的东苑，也叫菟园。该园极尽奢华之能，规模宏大，方圆有三百余里。梁孝王在其中广纳宾客，当时的名士如司马相如、枚乘、邹阳等均为座上客。梁园与雪的关系见于谢惠连《雪赋》："岁将暮，时既昏。寒风积，愁云繁。梁王不悦，游于菟园。乃置旨酒，命宾友。召邹生，延枚叟。相如末至，居客之右。俄而微霰零，密雪下。王乃歌北风于《卫诗》，咏南山于《周雅》。"当此密雪飘扬之时，梁园之中，主客欢聚，正是热闹的时候。然而梁园虽好，终非久居之地，所谓"去有因"。《雪赋》里"伤后会之无因"一句正好与这里的"梁园去有因"在意思上相对。

〔12〕"莫能"二句：雪是铺天盖地地下，到处都一样。雪是公平的。帝力与我何有哉？我感受到这帝力了吗？——没有。只有这铺天盖地、叫人一筹莫展的积雪承担着所谓的公平。

【解说】

首二句说一场大雪后，太阳出来了，天空净朗。三、四、五、六句说雪开始消融：三、四句是渐渐地消，消得从容，五六句是急剧地消，消得壮观。七、八、九、十句说残雪虽残，但风光犹存，还能令人产生遐想（"落日惊侵昼，余光误惜春"）。接下的四句说雪已基本消尽后的景象，只见近处屋檐下冰挂滴着水，鱼鳞般的屋瓦也在残雪消融下一个个露了出来，远处山岭雾气散尽，一片风光，在阳光的照耀下，松树越发青翠。十五、十六两句说的是残雪已所剩不多，再禁不起人来扫拂践踏了。末四句转入感叹，切合到自己身上，因雪自慨，说自己离开梁园是有原因的，而今贫居独处，还好没被冻着。谁知道所谓的帝力是什么呢，我只知道这铺天盖地的雪很公平。

对雪二首〔1〕

一

寒气先侵玉女扉〔2〕，清光旋透省郎闱〔3〕。
梅花大庾岭头发〔4〕，柳絮章台街里飞〔5〕。
欲舞定随曹植马〔6〕，有情应湿谢庄衣〔7〕。
龙山万里无多远〔8〕，留待行人二月归。

【注释】

〔1〕原题后注有“时欲之东”。

〔2〕玉女：仙女。

〔3〕省郎：诸省官吏。省郎闱：代指宫禁，宫闱。以上两句说雪下之前，寒气侵于上，清光布于下。

〔4〕大庾岭：又名梅岭，在江西与广东边境交界处。

〔5〕“柳絮”句：章台和柳的意象常连在一起，屡见。

〔6〕“欲舞”句：句意出自曹植《洛神赋》中“飘摇兮若流风之回雪”一句。这里说要舞就随曹植马，是因为曹植对飞雪的舞姿的欣赏最神妙。

〔7〕“有情”句：谢庄是南朝宋时人，据说有一次外面下起了雪，他从殿中走到雪地里，等雪满了一身，就回去跟皇帝说这雪是瑞雪，是为了显示好兆头才来的，是有情有义的雪。

〔8〕龙山：山名。山以龙山为名者多处，一说此龙山在云中（今内蒙古境内）。李商隐在《漫成三首》之一里也提到过这山："远把龙山千里雪，将来拟并洛阳花。"从两处诗句看，龙山和雪及遥远的距离是一起出现的意象。龙山本来很远，这里却故意说"无多远"，是对雪才这么说的：你既这么多情，这点远算什么呢？其用意同于他的"蓬山此去无多路，青鸟殷勤为探看"两句。

【解说】

首二句先说雪将至时的预警状态（比"山雨欲来风满楼"说得文静些）。玉女之所高高在上，所以寒气先侵。随后清光普降，雪亦将至。"玉女扉"与"省郎闱"并没有什么实在的意思，只是说明寒气自上而下而已。三句说雪铺天盖地的静止状态，四句是动态地说雪。五、六句说法有些奇特，其实不过是说，这雪如果想舞得好看的话，就要跟在曹植的马屁股后面（因为只有曹植能够描绘出它的形态之美，这有《洛神赋》为证）；这雪如果有情的话，就应该先沾湿谢庄的衣裳（因为只有谢庄能够体会到它的情意）。末二句是对这有情的雪许一个心愿，希望能在来年二月的时候回去。

二

旋扑珠帘过粉墙，　轻于柳絮重于霜〔1〕。
已随江令夸琼树〔2〕，　又入卢家妒玉堂〔3〕。
侵夜可能争桂魄〔4〕，　忍寒应欲试梅妆〔5〕。
关河冻合东西路，　肠断斑骓送陆郎〔6〕。

【注释】

〔1〕“旋扑”二句：看他飞舞的样子，比柳絮轻盈，而比秋霜更有质地，更具形态美。

〔2〕江令：南朝文人江总因官至尚书令，故世称“江令”。《南史·张贵妃传》：“后主（陈叔宝）每引宾客对贵妃等游宴……其曲有《玉树后庭花》《临春乐》等，其略云‘璧月夜夜满，琼树朝朝新’，大抵所归皆美张贵妃、孔贵嫔之容色。”

〔3〕玉堂：白玉堂的省略。

〔4〕桂魄：月光。

〔5〕梅妆：梅花妆。相传南朝宋武帝的女人寿阳公主，有一次卧于檐下，一朵梅花刚好落在了她的额上，印出了花的形状，从此就怎么擦也擦不掉了。后人效仿，使之成了一种妆扮。（参见《太平御览》卷九七零引《宋书》）

〔6〕“肠断”句：郭茂倩《乐府诗集·清商曲辞·明下童曲》有“陈孔骄赭白，陆郎乘斑骓”。

【解说】

首句用“扑”“过”代表性地说雪的动作，次句把它的动作赋予一定的质地和速度。三、四、五、六句说它穷形尽态般的表现欲。末二句说在它的这种“不计后果”的表现下，关河封冻，离人断肠。

这首诗的写法很似《霜月》。《霜月》里说“青女素娥俱耐冷，月中霜里斗婵娟”，她们的这种不计后果的斗法考虑过谁呢？她们才不管人间因此增加了多少寒意呢！

破镜

玉匣清光不复持[1]，菱花散乱月轮亏[2]。
秦台一照山鸡后，便是孤鸾罢舞时[3]。

【注释】

〔1〕玉匣：镜匣子。清光不复持：镜子破了，不能再拿来用了。

〔2〕菱花、月轮：镜子。古时有的镜子背面刻有菱花的图案，叫菱花镜。庾信《镜赋》："临水则池中月出，照日则壁上菱生。"

〔3〕秦台：凤台。见《蝶》(飞来绣户阴）诗注〔2〕。山鸡、孤鸾：据说山鸡是在镜子中一见自己美丽的羽毛就翩翩起舞，直到累死（见《异苑》)。鸾鸟是在镜中看到自己的形象如见同类，就"睹影悲鸣，哀响冲霄，一奋而绝"(范泰《鸾鸟诗序》)。

【解说】

此诗抒丧偶之悲，应写于大中五年（851）妻子王氏病故之后。首句说镜子破了，不能再用了。次句说从此"菱花散乱月轮亏"，变残缺了。三句使这个事情有了一定的情节。"秦台"告诉我们这里曾经有一个有模有样的故事。四句说自从那时起，剩下的那一个已对生活失去了乐趣，再也没心情翩翩起舞了。

屏风

六曲连环接翠帷[1]，高楼半夜酒醒时。
掩灯遮雾密如此，雨落月明俱不知[2]。

【注释】

〔1〕六曲：六折的屏风。

〔2〕密如此、俱不知：屏风的隔断效果。

【解说】

李商隐对隔阂，对两重、多重的世界体会颇深（如他说“红楼隔雨相望冷”“人间从到海，天上莫为河”“五更疏欲断，一树碧无情”“马上琵琶行万里，汉宫长有隔生春”“壶中若是有天地，又向壶中伤别离”等），这也是他写作上的一个特点。

这首咏屏风，而意含讽刺。说屏风里的那个人对外面的世界毫无所知，在温暖的由屏风帷幕遮掩着的高楼里，一个人过着他的自成一统的封闭的生活，外面的变化一点都不知道。

袜

尝闻宓妃袜，渡水欲生尘[1]。
好借嫦娥着，清秋踏月轮。

【注释】

〔1〕“尝闻”二句：曹植在《洛神赋》中形容神女宓妃漫步在洛水上的情景是“凌波微步，罗袜生尘”。

【解说】

这首诗大概是一时兴到之笔，并无多少深意，而妙在联想。作者或是由曹植的那句形容神女的话产生想法，觉得神女之所以如此神奇地行走在波光之上，一定是那袜有一种神奇的力量。

也许是在某个月光皎洁的夜晚，他一边赏望着明月，一边联想：要是让嫦娥也穿上这神奇的袜在月轮之上凌波微步，那要产生什么样的神奇效果呢？

赠宗鲁笻竹杖〔1〕

大夏资轻策〔2〕，　全溪赠所思〔3〕。
静怜穿树远〔4〕，　滑想过苔迟〔5〕。
鹤怨朝还望，　僧闲暮有期〔6〕。
风流真底事〔7〕，　常欲傍清羸〔8〕。

【注释】

〔1〕宗鲁：人物不详。笻竹杖：笻竹做的手杖，因产自四川邛都县（今四川西昌市东南的邛山）而得名。笻：同“邛”。

〔2〕大夏：西汉时西域古国名，约在今阿富汗境内。据史书载，西汉时，邛山产的竹杖一直远销到西域的大夏国。策：竹杖。

〔3〕全溪：不详所在。赠：一作“问”。

〔4〕“静怜”句：穿过寂静的树林，远远的竹杖声传来，清脆而悦耳。

〔5〕“滑想”句：经过苔滑地段，竹杖助你稳中缓行。

〔6〕“鹤怨”二句：鹤有延颈远望之态，这句的意象与《哀筝》诗中“延颈全同鹤”一句类似。上句说清晨之际，倚着竹杖延颈远眺；下句说日暮时分，一僧闲定，竹杖伴他一起等待。

〔7〕风流：以上举出的需有竹杖相伴的几个不俗的情景。底事：何事。

〔8〕清羸：清瘦，代指宗鲁。

【解说】

这是一首赠竹杖于人的诗，且看他是如何“推销产品的”。首二句说我这里有个产自名地的竹杖，你不是经常喜欢去全溪边散步吗？正好送你。中间的四句列举几个有竹杖相伴的几个特殊情景。末二句再对要赠的人夸一夸，说它赠给你是最合适不过了，竹竿和你一样，都很有骨感。

李白写过一首赠答诗，是别人送给他帽子，他写诗赠人表示感谢的，和李商隐的这首正好是一对。一个热情地说所赠礼物的好处，一个淡淡地谈所受礼物的用处。

附：

答友人赠乌纱帽

李白

领得乌纱帽， 全胜白接䍦。

山人不照镜， 稚子道相宜。

这首诗翻译出来就是：你送了我一顶乌纱帽，我戴了感觉比我那个白头巾好多了。我一向不照镜子，据我的小儿子说，还蛮合适的。

李肱所遗画松诗书两纸得四十韵[1]

万草已凉露，开图披古松。
青山遍沧海，此树生何峰。
孤根邈无倚，直立撑鸿蒙[2]。
端如君子身，挺若壮士胸。
樛枝势夭矫[3]，忽欲蟠拿空[4]。
又如惊螭走，默与奔云逢[5]。
孙枝擢细叶[6]，旖旎狐裘茸[7]。
邹颠蓐发软[8]，丽姬眉黛浓[9]。
视久眩目睛，倏忽变辉容。
竦削正稠直[10]，婀娜旋敷峯[11]。
又如洞房冷[12]，翠被张穹窿[13]。
亦若暨罗女[14]，平旦妆颜容。
细疑袭气母[15]，猛若争神功。
燕雀固寂寂，雾露常冲冲[16]。
香兰愧伤暮，碧竹惭空中[17]。
可集呈瑞凤，堪藏行雨龙。
淮山桂偃蹇[18]，蜀郡桑重童[19]。
枝条亮眇脆，灵气何由同[20]？
昔闻咸阳帝[21]，近说嵇山侬[22]。
或着佳人号，或以大夫封。

终南与清都[23]，烟雨遥相通。
安知夜夜意，不起西南风[24]？
美人昔清兴，重之犹月钟[25]。
宝笥十八九[26]，香缇千万重[27]。
一旦鬼瞰室[28]，稠叠张羉罿[29]。
赤羽中要害[30]，是非皆匆匆。
生如碧海月，死践霜郊蓬。
平生握中玩[31]，散失随奴童。
我闻照妖镜，及与神剑锋[32]。
寓身会有地，不为凡物蒙。
伊人秉兹图[33]，顾眄择所从。
而我何为者，开颜捧灵踪[34]。
报以漆鸣琴[35]，悬之真珠栊[36]。
是时方暑夏，座内若严冬。
忆昔谢四骑，学仙玉阳东[37]。
千株尽若此，路入琼瑶宫[38]。
口咏玄云歌[39]，手把金芙蓉[40]。
浓蔼深霓袖，色映琅玕中[41]。
悲哉堕世网，去之若遗弓[42]。
形魄天坛上[43]，海日高曈曈[44]。
终骑紫鸾归，持寄扶桑翁[45]。

【注释】

〔1〕李肱：人名，和李商隐同一年中的进士。题目上写四十韵，实际上全诗是四十一韵。

〔2〕孤根：《樊南文集》卷八《为濮阳公与刘稹书》有“比累卵而未危，寄孤根于何所”。

〔3〕樛枝：虬曲盘绕的树枝。夭矫：形容树枝的屈曲有势。

〔4〕拿空：凌空。

〔5〕奔云：奔驰之云。以上两句说松枝遒劲有势，仿佛在云间游走。

〔6〕孙枝：树干上长出的新的枝条。擢：拔，长出。

〔7〕旖旎：形容繁盛。狐裘茸：指孙枝上新长出的叶子就像狐裘上浓密的细毛。

〔8〕邹颠：与下句的丽姬对举，应为人名，用典未详，从句意上看，似是说明松叶的软密厚浓。

〔9〕丽姬：古美人名。《庄子·齐物论》：“毛嫱、丽姬，人之所美也，鱼见之深入，鸟见之高飞。”

〔10〕稠直：密直。

〔11〕甹夆：一作“敷峰”，非。《尔雅·释训》：“甹夆，掣曳也。”郭璞注：“谓牵拖。”此据冯浩校改。以上两句说松树耸削而立，枝叶密直，一会儿又婀娜多姿，旋展开来。

〔12〕洞房：幽深的房间。

〔13〕穹窿：天空，一作“穹笼”，非。这句指松树翠被一样茂密的枝叶从上面笼罩下来。

〔14〕暨罗女：西施，相传她出生于诸暨市城南的苎萝山下，浣

纱江畔。罗：一作“萝”，通。

〔15〕气母：元气之母，气的原始状态。这句说看画松的精妙细微处，能与天地间的元气相融会。《庄子·大宗师》：“夫道，有情有信，无为无形；可传而不可受，可得而不可见……狶韦氏得之，以挈天地；伏戏氏得之，以袭气母……”陆德明《释文》引司马彪曰：“袭，入也。气母，元气之母也。”

〔16〕冲冲：形容雾气或露气很盛的样子。

〔17〕空中：中空。竹子是空心的。

〔18〕淮山：西汉淮南王刘安，也叫淮南小山。淮山，即淮南小山的省略。偃蹇：亦作“偃謇”，卷曲、委曲貌。萧统《文选》中收刘安《招隐士》：“桂树丛生兮山之幽，偃謇连卷兮枝相缭。”

〔19〕重童：童童，形容枝叶茂盛重叠的样子。裴注《三国志·蜀书·先主传》：“舍东南角篱上有桑树，生高五丈余，遥望见童童如小车盖，往来者皆怪此树非凡。”

〔20〕“淮山”四句：谓桂树偃蹇，桑树童童，而画里的松树也有自己的独到之处，总之各有各的灵气。这四句很像他在《垂柳》诗里所用的写法，他为了肯定垂柳，就举出竹松来衬托它（不过并没有去贬低它们）。

〔21〕咸阳帝：秦始皇。据司马迁《史记·秦始皇本纪》等载，秦始皇到泰山上去拜祭封禅，在下山的路上，突遇暴雨，他停息在一棵松树下躲雨，因松树有了如此功劳，所以秦始皇就封它为五大夫。

〔22〕嵇山侬：或指嵇康，他的原籍在浙江上虞，那里有个嵇山，他的先人迁居于山旁，因以嵇为姓。嵇康大概曾写过关于松树的诗篇，现已散佚不存，参见涂宗涛《“嵇山侬”考》(1983年第1

期《天津师范大学学报》)。

〔23〕终南：终南山，是著名的隐居之处。清都：神话传说中天帝所居处，这里指帝都。终南山与帝都长安（隐与仕）常对举。

〔24〕“终南”四句：把松树拟人化，说它日夜思念，内心充满了期待。前面说它被封为佳人、大夫，这里说终南、清都，意思是一脉相承的。西南风：曹植《七哀诗》有“愿为西南风，长逝入君怀”。

〔25〕月钟：道教里说的一种宝钟，形似偃月，所以这么称呼。以上两句大致意思是说美人雅兴，当年珍爱此画就像珍爱那（罕见的）月钟。

〔26〕宝笥：贮藏宝物的箱匣。

〔27〕缇：一种红色的丝织品。这句说把珍贵的宝物用香缇重重包裹起来。

〔28〕鬼瞰室：语出扬雄《解嘲》“高明之家，鬼瞰其室”，喻指富贵满盈之家，常有败散之害。

〔29〕稠叠：稠密重叠。羉（luán）：捕野猪用的网。罿（chōng）：捕鸟网。羉罿：泛指罗网。以上六句说美人对宝物珍爱异常，贮之以宝笥，裹之以香缇，可是一旦灾祸降临，就如身陷天罗地网中。

〔30〕赤羽：一种把羽毛染成赤色的箭。

〔31〕“平生”句：平时把玩的珍宝。

〔32〕照妖镜、神剑：都是宝物。据《晋书·张华传》载，张华夜观天象，发现斗牛之间常有紫气，这紫气就是宝剑发出的精光。后张华在豫章丰城一个监狱的老屋基下发掘出一石函，“光气非常，中有双剑，并刻题，一曰龙泉，一曰太阿”。张华自己留了一把，还有一把给了和他一起找剑的豫章人雷焕。后来，张华在内乱中被杀

死，剑不知所终。那个雷焕死了之后，剑给了儿子。一天，他儿子佩着宝剑路过一河流时，腰间的宝剑突然一跃而起，飞入水中。他儿子很着急，派人下水去捞，可是哪里还有什么宝剑，只见水中有两条全身布有文采的神龙盘绕在那里。吓得潜水寻剑的人浮出水面，逃上了岸。

〔33〕伊人：李肱。

〔34〕灵踪：李肱所赠的那幅画松。

〔35〕漆鸣琴：鲍令晖《拟客从远方来》有“客从远方来，赠我漆鸣琴”。

〔36〕栊：窗户的棂木。真珠栊：为这幅画松做的挂有真珠帘的墙框。

〔37〕学仙：学道。玉阳东：东玉阳山。玉阳山是王屋山的分支，有东玉阳山和西玉阳山两峰，李商隐早年曾学道于此。

〔38〕琼瑶宫：仙宫，指玉阳山上的道观。

〔39〕玄云歌：泛指宣扬道教的歌曲，仙歌。

〔40〕金芙蓉：一种草本植物，开出的花呈金红色，也叫金莲花、金莲草。道家炼丹常用此草。

〔41〕琅玕：一种玉石，其色青翠如竹。

〔42〕遗弓：《吕氏春秋·贵公》，“荆人有遗弓者，而不肯索，曰：‘荆人遗之，荆人得之，又何索焉？’”这句引用遗弓典故，并非要说明那种无所谓的旷达态度，而是表示自己自从离开玉阳山，堕入世网之后，就再没见过这里的松树。

〔43〕天坛：王屋山的顶峰。杜甫《昔游》诗：“王乔下天坛，微月映皓鹤。”仇兆鳌注：“王屋山绝顶曰天坛。”

〔44〕曈曈：形容日光明亮。

〔45〕扶桑翁：扶桑帝君、扶桑大帝，道教里的神仙。

【解说】

这是一首借咏画松以自惜的诗。首二句说自己在“万草已凉露”的秋天打开、欣赏一幅古松图。从第三句“青山遍沧海”直到“丽姬眉黛浓”共十四句，极力描绘古松的形态，说它的树干端正挺拔，枝干遒劲有势，枝叶浓密细软。从“视久眩目睛”以下直到“雾露常冲冲”共十二句，较前更进一层，状古松的神态，写自己观赏古松时产生的神奇感受。“视久眩目睛，倏忽变辉容”，仿佛是说看着看着，突然一下子，眼前光辉起来，整个古松就像是活了。“香兰愧伤暮，碧竹惭空中”二句从侧面夸古松，说丛兰愧于容易凋零，而碧竹惭于没有松树结实。“可集呈瑞凤”以下至“灵气何由同”六句，说松树与桂树、桑树相比，毫不逊色，它们是各有“灵气”不同。从“昔闻咸阳帝”到“不起西南风”共八句，由夸美松树联想到它在历史上曾多次被人赏识，还被加以封号（大夫与佳人的封号正好对应着朝野仕隐，清都终南），并以此为据，为古松发出期望之言。

从“美人昔清兴，重之犹月钟”作一转折，直到“散失随奴童”共十二句，由手中画联想到宝物的命运，说这些古玩古画，当时的所有者是那么珍惜，可是一旦祸从天降，平生所珍爱把玩的最后都“散失随奴童”了。从“我闻照妖镜”至“不为凡物蒙”四句重作希望语，说这些宝物一定有它们的归属。由此层意思也自然转出李肱赠画给我的珍重之意。从“伊人秉兹图”，至“座内若严冬”共八句，写李肱赠我以画，而我把它珍重地悬于珠栊中。现在回想起来，当时正是炎热的夏天，可是在画松的作用下，我们感觉像是一下进入了寒冷的冬天。

从“忆昔谢四骑，学仙玉阳东”再作一转折，直到“悲哉堕世网，去之若遗弓”共十句，写自己当年学道玉阳山，山中尽是这样的松树。当时我口里唱的是玄云歌，手里拿的是金芙蓉，置身于浓霭翠竹之中。唉，谁知我后来堕入罗网中，这一去就再没见到这里的松树。末二句再作希望语，想象自己终有一天登上王屋山的绝顶，把这幅古松图献给那扶桑帝君。

井泥四十韵[1]

皇都依仁里[2]，西北有高斋。
昨日主人氏，治井堂西陲[3]。
工人三五辈，辇出土与泥。
到水不数尺，积共庭树齐。
他日井甃毕[4]，用土益作堤。
曲随林掩映，缭以池周回。
下去冥寞穴[5]，上承雨露滋。
寄辞别地脉[6]，因言谢泉扉[7]。
升腾不自意，畴昔忽已乖。
伊余掉行鞅[8]，行行来自西。
一日下马到，此时芳草萋。
四面多好树，旦暮云霞姿。
晚落花满地，幽鸟鸣何枝。
萝幄既已荐[9]，山樽亦可开[10]。

待得孤月上，　如与佳人来。
因兹感物理[11]，　恻怆平生怀。
茫茫此群品[12]，　不定轮与蹄[13]。
喜得舜可禅[14]，　不以瞽瞍疑[15]。
禹竟代舜立，　其父吁咈哉[16]。
嬴氏并六合[17]，　所来因不韦[18]。
汉祖把左契，　自言一布衣[19]。
当涂佩国玺[20]，　本乃黄门携[21]。
长戟乱中原，　何妨起戎氐[22]。
不独帝王耳，　臣下亦如斯。
伊尹佐兴王，　不藉汉父资[23]。
磻溪老钓叟，　坐为周之师[24]。
屠狗与贩缯，　突起定倾危[25]。
长沙启封土，　岂是出程姬[26]？
帝问主人翁，　有自卖珠儿[27]。
武昌昔男子，　老苦为人妻[28]。
蜀王有遗魄，　今在林中啼[29]。
淮南鸡舐药，　翻向云中飞[30]。
大钧运群有[31]，　难以一理推。
顾于冥冥内[32]，　为问秉者谁[33]。
我恐更万世，　此事愈云为[34]。
猛虎与双翅，　更以角副之[35]。

凤凰不五色，　联翼上鸡栖[36]。
我欲秉钓者，　竭来与我偕[37]。
浮云不相顾，　寥泬谁为梯[38]？
悒怏夜参半[39]，　但歌井中泥。

【注释】

〔1〕井泥：打井要把地底下的土挖上来，井泥即指被挖上来的泥土。

〔2〕皇都：唐朝的东都洛阳。依仁里：洛阳街坊名。

〔3〕陲：边。

〔4〕甃：用砖砌修水井的内壁。这句表明水井竣工了。

〔5〕“下去”句：谓被辇上来的井泥从此告离了永无天日的地穴。

〔6〕地脉：地下的水流。

〔7〕泉扉：墓，墓门。

〔8〕伊：发语词。掉行鞅：掉正马头前行。鞅：套在马脖子上的绳套。

〔9〕幄：帐幕。荐：铺设，陈设。

〔10〕山樽：山杯。

〔11〕物理：事物的自然之理。

〔12〕群品：万物。

〔13〕轮与蹄：车轮与马蹄。

〔14〕喜：各本作“喜”，程梦星说“喜”应作“尧”。

〔15〕“不以”句：传说舜的父亲瞽叟（瞎老头子）是个心术不正的人，曾伙同舜的继母、弟弟一起陷害舜。

〔16〕“禹竟”二句：《尚书·尧典》载，尧想要找一个能治理洪水的人。大家都举荐禹的父亲鲧。尧对鲧的能力和品格表示不满，说：“吁，咈哉，方命圮族。”

〔17〕嬴氏：秦国君姓嬴，所以说嬴氏。

〔18〕不韦：吕不韦。据《史记》记载，秦始皇嬴政是吕不韦的私生子。吕不韦把已身怀自己骨肉的宠姬献给了秦国后来的太子子楚，这个宠姬不久生了个儿子，即是后来统一中国的秦始皇嬴政。

〔19〕汉祖：汉高祖刘邦。左契：古代的符契分左右两符，左符（左契）持在手里，作为验证右符的凭据。把左契：手握权柄。司马迁《史记》载，刘邦功成名就之后，总结自己的历史，说过这样一句话：“吾以布衣提三尺剑，取天下。”

〔20〕“当涂”句：汉代流行一句谶语，叫“代汉者，当涂高也”。据陈寿《三国志·魏书·魏文帝纪》载，曹丕代汉时，有个叫许芝的太史丞引用这句谶语，说：“当涂高者，魏也；象魏者，两观阙是也。当道而高大者魏，魏当代汉。”

〔21〕“本乃”句：魏武帝曹操的祖父曹腾是宦官（黄门），父亲曹嵩是曹腾的养子。

〔22〕“长戟”二句：西晋统一中国后不久就爆发了八王之乱，随即中原地区沦陷，司马王室南迁，北方从此成为匈奴、鲜卑、羯、氐、羌等少数民族的争霸场。

〔23〕“伊尹”二句：伊尹是商初的著名政治家，他辅佐商汤灭夏建立了商朝。传说他没有父亲。《吕氏春秋·本味》上说他出生在一棵空桑树里。

〔24〕“磻溪”二句：传说姜子牙已很老了，还在渭水边的磻溪垂

钓，后来他却辅佐周文王周武王，兴周灭商。

〔25〕“屠狗”二句：辅佐刘邦建立汉朝的武将樊哙原是个以杀狗为业的屠户，而灌婴是个贩卖丝织品的小商人。

〔26〕“长沙”二句：据班固《汉书·长沙定王传》载，长沙定王刘发的出生纯属一次意外。他的母亲唐儿本是汉景帝宠姬程姬的侍女。有一天，汉景帝喝了酒，决定召幸程姬。可是程姬由于某种原因不愿去，就把唐儿打扮成自己的样子送了过去。汉景帝喝得糊里糊涂的，哪管什么三七二十一。结果，唐儿怀了孕，生了个儿子，就是长沙定王刘发。公元前155年刘发被立为长沙王，死后谥号为“定”，故称长沙定王。

〔27〕“帝问”二句：据班固《汉书·东方朔传》载，董偃出身微贱，本与母一起以卖珠为业。由于董偃容貌姣好，被正守着寡的汉武帝的姑母馆陶公主看上了，于是做了她的男宠。后来汉武帝知道了此事，一天，汉武帝对馆陶公主说：“我想见一见你家‘主人翁’。”武帝见过董偃后，对他很是优待。

〔28〕“武昌”二句：干宝《搜神记》里记载过这样一件事情，在汉哀帝的时候，豫章有一男子变成了女子，还嫁了人。这里说武昌，也许另有说法。

〔29〕“蜀王”二句：据《华阳国志》等记载，杜宇在蜀地称王，号曰“望帝”。后禅位隐于山中。死后魂魄化为子规，叫声凄苦。

〔30〕“淮南”二句：传说淮南王刘安得了仙道，炼出了仙丹，他自己吃了，升了天，还有些剩下的仙丹被他丢在了庭院里，被鸡狗们吃了，结果也一一升了天。

〔31〕大钧：造化，主宰。群有：万物。

〔32〕顾：回顾。冥冥：茫茫宇宙。

〔33〕秉者：指万事万物的主宰者。

〔34〕云为：变化。《易·系辞下》："是故变化云为，吉事有祥。"

〔35〕"猛虎"二句：凶猛的老虎不仅添上了翅膀，而且又配备上了尖角。

〔36〕"凤凰"二句：凤凰失去了美丽的羽毛，成群地钻进了鸡窝。以上四句说邪恶的更加邪恶，美善的更加沉沦，其意如屈原《哀郢》中的两句"众踥蹀而日进兮，美超远而逾迈"。

〔37〕曷来：何不来。

〔38〕寥泬：天。这句指上天无梯，无法就这问题向老天爷问个明白。

〔39〕悒怏：愁闷抑郁。夜参半：夜半时分。

【解说】

这首诗借井中泥的升沉异势感慨人的命运充满了偶然性。先说有个人家打井，把井中泥挖上来，他日又增益为堤岸。从此这泥土远离"冥寞穴"，受着雨露的滋养。四面也种上了好树，旦暮间有云霞弄姿，花鸟鸣幽。环境优美后，游人也被吸引了过来。从"因兹感物理"到"翻向云中飞"共三十四句，因井中泥而发出感悟，通过列举历史上很多事例，说明人类社会中也同样充满了这种偶然。从"大钧运群有"直至最后，是"我"在有了这番认知后，发出感叹，想问一问上天，这偶然性的背后到底是谁在主宰着呢？我真担心将来会出现这样的情况：为恶者愈加邪恶，而美善者日益沉沦！

最后的深切忧虑符合晚唐黑暗颠乱的社会现实。杜牧《杜秋娘诗》同样表达出了这种人事无常的感慨和忧虑。二者文辞俱佳，合称为"晚唐双璧"，亦未为不可。

二、咏史诗

马嵬二首〔1〕

一

冀马燕犀动地来〔2〕，　自埋红粉自成灰〔3〕。
君王若道能倾国，　玉辇何由过马嵬〔4〕。

【注释】

〔1〕马嵬：马嵬坡，在今陕西兴平市西，杨贵妃缢死的地方。

〔2〕“冀马”句：冀、燕之地是中国的北部地区，安史之乱起于北方，所以用冀马燕犀代指叛军。犀：犀甲。

〔3〕红粉：杨贵妃。

〔4〕“君王”二句：谓唐玄宗毕竟还能重返长安，也就是说，国并没有倾亡。

【解说】

这是一首反思把国家败亡诿过于女人的咏史诗。首句说叛军惊天动地地来了。次句针对这个情况说，杨贵妃的死跟它有什么关系呢？言下之意，杨贵妃成了替罪羊。末二句指出为什么这么说的道理，因为事实证明，国家并没有按照那个逻辑结束了，从结果上看，是“只教天子暂蒙尘”而已。

二

海外徒闻更九州〔1〕，他生未卜此生休〔2〕。
空闻虎旅传宵柝〔3〕，无复鸡人报晓筹〔4〕。
此日六军同驻马〔5〕，当时七夕笑牵牛〔6〕。
如何四纪为天子〔7〕，不及卢家有莫愁〔8〕。

【注释】

〔1〕九州：古人以为世界分为九大州，中国只是其中之一州而已。司马迁《史记·孟子荀卿列传》载，战国时邹衍把中国称作赤县神州，他还说“中国外如赤县神州者九，乃所谓九州也”。

〔2〕卜：占卜，预料。传说杨贵妃死后，唐玄宗多次命方士施术，求致贵妃魂魄于海外仙山。

〔3〕虎旅：虎贲氏与旅贲氏的并称，为王之警卫。《周礼·夏官·虎贲氏》：“掌先后王而趋以卒伍。军旅、会同，亦如之。舍，则守王闲。王在国，则守王宫。国有大故，则守王门。大丧，亦如之。”又《周礼·夏官·旅贲氏》：“掌执戈盾，夹王车而趋，左八人，右八人，车止则持轮。”柝：巡夜打更时敲的木头梆子。

〔4〕鸡人：指宫中打更唱时的人。晓：拂晓。筹：计时用的筹子。

〔5〕“此日”句：谓唐玄宗西逃至马嵬坡时，护卫军停止不前，进而哗变，要求诛杀杨国忠、杨贵妃。“此日六军同驻马”，是杨、李二人仓皇相顾，生死诀别的时刻。六军：唐朝时指护卫皇帝的禁军，一说分为“左右龙武、左右神武、左右神策”（见《新唐书·百

官志》)。参见白居易《长恨歌》:“六军不发无奈何，宛转蛾眉马前死。花钿委地无人收，翠翘金雀玉搔头。君王掩面救不得，回看血泪相和流。”

〔6〕“当时”句：这是杨、李二人当年恩爱许愿的甜蜜时刻。陈鸿《长恨歌传》:“因仰天感牛女事，密相誓心，愿世世为夫妇。”白居易《长恨歌》:“七月七日长生殿，夜半无人私语时。在天愿作比翼鸟，在地愿为连理枝。天长地久有时尽，此恨绵绵无绝期。”

〔7〕四纪：古代计时以岁星（木星）绕地球一周所需的时间（约十二年）为一纪，四纪共四十八年。唐玄宗在位共四十五年，这里取成数，说成四纪。

〔8〕莫愁：这里指民间普通的女子。

【解说】

首二句说山河破碎，香消玉殒，此生已休，此时再谈什么沧海桑田，生生世世还有何意义呢？三、四句说的是冷冰冰的现实，如今战乱不已，一副战时机制（“空闻虎旅传宵柝”），哪里还有承平时候的温馨景象（“无复鸡人报晓筹”）？五、六句发挥联想，把他们一生中的两个著名的交集点对比起来看，末二句是这样对比后的深沉感慨。

南朝〔1〕

地险悠悠天险长〔2〕，金陵王气应瑶光〔3〕。

休夸此地分天下，只得徐妃半面妆〔4〕。

【注释】

〔1〕南朝：东晋后在中国南方建立的四个王朝的总称，分为宋、齐、梁、陈，都城在南京。

〔2〕地险：地势很好，虎踞龙盘。天险：长江。

〔3〕金陵：南京。瑶光：北斗七星之一。这句说金陵上应天星，有帝王之气象。

〔4〕徐妃：梁元帝的妃子。梁元帝萧绎瞎了一只眼。他和徐妃的关系很僵，两三年才去看她一次。所以徐妃的心里有怨恨，每次知道他要来，就故意只化半面妆给他看。于是梁元帝一见她，只要一个照面就会“大怒而出”。

【解说】

这是一首讽刺统治者偏安一隅、不思进取的咏史诗。前两句说得一本正经的，说这地方风水好，有王气。后二句说，但跟实际情况比起来，恐怕就要大打折扣了。末一句“只得徐妃半面妆”，说得调侃味十足，既暗示了半壁江山的意思，又说出了整个南朝富有脂粉气这个总特点，而讽刺帝王不思进取之意已然蕴含其中。

景阳井〔1〕

景阳宫井剩堪悲，　不尽龙鸾誓死期〔2〕。
肠断吴王宫外水，　浊泥犹得葬西施〔3〕。

【注释】

〔1〕景阳井：景阳宫里的井。据史书记载，南朝最后一个皇帝陈

后主（陈叔宝）在城破国亡之际，慌不择路，最后逃到了井里。隋军搜查到井边，对井里喊话。他先是沉住气，不吭声。等听到外面威胁说要往里扔石头时，慌了，赶紧对着井上面喊救命。上面扔了根绳子叫他抓牢，打算拉他上来。结果在拉的过程中，大家都惊叹绳子太重了。原来和这位陈后主一起拽着绳子上来的还有他的两个心爱的妃子。

〔2〕龙鸾：陈叔宝和跟他一起下井的两个妃子。大概三人下井时，说过“要死一块死”之类的话（誓死期）。

〔3〕“肠断”二句：传说西施在吴亡之后，被越王勾践沉之于江。《墨子·亲士》：“是故比干之殪，其抗也；孟贲之杀，其勇也；西施之沉，其美也；吴起之裂，其事也。”

【解说】

这是讽刺帝王荒淫亡国又贪生怕死之作。前两句说这井余留至今的只是无尽的悲伤，曾经有那么几个人（龙鸾）想一块儿殉在里面。从井的立场说，这样的誓言是无法兑现了。三、四句用西施的典作比，用“肠断”来对比前面的“不尽”，意思是这井还不如吴王宫外的水呢，那里毕竟还埋葬过西施。

陈后宫

玄武开新苑〔1〕，龙舟宴幸频〔2〕。
渚莲参法驾〔3〕，沙鸟犯勾陈〔4〕。
寿献金茎露〔5〕，歌翻玉树尘〔6〕。
夜来江令醉〔7〕，别诏宿临春〔8〕。

【注释】

〔1〕玄武：玄武湖，在今南京市北，是历史上著名的游玩胜地，又是君主们讲武练兵的场所。对于南朝那些好玩的君主来说，讲武往往是借口，来就是玩的。

〔2〕宴幸：帝王到玄武设宴玩乐。

〔3〕法驾：帝王出行随从的车驾。

〔4〕勾陈：亦作“句陈”，古星宿名，属紫微垣，即现在所谓的北极星。古人认为星象和人事有一定的对应关系。勾陈对应的是后宫。瞿昙悉达《开元占经·客星犯北极勾陈》：“石氏曰：‘客星入勾陈，若犯之，宫中有变，臣杀其主，王者有忧。’”

〔5〕金茎：铜柱。据萧统《文选·西京赋》李善注引《三辅故事》载，汉武帝为求长生，在宫中建起高大的铜柱台，台上设置一铜人手捧铜盘以承接露水。

〔6〕玉树：出自陈后主的《玉树后庭花》。该诗流露出他及时享乐的人生态度。陈亡后，他的这首诗被人视为亡国之音。

〔7〕江令：江总，南朝文士，陈后主的宠臣。《南史·江总传》上说他“当权任宰，不持政务，但日与后主游宴后庭……与陈暄、孔范、王瑳等十余人，当时谓之狎客”。

〔8〕临春：阁名，以奢华著称，是陈后主所建的玩乐之所。据《陈书·张贵妃传》载，他的玩法是让女学士们（有点文学修养的宫女）、诸贵人和狎客们同聚阁中，一起“共赋新诗，互相赠答”。

【解说】

这是讽刺君王荒淫之作。首二句说玄武这地方最近新开了个游乐场所，那公子哥儿兴奋得很，一有空就往里钻。三、四句说他玩到兴头上，没上没下，无贵无贱，全乱了套了。五、六句说眼看他玩得这么忘乎所以，拍马屁的也趁机来了（“寿献金茎露”），献殷勤的也到了（“歌翻玉树尘”）。末二句描述了一个生动的细节：有人向他报告说，江令（文人、宠臣）今天夜里醉得很厉害，都走不了路了。这位玩得兴致已很高了的公子哥就很体贴地吩咐下去：那就让他别走了，就睡在我的临春阁里吧！——这真是达到了君臣无猜的地步，不过是以一种消极、滑稽的方式。

陈后宫

茂苑城如画〔1〕，阊门瓦欲流〔2〕。
还依水光殿，更起月华楼〔3〕。
侵夜鸾开镜，迎冬雉献裘〔4〕。
从臣皆半醉，天子正无愁〔5〕。

【注释】

〔1〕茂苑：也叫长洲苑，故址在今江苏苏州，泛指宫苑。

〔2〕阊门：苏州的城门名，泛指城门。以上两句描画皇宫后苑的华贵。

〔3〕水光殿、月华楼：都是虚拟的名字，用以突出无愁天子的风花雪月式的享受。

〔4〕“侵夜”二句：正常的顺序应该是“侵夜开鸾镜，迎冬献雉裘”。不过这样倒着说，以鸾和雉放前面“作主语”，更具有戏剧性的讽刺效果。两句极力说奢侈。

〔5〕“天子”句:《北史·齐本纪下》,“盛为无愁之曲,帝自弹胡琵琶而唱之,侍和之者以百数,人间谓之无愁天子。”

【解说】

这仍是讽刺帝王荒淫之作。前四句说皇宫已够好了,可是那个无忧无虑的人不知满足,还在大兴土木。五、六句使这个以天子为中心的皇宫成为一个具有向外无限吸纳物质的能力的中心。末二句说以无愁天子为首的这帮人正醉生梦死着呢!《富平少侯》“七国三边未到忧”一句,是这不着边际的无愁状态的另一种表达法。

汉宫词

青雀西飞竟未回〔1〕,君王长在集灵台〔2〕。
侍臣最有相如渴〔3〕,不赐金茎露一杯〔4〕。

【注释】

〔1〕青雀:青鸟,传说中的神鸟。《汉武故事》:“七月七日,上于承华殿斋,日正中,忽见有青鸟从西方来集殿前,上问东方朔。朔对曰:‘西王母暮必降尊像上,宜洒扫以待之。’……有顷,王母至。”《山海经》上说青鸟是西王母的信使。

〔2〕集灵台:西汉有集灵宫,没有集灵台的说法。唐时有个集灵台,是用来祀神、求仙的地方。李商隐用典不拘常法,他是活典活用,意到典生。此句意蕴类似《无题》“如何雪月交光夜,更在瑶台十二层”两句。

〔3〕相如渴:司马相如患糖尿病,旧称消渴病。

〔4〕金茎：见《陈后宫》(玄武开新苑）注〔5〕。

【解说】

这是讽刺帝王痴迷于求仙之作。前两句说那个一心成仙的君王还痴心妄想地等候在台上，可是信使一去不返，哪里有什么仙人到来的迹象？后二句说执迷不悟的君王到现在也没有清醒过来，手下的人跟着求仙都快渴死了，他也不顾惜。或者说，那个等来的露水有什么用啊，还不如把它赐给像司马相如这样的渴得不行的侍臣呢！

旧将军

云台高议正纷纷〔1〕，谁定当时荡寇勋。
日暮灞陵原上猎，李将军是故将军〔2〕。

【注释】

〔1〕云台：汉朝时为摆放功臣画像供人瞻仰而建的台子，这里指论功台。范晔《后汉书·朱景王杜马刘傅坚马列传》："永平中，显宗追感前世功臣，乃图画二十八将于南宫云台。其外又有王常、李通、窦融、卓茂，合三十二人。"云台高议：讽刺地说，是坐在空中楼阁里夸夸其谈。

〔2〕李将军：西汉著名的将领李广。李广一生战功赫赫，却赏不称功，最后还因不堪受辱于刀笔吏抽刀自戕。司马迁《史记·李将军列传》："广家与故颍阴侯孙屏野居蓝田南山中射猎。尝夜从一骑出，从人田间饮。还自霸陵亭，霸陵尉罪，呵止广。广骑曰：'故李将军。'尉曰：'今将军尚不得夜行，何乃故也！'止广宿亭下。"

【解说】

前两句说那些高高居上者还在开会讨论，平乱之功究竟是谁建立的，后两句把目光从这个乌烟瘴气的会议桌上转移到风光一片的原野上，说这时，那个昔日的立功者正在原上打猎消遣呢！云台之上，一帮人在争论着究竟这荡寇之勋该定给谁？而令人感到讽刺的是，此时那个真正的功臣却被人遗忘了。

这首诗不是单纯的咏史，因为所咏的李将军在历史上并没有这样的情节，显然是有感而发，借古讽今。程梦星认为这首诗中的旧将军指的是名相李德裕。他说："按史，武宗崩，宣宗立，遽罢李德裕相。德裕秉政日久，位重有功，众不意其遽罢，闻之莫不惊骇。此诗谓此事也。德裕之相武宗，自御回纥至平泽潞，当时荡寇之勋不小，于是加太尉，封卫国公，不啻汉显宗南宫云台图画功臣也。曾日月之几何，遽罢政事，出镇荆南。然则以有用之才，置无用之地，何异于汉之李广，号称飞将军，竟放闲置散，夜猎灞陵，空为无知之醉尉所呵，而忽其为故将军也。"(《重订李义山诗集笺注》卷中）后冯浩在此说基础上更为之补证："《新（唐）书·（宣宗）纪》：'大中二年七月，续图功臣于凌烟阁。'事详《忠义李憕传》。后时必纷纷论功。而李卫国之攘回纥、定泽潞，竟无一人讼之，且将置之于死地，诗所为深慨也。《旧（唐）书·（李德裕）传》赞云：'呜呼烟阁，谁上丹青？'愤叹之怀，不谋而相合矣。"(《玉溪生诗集笺注》卷二）

李德裕是晚唐时期著名的政治家，他在唐文宗大和七年（833）和武宗开成五年（840）两度为相。在政期间，御外患，定内乱，极力维护、巩固国家的统一，使唐王朝暂时获得的一个相对稳定的局面。宣宗即位后，屡遭贬责，最后死于贬所。李商隐很认可李德裕的历史功绩，对他后来的遭遇也充满了同情。李德裕倒台后，李商隐曾为其《会昌一品集》写序，称之为“万古良相”。这首诗说是为李德裕而发，看来很是可能。

曲江〔1〕

望断平时翠辇过〔2〕，空闻子夜鬼悲歌〔3〕。
金舆不返倾城色〔4〕，玉殿犹分下苑波〔5〕。
死忆华亭闻唳鹤〔6〕，老忧王室泣铜驼〔7〕。
天荒地变心虽折〔8〕，若比伤春意未多。

【注释】

〔1〕曲江：也叫曲池，曲江池，在今陕西省西安市东南，秦朝时为宜春苑，汉朝时为乐游原，隋文帝时对曲江进行了一番疏通改造，更名为芙蓉园，后唐玄宗又在隋朝的基础上进行大规模的疏凿扩建。据唐人康骈《剧谈录》中“曲江”条记载：“曲江池，本秦世隑洲，开元中疏凿，遂为胜境。其南有紫云楼、芙蓉苑，其西有杏园、慈恩寺。花卉环周，烟水明媚。都人游玩，盛于中和、上巳之节……入夏则菰蒲葱翠，柳阴四合，碧波红蕖，湛然可爱。好事者赏芳辰，玩清景，联骑携觞，亹亹不绝。”盛唐时的曲江，不仅风景迷人，更是王朝兴盛的一个重要标志。人们在这里踏青赏景、聚会宴饮、吟诗作赋，常常流连忘返。每到一些传统节日以及皇帝赐新科进士游宴曲江的日子，这里更是游人如织，热闹非凡。所谓“都城胜赏之地，唯有曲江”(唐文宗《听诸司营造曲江亭馆敕》)。然

而，安史之乱的爆发致使唐王朝急剧衰落，昔日的名胜地曲江也遭到了严重的损毁，到唐穆宗、唐敬宗时，曲江边的楼阁台榭已差不多毁坏殆尽。北宋初钱易《南部新书》中说："曲江池，天祐（唐昭宗年号）初，因大风雨，波涛震荡，累日不止。一夕无故其水尽竭，自后宫阙成荆棘矣。"曲江美景的盛衰正是唐王朝兴亡的一个缩影，因此对曲江的歌咏慨叹寄托了当时人对国家盛衰的回忆和哀思。

〔2〕翠辇：帝王乘坐的车子。

〔3〕子夜：夜半时分。郭茂倩《乐府诗集·清商曲辞·子夜歌》引《唐书·乐志》曰："《子夜歌》者，晋曲也。晋有女子名子夜，造此声，声过哀苦。"《宋书·乐志》曰："晋孝武太元中，琅琊王轲之家有鬼歌《子夜》，殷允为豫章，豫章侨人庾僧虔家亦有鬼歌《子夜》。"

〔4〕金舆：帝王乘坐的车子。据《穆天子传》载，穆天子巡游天下，不想途中心爱的盛姬染上寒疾死了。此外，经历安史之乱的唐玄宗自蜀返京，时杨贵妃已死，亦可谓"金舆不返倾城色"。

〔5〕下苑：曲江池。

〔6〕"死忆"句：陆机，西晋文士，字士衡，吴郡吴县（今江苏苏州）人，曾为平原内史，故世称"陆平原"。刘义庆《世说新语·尤悔》："陆平原河桥败，为卢志所谗，被诛，临刑叹曰：'欲闻华亭鹤唳，可复得乎？'"

〔7〕"老忧"句：晋朝的索靖预感到天下将要大乱，指着洛阳宫门前的铜骆驼，叹道"会见汝在荆棘中耳！"

〔8〕"天荒"句：江淹《别赋》有"使人意夺神骇，心折骨惊"。客观地说，心是无法折的，但用"折"字，却更能形象地说明伤心欲绝的状态。

【解说】

这首和前面《泪》的手法相似。先举出许多令人心折的事情，说这些天荒地变是很让人心折了，可是比起伤春来，这一切又算得了什么呢？

什么是伤春呢？简单地说，对世上一切美好的事物不可挽回的衰败凋亡表示由衷的伤感的就叫作伤春。伤春，是李商隐诗歌中一个反复咏叹的主题，一条情感的主旋律。他的很多无题诗、咏物诗骨子里都是在伤春，都是在哀咏易逝的一去不返的美好年华，哀叹美好年华的虚度。

涉洛川

通谷阳林不见人〔1〕，　我来遗恨古时春〔2〕。
宓妃漫结无穷恨〔3〕，　不为君王杀灌均〔4〕。

【注释】

〔1〕通谷、阳林：洛水周围的地名。曹植《洛神赋》："经通谷，陵景山。日既西倾，车殆马烦。尔乃税驾乎蘅皋，秣驷乎芝田。容与乎阳林，流眄乎洛川。"

〔2〕"我来"句：谓我来这里伤春。仿佛此处（通谷、阳林）人迹罕至，一直都保存着当年的春天似的。李商隐诗歌有为古人伤心、伤春的习惯。如《代魏宫私赠》《代元城吴令暗为答》《代越公房妓嘲徐公主》《代贵公主》，都是揣摩古人心思的作品，而题材都和春心有关。

〔3〕宓妃：曹丕的妃子，相传她真正喜欢的是曹植。

〔4〕君王：曹植。灌均：谗毁曹植者。

【解说】

前面的两句说这里（通谷、阳林，是对曹植和宓妃具有特殊意义的地方）久绝人世，今天由我来感慨一下。后面的两句说宓妃空自怨恨终生，有什么办法呢?《可叹》诗说“宓妃愁坐芝田馆，用尽陈王八斗才”，是从陈王的角度说两人之间的阻隔无法打通。这里从宓妃的方面说这个意思。“灌均”是这阻隔的形象代表。

最后的一句是气愤到极点说的昏话。他（作者）何尝不知道宓妃是杀不了灌均的？所以全篇都弥漫着一种无奈之感。

东阿王〔1〕

国事分明属灌均〔2〕，　西陵魂断夜来人〔3〕。
君王不得为天子，　半为当时赋洛神〔4〕。

【注释】

〔1〕曹植于太和三年（229）徙封东阿，所以叫东阿王。曹植受封东阿王时，曹丕已逝。

〔2〕灌均：灌均是魏文帝曹丕安插在曹植身边的眼线。陈寿《三国志·魏书·陈思王植传》：“文帝即王位，诛丁仪、丁廙并其男口。植与诸侯并就国。黄初二年，监国谒者灌均希旨，奏‘植醉酒悖慢，劫胁使者’。”

〔3〕“西陵”句：谓曹操一死，收拾曹植的人连夜就来了。所谓“相煎何太急”。西陵：曹操的陵墓。《彰德府志·地理志二》中云：

“操且死，令施穗帐于上，朝晡，上酒及糗粮，使宫人歌吹帐中，望吾西陵。西陵即高平陵也，在县西南三十里，周回一百七十步，高一丈六尺。”

〔4〕赋洛神：曹植创作《洛神赋》。

【解说】

首句说国家的前途和命运操在灌均这样的小人手里。次句讲曹植遭受迫害之快。三、四句出于激愤的心情故意说他的命运之所以如此，一半的原因是由于他写了篇《洛神赋》。

这是借曹植的命运感慨“文章憎命达”的现象。李商隐好为艳情诗，这些诗作有没有给他带来现实的困扰，虽不能肯定，但从这首诗着重点出《洛神赋》这样的“艳情”之作来看，似是有感而发。

深宫

金殿销香闭绮栊〔1〕，　玉壶传点咽铜龙〔2〕。
狂飙不惜萝阴薄〔3〕，　清露偏知桂叶浓〔4〕。
斑竹岭边无限泪〔5〕，　景阳宫里及时钟〔6〕。
岂知为雨为云处〔7〕，　只有高唐十二峰〔8〕。

【注释】

〔1〕栊：窗户。

〔2〕玉壶：漏，古代的计时器。铜龙：漏的滴水口。

〔3〕萝：女萝，是失意的隐喻。屈原《九歌·山鬼》：“若有人

兮山之阿，被薜荔兮带女萝。”

〔4〕桂叶：得意的隐喻。

〔5〕斑竹：湘妃竹，屡见。

〔6〕景阳宫：齐武帝时的宫名。据《南史·后妃列传》载，齐武帝的时候，由于“宫内深隐”，有些地方“鼓漏声”听不见，就在景阳楼上放置了一口钟，宫内人以钟声为号令，“早起庄饰”。

〔7〕为雨为云：用宋玉《高唐赋》巫山神女事，屡见。

〔8〕十二峰：巫山共有十二峰。

【解说】

这是一首旨在揭露两种对立的世界的讽刺诗。首二句描述宫殿里的情景，说香烟的熏燃，说窗户的开闭，说漏壶的点滴，描述的是深宫中的世界。三句说身在山野的人餐风宿露，处境恶劣，描述的是广阔的宫外世界。“萝”字，令人想到山鬼的形象，暗示了生存的地点在山野，和下面桂叶的暗示适成对比。三、四两句有不幸者更不幸，得意者更得意的意思。五、六句继续说这样的两种对立的命运，后一句的“及时钟”，说明身处有利位置的人消息灵通得很，都得到了很好的待遇。末二句总结说，你要知道恩宠从来就只限在这么一个特殊的区域里啊！

富平少侯〔1〕

七国三边未到忧〔2〕，　十三身袭富平侯〔3〕。

不收金弹抛林外〔4〕，　却惜银床在井头〔5〕。

彩树转灯珠错落〔6〕，绣檀回枕玉雕锼〔7〕。
当关不报侵晨客〔8〕，新得佳人字莫愁〔9〕。

【注释】

〔1〕富平少侯：班固《汉书·外戚列传》云“成帝每微行出，常与张放俱，而称富平侯家，故曰张公子”。又《汉书·佞幸列传》：“其爱幸不及富平侯张放。放常与上卧起，俱为微行出入。”这里引用富平侯，加一少字，是着意于少年帝王的微行浪游，不务正业。

〔2〕七国：西汉初分封的七个诸侯国，即吴、楚、赵、胶西、济南、淄川、胶东。文景之时，七国势力渐长，威胁中央，成尾大不掉之势。汉景帝三年（前154），以吴王濞为首，打着“请诛晁错，以清君侧”的旗号发动武装叛乱，史称“七王之乱”。三边：旧说指幽、并、凉三州，泛指边境地区。

〔3〕十三：谓其袭封爵位时年纪很轻。

〔4〕金弹：金制的弹丸。据《西京杂记》载，韩嫣是个公子哥儿，他的一个著名的爱好是喜欢打弹弓，而用的弹丸竟是金子做的。每次他出来玩，长安的小孩子都乱哄哄地跟在后面，等着抢拾金丸。一天下来，韩嫣要“弹掉”十多个金丸子。

〔5〕却惜：岂惜。银床：银制的井上辘轳架。

〔6〕彩树：光彩四溢的灯树。珠错落：灯树转动时灯光闪烁如明珠错落。

〔7〕绣檀回枕：精美的檀香木枕上面纹路环绕，雕刻精美。玉雕锼：指对它的雕刻如玉般精致，或指木枕上装饰有精美的雕玉，皆通。锼：镂刻。左思《魏都赋》：“木无雕锼。”这句说连睡觉用的枕头都极尽奢华之能事。

〔8〕当关：守门人。不：一作“莫”。侵晨客：指富平少侯一帮人。

〔9〕莫愁：屡见，这里指富平少侯刚从民间猎得的美女。

【解说】

这是讽刺帝王不务正业之作。首句说这位公子哥儿头脑里没一点版图、国家的意识，无忧无虑的，生活在一团烂漫的世界里，因此他的快乐是“无限”的。次句补充说他出生显贵，很小的时候就做了接班人。三、四、五、六句勾勒他在他那一团烂漫的世界里大致上干的都是哪档子的事。末二句用一个典型的事例说明他这么没昼没夜地玩耍，真是一点忧愁也没有（“莫愁”）。

旧顿〔1〕

东人望幸久咨嗟〔2〕，　四海于今是一家〔3〕。
犹锁平时旧行殿〔4〕，　尽无宫户有宫鸦〔5〕。

【注释】

〔1〕顿：地方上为皇帝巡幸而设置的负责食宿的接待点。

〔2〕东人：东都洛阳的百姓。

〔3〕“四海”句：为时八年的安史之乱被平定后，国家表面上取得了统一。

〔4〕平时：承平时候。行殿：行宫，地方上供帝王巡幸时住的宫殿。

〔5〕宫户：守护行宫的人。宫鸦，一作“宫花”。

【解说】

这是一首伤感国家衰败、不复往日盛况的诗。首句说东都的人们翘首望幸已经很久了。次句说如今四海已经归了一统，可是，当年的那些行宫依旧荒废在那里，守宫人早已不知去向，只有些寒鸦成了这里的主人。

一说“宫鸦”当作“宫花”，可是在一个荒废的行殿中，不会选择性地尽长出些宫花，来和这宫户“对抗”，恐怕还是乱草野花的势力要更强些吧。相比之下，还是寒鸦更符实情。

过华清内厩门〔1〕

华清别馆闭黄昏，　碧草悠悠内厩门。
自是明时不巡幸，　至今青海有龙孙〔2〕。

【注释】

〔1〕华清：华清宫。《元和郡县图志》卷一：“开元十一年（723），初置温泉宫，天宝六载（747）改为华清宫。”内厩：宫中养马的地方。

〔2〕青海龙孙：青海所产骏马。《隋书·吐谷浑传》：“青海……中有小山，其俗至冬辄放牝马于其上，言得龙种。吐谷浑尝得波斯草马，放入海，因生骢驹，能日行千里，故时称青海骢焉。”

【解说】

这是一首讽刺帝王不作为以致国家衰败的诗。首句先用个“闭”字来显示隔断了的状态，来让人先顿一下，让思古之幽情在这里能有效地堆积。次句就用“悠悠”来打开这个“闭”，来畅通人的被堆起来的心思，仿佛一个曲子，在稍稍一顿之后，就格外地行云流水起来。三、四句故意说在好时代里没有去关心过问，去采取预防措施（“巡幸”），以至造成今日这种尴尬的局面。

浑河中〔1〕

九庙无尘八马回〔2〕，奉天城垒长春苔〔3〕。
咸阳原上英雄骨，半向君家养马来〔4〕。

【注释】

〔1〕浑河中：浑瑊，因镇守河中，故称浑河中。唐德宗时，他与收复京城的李晟同为一代名将，主要功绩在于守卫奉天城（时唐德宗避难于城内）和为国平叛。

〔2〕九庙：帝王祭祀祖先的宗庙，共九个。无尘：指叛乱平定，长安收复。八马：传说周穆王有八骏（八匹神马），这里代指帝王的马车。八马回：喻天子返京。

〔3〕奉天：长安附近的一座城池。城垒：指战争时的防御性工事。

〔4〕“咸阳”二句：谓战场上牺牲的英雄们，很多都是出自浑家。当时人评价浑瑊，把他比之为汉朝的金日磾。金日磾做过养马的官（马监），所以末句这么说。

【解说】

这是一首歌颂昔日良将、慨叹当今人才匮乏的咏史诗。首句说“九庙无尘”，先提供出一个深沉宁静的气氛，再用接下的“八马回”，点醒这静的状态。次句的“长春苔”，是说这静的持续的过程。这个静只有作为盛况不再的结果才具有这里一切尽在不言中的丰富内涵。末二句指出这个伟大的宁静是被什么支撑出来的。三句是这源源不断的宁静的源头。结果已然揭示了（“半向君家养马来”），但是作为一个静止的状态，不仅是“九庙无尘”，更是“咸阳原上英雄骨”，它将一直持续下去。

龙池

龙池赐酒敞云屏〔1〕，羯鼓声高众乐停〔2〕。
夜半宴归宫漏永〔3〕，薛王沉醉寿王醒〔4〕。

【注释】

〔1〕龙池：原玄宗旧邸兴庆宫中池，后引渠扩大后，成为当时宫中一景。据说池子大了之后，有黄龙在其中出没，因此被称为龙池。云屏：绘有云彩状的屏风。

〔2〕羯鼓：一种乐器。唐玄宗很爱听。《新唐书·礼乐志》：“帝（唐玄宗）又好羯鼓……常称：‘羯鼓，八音之领袖，诸乐不可方也。’盖本戎羯之乐……其声焦杀，特异众乐。”这里说羯鼓声高，就是指其声焦杀的特点。羯鼓出自外夷，用在这里让人联想到那个惹事的胡人安禄山。所以这一句又仿佛是说那边乱起来了，战鼓声响之下，宫廷之中，众乐都停。

〔3〕“夜半”句：赐酒之宴夜半而散（尽兴了）。宫漏永，是让人去体会狂欢后寂静的意味。

〔4〕薛王：睿宗的第五子李业曾封为薛王。其子袭封。寿王：玄宗第十八子李瑁。杨贵妃本是寿王的一个妃子。玄宗就是从寿王手里把杨玉环“取”来的。

【解说】

这是一首讽刺唐玄宗荒淫之作。首句说玄宗在龙池设宴请客。“敞云屏”，说明气氛很好，主客间没什么隔阂。次句说宴会中充斥耳畔的是响震寰宇的羯鼓之声。末二句说宴会结束了，进入了夜阑人静的时刻，薛王因为尽兴，喝得沉醉不醒，而寿王却满腹心事，睡意全无。他的《杜工部蜀中离席》诗里“座中醉客延醒客”一句，说的也是在同一时间里的冰火两重天。

骊山有感

骊岫飞泉泛暖香〔1〕， 九龙呵护玉莲房〔2〕。
平明每幸长生殿， 不从金舆惟寿王〔3〕。

【注释】

〔1〕骊岫：骊山，其中有温泉，即华清池，因杨贵妃曾在此玩乐、沐浴而出名。

〔2〕九龙：池中的石龙。温泉之中，恍然有龙绕雾腾之象。玉莲房：指温泉中摆设的莲花石。

〔3〕“平明”二句：长生殿在华清宫中，是杨李二人经常欢会的地方。“平明”用在这里使整个诗意有断节，疑“平明”当是平时之讹误。这句的意思应该是说李、杨二人在承平时候常常光临长生殿

玩耍，大家都屁颠颠地捧在后面，只有那个寿王不肯跟去。金舆：帝王的车驾。

【解说】

这首诗和那句“薛王沉醉寿王醒”一样也是拿寿王说事，在满堂欢语的热闹环境下，道出有人这时别有一番滋味在心头，以此表现和讽刺杨、李二人的淫逸生活。

华清宫

华清恩幸古无伦， 犹恐蛾眉不胜人〔1〕。
未免被他褒女笑〔2〕， 只教天子暂蒙尘。

【注释】

〔1〕“华清”二句：唐玄宗对杨贵妃的宠爱已经天下第一古今无双了，可是还担心对她不够好，比不上别人。

〔2〕褒女：褒姒。

【解说】

这是一首讽刺帝王好色之作。首句说他已经把她宠得不得了了。次句再说即使这样，他还觉得宠爱得不够。三、四句说若按照这个宠爱法，在亡国的作用上应该比得上褒女的。可实际上，却要让褒女笑话了，因为她只是让天子暂时蒙尘而已。此诗讽刺很尖刻，显示出作者内心的激愤之情。

隋师东[1]

东征日调万黄金，几竭中原买斗心[2]。
军令未闻诛马谡[3]，捷书惟是报孙歆[4]。
但须鸑鷟巢阿阁[5]，岂假鸱鸮在泮林[6]。
可惜前朝玄菟郡[7]，积骸成莽阵云深[8]。

【注释】

〔1〕隋：一作“随”，非。隋炀帝穷兵黩武，几次远征高丽，均遭惨败，终致国亡身灭，与这里所说颇合。若作“随师东”，则是随师东征之意，观作者生平，并不曾参加过如此大规模的征战。

〔2〕“东征”二句：战争耗尽了国库民用，但“武皇开边意未已”。

〔3〕马谡：三国时蜀将领，因违军令，失了军事要地街亭，被诸葛亮按军纪处死。

〔4〕孙歆：三国时吴将领，任吴都督。据《晋书·杜预传》载，平吴之役，晋朝王浚向朝廷报告战果时虚报军功，宣称“得孙歆头”，结果后来杜预把一个活生生的孙歆押解回京师。

〔5〕鸑鷟：许慎《说文解字》注，“鸑鷟，凤属，神鸟也”。《国语·周语》：“周之兴也，鸑鷟鸣于岐山。”阿阁：萧统《文选·古诗十九首·西北有高楼》李善注引《尚书·中候》曰，“昔黄帝轩辕，凤皇巢阿阁。”又引《周书》曰：“明堂咸有四阿，然则阁有四阿，谓之阿阁。”鸑鷟巢阿阁，即有凤来仪的意思。这句说只要国泰民安就好了，何必去开边拓疆，做那得不偿失的事呢？

〔6〕“岂假”句：《诗经·鲁颂·泮水》，“翩彼飞鸮，集于泮林。

食我桑葚，怀我好音。”这里以鸱鸮作为恶鸟与鸑鷟相对，以泮林（野）与阿阁（朝）相对。杜甫《送高三十五书记》：“请公问主将，焉用穷荒为？”

〔7〕玄菟郡：西汉郡名，治所在今朝鲜境内。《梁书·高句骊列传》：“高句骊者，其先出自东明……其国，汉之玄菟郡也，在辽东之东，去辽东千里。汉、魏世，南与朝鲜、秽貊，东与沃沮，北与夫余接。汉武帝元封四年，灭朝鲜，置玄菟郡，以高句骊为县以属之。”

〔8〕积骸成莽：尸骨蔽野如草莽。阵云：如战阵之云。这里极力形容当年战争的惨烈，直到现在，那阵云都迟迟未散。其意犹如《筹笔驿》“猿鸟犹疑畏简书，风云常为护储胥”两句。

【解说】

这是一首讽刺帝王穷兵黩武、发动兼并战争的咏史诗。首二句说为了争强好胜（“斗心”作怪）兴师东征，日费万金，花了那么多的人力物力，几乎把自己的老底都快掏空了（“几竭中原”）。“买”字后接斗心，真是一针见血，和前面的“黄金”合起来说明事情的实质。三、四句说这哪里是打仗的架势啊，一点实质的纪律也没有，就知道虚报功绩，以求邀赏（本来也就是花钱买斗心）。五、六句说这样的穷兵黩武有什么必要呢？我们只需要把自己已有的治理好就够了，何必要争来争去，花那么大的代价，去做那得不偿失的事情呢？末二句说前朝的教训仍然历历在目，可是这穷兵黩武的人不以史为镜，恐怕又要令后人复哀后人了。

四皓庙[1]

本为留侯慕赤松[2]，汉庭方识紫芝翁[3]。
萧何只解追韩信[4]，岂得虚当第一功。

【注释】

〔1〕四皓：秦末的四个高士，即东园公、夏黄公、绮里季、角里先生，他们因避秦乱隐居在商山。汉高祖刘邦想要废长立幼，吕后为保太子地位，用张良的计谋，请出隐居商山的四个高人前来辅佐太子。四老出山，致使汉高祖觉得太子羽翼已成，遂罢废太子议。

〔2〕留侯：汉初名臣张良。张良晚年清心寡欲不问政事，自言："家世相韩，及韩灭，不爱万金之资，为韩报仇强秦，天下震动。今以三寸舌为帝者师，封万户，位列侯，此布衣之极，于良足矣。愿弃人间事，欲从赤松子游耳。"（班固《汉书·张良传》）

〔3〕紫芝翁：商山四皓。据《高士传》载，四皓当秦始皇时，见秦政暴虐，就退隐到蓝田山中。并作歌一首："莫莫高山，深谷逶迤。晔晔紫芝，可以疗饥。唐虞世远，吾将安归？驷马高盖，其忧甚大。富贵之畏人，不如贫贱之肆志"。

〔4〕"萧何"句：楚汉相争，项强刘弱时，刘邦的手下有一段时间天天有人开溜。当时韩信由于受不到重用，也瞅个机会跑了。萧何知道韩信是个人才，听说他也跑了后，赶紧骑了匹马把他追了回来。

【解说】

这是一首歌颂张良政治智慧的咏史诗，反映了作者不同常人的历史见解和政治远见。前两句说要不是留侯张良请出了世外高人，朝廷怎么可能认识到四皓的本事，又怎么能如此顺畅地完成定储大计，使国家步入正轨。后二句拿萧何来和他作比较，说那个被认为是开国第一功臣的萧何只知道拼命追一个带兵打仗的武将，在为国家选用人才、决定国家命运的问题上，怎么能和他比呢？

唐朝中后期政局动荡，立储问题更是各派势力斗争的焦点，从唐肃宗开始，政权几乎都是非正常交接的。对封建王朝而言，立储可说就是国家的根本，所以李商隐认为张良为汉朝定立储之事，是第一等的功臣。联系当时的政局，当为有感而发。

过楚宫

巫峡迢迢旧楚宫，　至今云雨暗丹枫。
微生尽恋人间乐〔1〕，　只有襄王忆梦中〔2〕。

【注释】

〔1〕微生：芸芸众生。

〔2〕襄王：宋玉《高唐赋》中与神女梦中相会的楚襄王。

【解说】

这大概是一首怀旧伤感之作。首二句说望尽迢迢巫峡，昔日的楚宫依然坐落在那里。一眼望去，漫山遍野的红枫似乎至今仍在当年云雨的作用下黯然一片（那是曾给襄王带来无限快乐的云雨，曾使他醉生梦死的云雨，让他一次经历过就永世不忘怀的云雨）。三、四句说现在一切都过去了（当幸福成为往事），芸芸众生熙熙攘攘，都在恋着他们的人间乐，只有他沉浸在旧梦之中。于是襄王与人间乐尖锐地对立起来。这是绝世的孤独。

从诗中弥漫的沧桑感、孤独感与幻灭感来看，似是李商隐晚年作品。

瑶池

瑶池阿母绮窗开〔1〕，黄竹歌声动地哀〔2〕。

八骏日行三万里〔3〕，穆王何事不重来〔4〕？

【注释】

〔1〕阿母：西王母。《穆天子传》：“乙丑，天子觞西王母于瑶池之上。西王母为天子谣，曰：‘白云在天，山陵自出。道里悠远，山川间之，将子无死，尚能复来。’”

〔2〕黄竹：《穆天子传》有“日中大寒，北风雨雪，有冻人。天子作诗三章以哀民，曰：‘我徂黄竹。□负闷寒。帝收九行，嗟我公侯。百辟冢卿，皇我万民，旦夕勿忘……’”

〔3〕八骏：穆天子巡游天下乘坐的八匹神马。

〔4〕何事：为何。

【解说】

首句是个持续着的存在（“阿母”），是个打开了的无限遥远的空间（“绮窗开”），次句用声音试验、考虑这个持续着的存在。三句用速度丈量这个打开了的空间（这自然是不可能的）。末句就是说这个不可能。

第一句富贵、悠闲、无忧，所以有第二句。第一句持续、静止、无边，所以有第三句。第一句强大、恒久、逼人，所以有第四句。

第一句“瑶池阿母绮窗开”和第二句的“黄竹歌声动地哀”都是现实，一直持续在那里，可是周穆王呢？你的那八匹神马不是跑得很快吗？怎么不见你来呢？

这首诗旨在讽刺求仙之无益，讽刺那些谋虚逐妄的帝王们哪里会去关心民生疾苦。求仙的帝王死了，留下的是那无尽的遐想（“瑶池阿母绮窗开”）和苦难的大地（“黄竹歌声动地哀”）。

华岳下题西王母庙

神仙有分岂关情，　八马虚追落日行〔1〕。
莫恨名姬中夜没〔2〕，　君王犹自不长生。

【注释】

〔1〕“八马”句：因为君王不长生，所以这里说“虚追”。

〔2〕名姬：盛姬。《穆天子传》载，周穆王巡行天下时，获美女盛姬，万般宠爱，为之筑重璧之台。不久，盛姬病死了，穆王倍极哀痛，为之举行了空前隆重的葬礼。此后穆王对盛姬仍思念不已，经常动不动就流眼泪。于是有人向穆王谏言：“自古有死有生，岂独淑人。天子不乐，出于永思。永思有益，莫忘其新。”这话把穆王说得更伤心了，于是又痛哭一回。

【解说】

这首诗和上一首“瑶池”的立意都是在“君王的不长生”上，揭露和讽刺君王的既想长生又好女色的荒唐心理。三句说不要懊恨名姬的突然亡故了，就连“茂陵刘郎”也不过是“秋风客”而已。

华山题王母祠〔1〕

莲华峰下锁雕梁〔2〕，　此去瑶池地共长〔3〕。
好为麻姑到东海〔4〕，　劝栽黄竹莫栽桑〔5〕。

【注释】

〔1〕华山：古称西岳，在今陕西省华阴市。

〔2〕莲华峰：华山的西峰。《华岳志》：“西峰，一曰莲花。”“锁”字见尘封已久意。

〔3〕“此去”句：瑶池是王母的仙境，是她的故园。这句说这里离她的故园要多远有多远。

〔4〕麻姑：传说中的仙人。葛洪《神仙传·麻姑传》：“麻姑自说云：‘接侍以来，已见东海三为桑田。向到蓬莱，又水浅于往日会时略半耳，岂将复为陵陆乎？’”

〔5〕“劝栽”句：这句是有感而发。这个感触在于前面的王母沦落在此莲华峰下，悠悠时空，归去不能，故这么劝说麻姑不要栽容易产生变化的桑树，而要栽种不会与海发生变化关系的竹子，即如冯浩所云：“竹贯四时而不改，桑田有时变海，故结句云。”《穆天子传》：“庚戌，天子西征，至于玄池。天子休于玄池之上，乃奏广乐，三日而终，是曰乐池。天子乃树之竹，是曰竹林。”

【解说】

这首诗不同于前面的两首，虽说都和西王母有关，但前面两首的主题都是讽刺帝王求仙的，这一首却是把西王母看作沦谪下界的仙人。前二句说她沦谪在这里，故园远在天边，回也回不了。最后的两句表面上说的是劝慰的话，骨子里还是说她沦谪在这里已经很久了。

因为西王母给人的印象是深刻的，所以一般不会把她看做一个“上清沦谪得归迟”的形象，但这一首其实就是借仙人沦谪以寄慨的作品。这个王母的形象一如《重过圣女祠》中的圣女。

汉宫

通灵夜醮达清晨〔1〕，承露盘晞甲帐春〔2〕。

王母不来方朔去，更须重见李夫人〔3〕。

【注释】

〔1〕“通灵”句：通宵达旦地祈祷神灵降临。醮：祭，祈祷。

〔2〕承露盘：见《陈后宫》（玄武开新苑）注〔5〕。甲帐：汉武帝所造的幕帐。《汉武故事》载，汉武帝为了吸引神灵下凡，杂采天下奇珍异宝，造出了甲乙二帐。甲帐用来给神仙住，乙帐自己住。

〔3〕“王母”二句：正是求仙求到筋疲力尽的时候，可是我们的这个君王呢，他暂且放下了长生的念头，又决定去追逐另一个同样巨大的欲望。李夫人有倾国倾城貌，妙丽善舞，汉武帝很是宠爱她。不幸的是红颜薄命。李夫人死后，汉武帝对她思念不已，曾召方士致其魂魄。班固《汉书·外戚传》：“上思念李夫人不已，方士齐人少翁言能致其神。乃夜张灯烛，设帷帐，陈酒肉，而令上居他帐，

遥望见好女如李夫人之貌，还幄坐而步。又不得就视，上愈益相思悲感，为作诗曰：‘是邪，非邪？立而望之，偏何姗姗其来迟！’令乐府诸音家弦歌之。上又自为作赋，以伤悼夫人。”

【解说】

这一首同样也是讽刺君王求仙好色的荒诞行径。首二句是讽刺他痴迷于求仙。三句作一转折，说求仙未果，四句即去招魂。第四句的“重见李夫人”，并非指实际去见李夫人，而是重见李夫人的魂魄。这样写，更能突出君王的痴迷、荒唐与不可救药。

王昭君

毛延寿画欲通神〔1〕， 忍为黄金不顾人。
马上琵琶行万里， 汉宫长有隔生春〔2〕。

【注释】

〔1〕毛延寿：汉元帝时的宫廷画师。欲通神：指毛延寿的绘画本领高超。汉元帝选美选不过来，就叫画师把宫女们都画下来，供自己挑选。据说毛延寿这个人很知道发家致富，他利用宫女们想被皇上选上的急切心理收取贿赂。具体方法很简单，谁给金子就把谁画得好看一点。王昭君没给，所以他也就没义务把她画好。后来，王昭君被和亲给匈奴。临别时，汉元帝看到她这么美，心里一下就舍不得了，可是木都成了舟，没办法，只好割舍了这份迟来的爱。

〔2〕隔生春：汉宫中没被人发现的如王昭君一样的宫女。

【解说】

这首诗慨叹人才被贪图利益者所埋没。王昭君是一个被遮蔽的人。“毛延寿画欲通神，忍为黄金不顾人”，是具体地说被遮蔽的人为因素。三句说她的命运已经造成，她也从被遮蔽的状态中走出来，明朗起来。末句说在她的日益明朗的形象的照耀下（这个曾被遮蔽的形象显露出来，成为被遗忘的世界的代表），她曾身处的那个世界也随之浮出水面。“马上琵琶行万里”，这个日益拉长的距离令我们看到了那在深深的宫殿中被遮蔽着的苦苦挣扎的世界。

题汉祖庙〔1〕

乘运应须宅八荒〔2〕，男儿安在恋池隍。
君王自起新丰后〔3〕，项羽何曾在故乡。

【注释】

〔1〕汉祖：刘邦。

〔2〕宅八荒：家天下。池隍：城池。项羽说，人要是富贵了不回乡炫耀，就如同穿了身好衣服，在夜里走一样。而他所谓的故乡也就是一城一池而已。

〔3〕君王：刘邦。新丰：地名。刘邦的父亲跟刘邦去长安，但之后老人家年纪大了，念旧，想回老家丰县去。刘邦也挺孝顺，就在长安附近仿照丰县的样子另造了一个，取名新丰。

【解说】

前两句说天下纷争之时，男儿的胸怀就应该囊括八荒，哪里会被故乡那小块地束缚住心智。后两句说夺了天下的刘邦建起新丰之后，那个曾说发达了不回老家就等于锦衣夜行的项羽哪里去了呢？

齐宫词

永寿兵来夜不扃〔1〕，　金莲无复印中庭〔2〕。
梁台歌管三更罢〔3〕，　犹自风摇九子铃〔4〕。

【注释】

〔1〕永寿：齐国宫殿名，为齐废帝（即东昏侯）所建。齐废帝萧宝卷为齐朝最后一个君主，在位期间，骄奢淫逸，在国事危急之时，仍贪图享乐，大起宫殿楼阁。他为了大兴土木，甚至连战争所需费用也舍不得花。他的臣下为了求他拨款，把头都叩破了。他的反驳理由是“贼来独取我邪，何为就我求物？”扃：上闩，锁门。

〔2〕金莲：《南史·齐本纪下》，“（东昏侯萧宝卷）又凿金为莲华以帖地，令潘妃行其上，曰：‘此步步生莲华也。’”

〔3〕梁台：梁宫。洪迈《容斋续笔卷五·台城少城》：“晋宋间谓朝廷禁省为台，故称禁城为台城。”

〔4〕九子铃：一种多垂挂于檐前等处的铃铛，可以随风摇响。《南史·齐本纪下》：“椽桷之端悉垂铃佩。江左旧物有古玉律数枚，悉裁以钿笛。庄严寺有玉九子铃……皆剥取以施潘妃殿饰。”

【解说】

这是一首讽刺帝王荒淫亡国而后代不思殷鉴的诗。首句说齐国灭亡时毫无防备的状态。次句说，从此再也不能“步步生莲华”了。

三句说到了梁朝（梁台表示朝代已更替完毕），这里又是一片歌舞升平的景象：你看梁台之上，一场级别很高的歌舞会刚在半夜结束，现在人已散讫，只有那屋檐下挂着的风铃还在风中摇个不停（九子铃是王朝兴亡的见证者）。

吴宫〔1〕

龙槛沉沉水殿清〔2〕，禁门深掩断人声〔3〕。
吴王宴罢满宫醉〔4〕，日暮水漂花出城〔5〕。

【注释】

〔1〕吴宫：指吴王阖闾的宫殿。

〔2〕龙槛：宫中水边建筑有栏杆者。水殿：靠水的殿堂。这一句的“沉沉”和“清”都是从阴影方面说的，下面的“醉”是醒的阴影，寂静是狂欢的阴影，都是从事物的阴影处去说。

〔3〕禁门：宫门。宫门是一重重的，隔音效果比较好。

〔4〕满宫醉：可见宴会的排场和狂欢程度。

〔5〕“日暮”句：深宫很深，花朵是狂欢时落下的，但要到日暮时候才能漂出城去。这一落花水流红的过程，正又是他们狂欢的过程。这正如杜甫《宿昔》中所说的“宫中行乐秘，少有外人知”。

【解说】

首二句先说宫里的布景，再把门关起来，让内外断了关系（虽是“断人声”，我们却还要从外面作听，才有意思）。三句说内部自成系统后狂欢的状态和程度，末句说流水送花出城，是完事后再通过另外的形式把内外沟通起来。三、四句意在固定狂欢后的那个寂静的结果，然后才在此寂静的氛围中让落花悠悠荡荡地飘出去。

茂陵〔1〕

汉家天马出蒲梢〔2〕，苜蓿榴花遍近郊〔3〕。
内苑只知含凤觜〔4〕，属车无复插鸡翘〔5〕。
玉桃偷得怜方朔〔6〕，金屋修成贮阿娇〔7〕。
谁料苏卿老归国〔8〕，茂陵松柏雨萧萧〔9〕。

【注释】

〔1〕茂陵：汉武帝刘彻死后葬在茂陵。

〔2〕蒲梢：马名，产自大宛。汉武帝时，伐西域国大宛，得到了这种名马。司马迁《史记·乐书》："后伐大宛得千里马，马名蒲稍。"裴骃《集解》引应劭曰："大宛旧有天马种，踏石汗血，汗从前肩膊出，如血，号一日千里。"

〔3〕苜蓿、榴：产自西域，汉武帝时，由张骞从西域带回。司马迁《史记·大宛列传》："（大宛）俗嗜酒，马嗜苜蓿。汉使取其实来，于是天子始种苜蓿、蒲陶肥饶地。及天马多，外国使来众，则离宫别观旁尽种葡萄、苜蓿极望。"

〔4〕凤觜：即凤喙。据《海内十洲记》载，在凤麟洲有一种续弦胶是用凤喙和麟角合煎制成的。汉武帝时，有西国的使者前来献上这种续弦胶。武帝不知道这东西的妙用，觉得西国上贡的东西不够珍奇，就把使者羁留了。后来，有一次武帝去华林园射老虎，

把弩弦拉断了。当时那西国使者也在场，他自告奋勇地拿出续弦胶一分，含嘴里濡湿了，敷在断弦上，结果弦牢牢地粘上了。武帝一看，惊讶地叹道："奇物啊！"为了验证这胶的效果，他叫来好几个武士各拽弦一头，武士们面对面死拽了半天，也没能把刚接好的弦怎么样。

〔5〕属车：指跟随皇帝出行的车队。鸡翘：指皇帝出行时插在车上的旗帜。

〔6〕方朔：东方朔。

〔7〕阿娇：汉武帝皇后陈阿娇。

〔8〕苏卿：苏武。苏武在汉武帝时出使匈奴，被匈奴扣留了近二十年，回来时须发皆白，而派他出使的汉武帝刘彻这时已经去世六七年了。

〔9〕萧萧：风雨声。

【解说】

这是一首讽刺帝王求仙好色、好大喜功的诗。李贺《金铜仙人辞汉歌》"茂陵刘郎秋风客，夜闻马嘶晓无迹"，说的是汉武帝生命的易逝。汉武帝好仙物，求长生，所以诗人就格外地说他的生命短暂。这里也是拿武帝的短暂的生命来说事。首二句讲他的拓边开疆的武功。三、四句说无可奈何，武帝已逝。五、六句特地指出武帝生前的爱好与追求（求仙与女色）。末二句说人世沧桑，谁料当苏武回国时，当年的武帝已是"荒冢一堆草没了"了。

李卫公〔1〕

绛纱弟子音尘绝〔2〕，鸾镜佳人旧会稀。
今日致身歌舞地，木棉花暖鹧鸪飞〔3〕。

【注释】

〔1〕李卫公：李德裕。李德裕（字文饶）是晚唐时期著名的政治家，曾于唐文宗大和七年（833）、开成五年（840）两度为相。主政期间，内抑宦官，外削藩镇，极力维护和挽救中央的一统局面，取得了政治与军事上的系列成功，使晚唐的政权在短时间内呈现出“夕阳无限好”的貌似中兴之象。李商隐在《太尉卫公〈会昌一品集〉序》中誉之为“成万古之良相，为一代之高士”。唐宣宗即位之后，屡遭贬谪，初贬荆南，次贬潮州，再贬崖州。大中三年（849）十二月卒于贬所。死后被追封为太子少保、卫国公。

〔2〕绛纱弟子：李德裕的门生故吏。范晔《后汉书·马融传》载，马融是著名的学问家，他开课授徒有个特点，就是在堂上施设绛纱帐，帐前讲课授徒，帐后陈列女乐。后即以设帐为授徒，以绛纱弟子为门生。

〔3〕木棉、鹧鸪：南方多见。《桂林路中作》诗末句也提到鹧鸪：“欲成西北望，又见鹧鸪飞。”

【解说】

这是怀人之作。李德裕当年主政之时，门生故吏遍天下，何等煊赫；而今倒台之后，连鬼都不上门，又是何等冷清。作者与李德裕没有什么直接的交往，未曾得到他的提拔与赏识，却能一再对其赞誉有加，特别是在其倒台之后，仍给予高度的肯定，这是难能可贵的。相比之下，那些所谓的绛纱弟子皆势利之徒耳。前两句说李德裕遭贬南窜之后，旧日的弟子们和他早已久绝音信了。后两句说自己如今身处歌舞之地（而人们在这烟柳繁华地尽情歌舞，早把你忘了吧），心中浮现出历历往事，想起了远窜南方的你。此时你所在之地，应该正是木棉花开、鹧鸪啼飞的季节吧！

北齐二首

一

一笑相倾国便亡，　何劳荆棘始堪伤〔1〕。
小怜玉体横陈夜〔2〕，　已报周师入晋阳〔3〕。

【注释】

〔1〕荆棘：据《晋书·索靖传》载，索靖预感到天下将要大乱，指着洛阳宫门前的铜骆驼，叹道“会见汝在荆棘中耳！”

〔2〕“小怜”句：《北史·冯淑妃传》载，北齐后主宠爱冯淑妃小怜，跟她是“坐则同席，出则并马，愿得生死一处”。宋玉《讽赋》：“内怵惕兮徂玉床，横自陈兮君之傍。”

〔3〕“已报”句：晋阳是北齐的重镇。公元576年冬，北周军队在攻破晋州之后，乘胜进兵，不久又攻陷了晋阳。晋阳的丢失表明北齐王朝大势已去。

【解说】

这一首是把帝王的荒淫亡国极力从时间上往极端处说。《马嵬二首》中“此日六军同驻马，当时七夕笑牵牛”两句，是把两件处在不同时间段的事并列起来看，有很强的对比的效果。这一首和这两句手法相似。如果以这里的语气说杨、李二人的故事，就是不用等到安史之乱，在他俩山盟海誓，“七夕笑牵牛”的时候，就知道终有一天要“六军同驻马”了。

二

巧笑知堪敌万几，　倾城最在着戎衣。
晋阳已陷休回顾，　更请君王猎一围〔1〕。

【注释】

〔1〕“晋阳”二句：北周军队攻打晋州时，齐后主正带着他的爱妃小怜在一个叫三堆的地方打猎。接到来自前线的救急文书，后主即刻准备率军驰援晋州。可是小怜正玩在兴头上，她向后主提议，要求再猎杀一回也不迟。后主答应了。等他们猎杀完，再率军赶赴到晋州时，晋州已经失陷了。晋阳随即也落入敌手。

【解说】

以宠姬“着戎衣”“打猎”以及不顾一切的“镇定”来表现帝王的荒淫亡国，更有讽刺效果。

鄠杜马上念汉书[1]

世上苍龙种，人间武帝孙[2]。
小来惟射猎[3]，兴罢得乾坤。
渭水天开苑[4]，咸阳地献原[5]。
英灵殊未已[6]，丁傅渐华轩[7]。

【注释】

〔1〕诗题一作“五陵怀古”。鄠杜：地名，西汉时长安郊外的两个县，是汉宣帝特爱游玩的地方。

〔2〕“世上”二句：汉宣帝（前91年—前48年），原名刘病已，字次卿，是继高祖、文帝、武帝之后西汉时期较有作为的一位帝王。他是武帝曾孙、戾太子“巫蛊之祸”后流落到民间的孙子。襁褓入狱，后寄养民间，到十七岁居然时来运转入继大统，一生颇具传奇色彩。他爱玩却不丧志，在位期间，抑制外戚势力，整顿吏治，改革经济，安定边疆，一系列的措施使得西汉王朝具有了中兴的气象，他也因此被誉为“中兴”之主。

〔3〕“小来”句：汉宣帝爱玩，班固《汉书·宣帝纪》里说他“喜游侠”，爱“斗鸡走马”，所谓“上下诸陵，周遍三辅”这些地方都被他玩遍了，而他最爱去的还是鄠杜一带。

〔4〕苑：汉宣帝在杜陵兴建的乐游苑。

〔5〕原：杜陵原，宣帝所葬处。豆卢回《登乐游原怀古》(一作“缅惟汉宣帝”)：“萧条灞亭岸，寂寞杜陵原。”

〔6〕英灵：宣帝的英魂。

〔7〕“丁傅”句：宣帝之后，以丁傅等族姓为代表的外戚渐渐尊

贵起来。华轩：华贵的车子，喻指权势与地位。

【解说】

这是一首揭露和讽刺外戚专权、朝廷无力加以根除的诗。汉宣帝起自于民间，是个孤儿，本身没什么外戚势力。但扶植他上台的霍光却是老牌的外戚，本是汉昭帝皇后的外祖父，他又通过把女儿嫁给宣帝，再次取得了外戚的资格。汉宣帝畏惧霍光，据说他有一次跟霍光在一起，感觉如有芒刺在背。以霍光为首的外戚集团一直凌驾在皇帝之上。霍光死后，汉宣帝开始铲除外戚这块毒瘤，逐渐把权力收归己有。外戚跋扈的现象暂时得到了遏制。可是，宣帝死后不久，这块毒瘤又活动了，并逐渐壮大起来。西汉王朝的权力总在皇帝与外戚之间轮转交替，并最终毁在了外戚王莽手中。

此诗前六句说汉宣帝真是幸运，一切得来是如此容易。可是这容易的背后是什么呢？是那权可通天的外戚运作乾坤的黑手。外戚在主导着国家，决定着皇帝的废立。最后的两句说汉宣帝的英灵不远，可是你看，这些毒瘤一般的“丁傅”们又开始显贵起来了。这首诗把历史上颇有作为的宣帝放在了以外戚势力为中心的范围中思考，显得深刻而有远识。

韩碑〔1〕

元和天子神武姿〔2〕，　彼何人哉轩与羲〔3〕。
誓将上雪列圣耻〔4〕，　坐法宫中朝四夷〔5〕。
淮西有贼五十载〔6〕，　封狼生貙貙生罴〔7〕。

不据山河据平地，　长戈利矛日可麾[8]。
帝得圣相相曰度[9]，　贼斫不死神扶持[10]。
腰悬相印作都统[11]，　阴风惨淡天王旗。
愬武古通作牙爪[12]，　仪曹外郎载笔随[13]。
行军司马智且勇[14]，　十四万众犹虎貔[15]。
入蔡缚贼献太庙[16]，　功无与让恩不訾[17]。
帝曰汝度功第一，　汝从事愈宜为辞[18]。
愈拜稽首蹈且舞，　金石刻画臣能为[19]。
古者世称大手笔[20]，　此事不系于职司[21]。
当仁自古有不让，　言讫屡颔天子颐[22]。
公退斋戒坐小阁，　濡染大笔何淋漓。
点窜尧典舜典字[23]，　涂改清庙生民诗[24]。
文成破体书在纸[25]，　清晨再拜铺丹墀[26]。
表曰臣愈昧死上，　咏神圣功书之碑。
碑高三丈字如斗，　负以灵鳌蟠以螭[27]。
句奇语重喻者少，　谗之天子言其私[28]。
长绳百尺拽碑倒，　粗砂大石相磨治。
公之斯文若元气，　先时已入人肝脾。
汤盘孔鼎有述作[29]，　今无其器存其词。
呜呼圣皇及圣相，　相与烜赫流淳熙[30]。
公之斯文不示后，　曷与三五相攀追[31]。
愿书万本诵万过，　口角流沫右手胝[32]。

传之七十有三代[33]，以为封禅玉检明堂基[34]。

【注释】

〔1〕韩碑：韩愈撰写的《平淮西碑》。韩愈《进撰平淮西碑文表》："臣某言，伏奉正月十四日敕牒，以收复淮西，群臣请刻石纪功，明示天下，为将来法式。陛下推劳臣下，允其志愿，使臣撰平淮西碑文者。"元和十年（815），唐宪宗在宰相裴度等的支持下，决定出兵淮西，解决那里的割据状态。元和十二年（817），李愬夜出奇兵，直捣黄龙，一举攻下了蔡州，擒获叛藩首领吴元济，至此，作为唐王朝的心腹之患、割据五十多年的淮西地区平定了。淮西平后，韩愈受命撰写了《平淮西碑》。文中极力歌颂了宪宗和宰相裴度的历史功绩。然而，有人却觉得《平淮西碑》把裴度捧得太高，而把实际的战争指挥官李愬的功劳说得太轻。李愬的妻子是唐安公主（宪宗姑母）的女儿，她很不满意韩愈的这篇碑文，在她的挑拨下，宪宗下令磨去韩愈的碑文，让一个叫段文昌的翰林学士重新撰写了一篇。

〔2〕元和天子：指唐宪宗李纯。元和是他的年号。

〔3〕轩与羲：轩辕与伏羲，上古时代的圣君。轩辕即黄帝。历史上传说的三皇五帝指的是夏以前的部落首领。伏羲是三皇之一，轩辕是五帝之一。

〔4〕列圣：指前面几任皇帝。耻：指受制于藩镇之耻。李纯之前，唐王朝对藩镇也有用兵，但多以失败告终，尤其是淮西藩镇，在唐王朝的心腹地区跋扈了五十多年，朝廷一直对它无可奈何。

〔5〕法宫：宫中正殿，帝王听政之处。班固《汉书·晁错传》："臣闻五帝神圣，其臣莫能及，故自亲事，处于法宫之中，明堂之上。"四夷：以中国为中心，四方少数民族统称四夷。韩愈《平淮西

碑》："既定淮蔡，四夷毕来。遂开明堂，坐以治之。"

〔6〕五十载：从唐代宗广德元年（763）以李忠臣为淮西节度使到唐宪宗元和十二年（817）李愬平定淮西，其间共五十四年。

〔7〕封：大。狼、貙、罴：都是野兽。从狼到貙再到罴，体格越来越大，兽性越来越强。

〔8〕"不据"二句：说明淮西藩镇势力的凶恶与强大。据《淮南子·览冥训》载，鲁阳公率领军队与韩国军队厮杀，两军打得难分难解，这时天快黑，太阳快要落山了，鲁阳公向着太阳挥起手中的长戈，结果太阳竟服从指挥似的往回升了。这里说明淮西藩镇的恶势力有回天转日的力量。

〔9〕度：裴度。裴度是唐朝后期著名的政治家，文学家，被誉为中兴名相。他一生最大的功绩就是为相期间辅佐唐宪宗平定了淮西叛藩。他在不利的形势下自请督师，发誓说："臣若贼灭，则朝天有期；贼在，则归阙无日。"一番视死如归的忠辞令唐宪宗感激落泪。元和十二年（817），淮西平后，河北震慑，那些往日骄悍的藩镇们一个个向朝廷表示归顺。至此，唐王朝一挽颓势，表现出一定的振兴气象。

〔10〕"贼斫"句：元和九年（814），淮西节度使吴少阳死了，其子吴元济图谋继立，发兵侵扰邻境，耀武扬威，其目的在于迫使朝廷承认他的合法地位。唐宪宗在宰相李吉甫、武元衡的支持下，发兵征讨，决心削平这些拥兵自立的藩镇。此时，早已与吴元济勾结起来的成德节度使王承宗、淄青节度使李师道，派遣刺客潜伏到长安，刺死宰相武元衡，刺伤裴度。谋杀案发生后，唐宪宗大为震怒，即命裴度为宰相，主持征伐大计。

〔11〕都统：征讨淮西的军队统帅。

〔12〕愬：李愬，名将李晟之子。武：韩公武，韩弘之子。古：李道古，李皋之子。通：李文通。四人都是平定淮西叛乱的将领，其中李愬的战功最大。爪牙：喻武臣。《诗经·小雅·祈父》："祈父，予王之爪牙。"班固《汉书·陈汤传》："战克之将，国之爪牙，不可不重也。"

〔13〕仪曹、外郎：官名，这里泛指随裴度出征的文职人员。

〔14〕行军司马：官名，军政诸事的主要制定者、参与者、执行者。《新唐书·百官志》："行军司马掌弼戎政，居则习搜狩，有役则申战守之法，器械、粮精、军籍、赐予皆专焉。"韩愈在平定淮西之乱中担任此职。

〔15〕虎貔：犹言虎狼之师。

〔16〕"入蔡"句：元和十二年（817）十月，李愬雪夜突袭蔡州成功，擒获吴元济。十一月，吴元济被押送到长安。唐宪宗与百官在兴安门举行盛大的受俘仪式，随后，把吴元济献于太庙，"徇于两市，斩之于独柳"(《旧唐书·吴元济传》)。

〔17〕不訾：不可计量。訾：计量。

〔18〕"汝从"句：韩愈随裴度平定淮西回京后，唐宪宗下诏命他撰写《平淮西碑》。

〔19〕金石刻画：刻石记功。

〔20〕大手笔：大作家。据《晋书·王珣传》载，有一天，王珣梦见有一个人送给他一只如椽巨笔。醒来后，王珣就对别人讲："此当有大手笔事。"果然不久，皇帝死了，所有的"哀册谥议"都由王珣来负责撰写。

〔21〕“此事”句：这句说本来这样的碑文（《平淮西碑》）应由专职的人员（这是他们的职守）来写的，但此事重大，宪宗最终选择了韩愈这个大手笔来负责起草。

〔22〕颔：点头。

〔23〕点窜：犹下句的“涂改”。《尧典》《舜典》是《尚书·虞书》中的两篇。韩愈的《平淮西碑》古奥典雅，是刻意模仿《尚书》文法的一篇作品。所以李商隐这里说“点窜尧典舜典字”。

〔24〕“涂改”句：《清庙》《生民》皆《诗经》中的诗篇。《清庙》见《诗经·周颂》，《生民》见《诗经·大雅》。

〔25〕破体：本指书法超出原先的框框，不拘一格，这里指文章超出一定文体的局限。张怀瓘《书断》：“王献之变右军行书，号曰破体书。”亦省作“破体”。戴叔伦《怀素上人草书歌》：“始从破体变风姿，一一花开春景迟。”

〔26〕丹墀：宫殿前的红色台阶。

〔27〕鳌：海龟。螭：传说中没有角的龙。

〔28〕“谗之”句：《旧唐书·韩愈传》载，韩愈撰写《平淮西碑文》，对裴度大加颂扬。而当时夜入蔡州生擒吴元济一战，数李愬功劳第一。因此李愬看了碑文后，心里老大不平。李愬的妻子是皇室宗亲，跑到皇宫诉说韩愈的碑文写得不符事实。于是唐宪宗下诏抹去韩愈的碑文，并命翰林学士段文昌重新撰文刻石。

〔29〕汤盘：商汤沐浴用的盘子。盘上有铭文，相当于座右铭。《礼记·大学》：“汤之盘铭曰‘苟日新，日日新，又日新’。”孔颖达疏：“汤之盘铭者，汤沐浴之盘而刻铭为戒。必于沐浴之者，戒之甚也。”孔鼎：正考父庙之鼎。正考父是孔子先祖，故称孔鼎。孔鼎上

有铭文。

〔30〕流淳熙：流播天下的德行淳正熙洽。

〔31〕三五：三皇五帝。

〔32〕胝：手脚上的老茧。

〔33〕“传之”句：司马迁《史记·封禅书》，“管仲曰：‘古者封泰山、禅梁父者，七十二家。’”七十二家，再加上这里所说的一家，即七十有三家。

〔34〕玉检：指封禅时告成功于天的文书所用的封盖。范晔《后汉书·祭祀志》：“牒厚五寸……有玉检……检用金缕五周，以水银和金以为泥。”许慎《说文解字·木部》：“检，书署也。”段玉裁注：“玉牒检者，玉牒之玉函也，所谓玉检也。”明堂：古代帝王宣明政教、举行重要典礼的地方。《礼记·明堂位》：“昔者周公朝诸侯于明堂之位。”《三辅黄图》卷五：“明堂所以正四时、出教化，天子布政之宫也。”

【解说】

韩愈所撰的碑文《平淮西碑》热情歌颂了宰相裴度及李愬等将领的丰功伟绩。但这却引起了李愬一干人的强烈不满，终于由于政见和立场的不同，韩碑遭到了拽石磨字的命运。这首诗肯定了韩碑的价值，实际上也就是肯定了韩愈的政治见解，肯定了宰相裴度的历史功勋。

首四句推誉出一个有抱负，想要有所作为的皇帝。接下的四句交代国家目前面临的最主要的威胁。从“帝得圣相相曰度”一直到“功无与让恩不訾”共十句，叙述了裴度的事迹，肯定了他的不二功勋。从“帝曰汝度功第一，汝从事愈宜为辞”两句以下直到“先时已入人肝脾”转说韩碑，说韩愈当仁不让，接受了撰写碑文的光荣任务，他撰写的碑文既古雅（“点窜尧典舜典字，涂改清庙生民诗”），又极富新意（“文成破体书在纸”），虽然遭到了毁灭的命运，可是文章早已被世人铭记。从“汤盘孔鼎有述作，今无其器存其词”两句以下转入作者的议论，指出韩碑具有重大的历史价值，是一篇国家典谟，希望它能与圣皇贤相的丰功伟绩一起流传千古。

李商隐的政治见解独特而深刻，这在上首《鄠杜马上念汉书》已见一斑。在《四皓庙》诗中，他发出议论，认为张良推荐四皓，巩固了太子的地位，其功比萧何追回韩信一事更大，这说明李商隐对历史人物的评价更看重政治谋略和战略远见。从这首歌颂韩碑、实质上即歌颂裴度的诗篇上，同样可以见出。

少年

外戚平羌第一功〔1〕，生年二十有重封〔2〕。
直登宣室螭头上〔3〕，横过甘泉豹尾中〔4〕。
别馆觉来云雨梦，后门归去蕙兰丛〔5〕。
灞陵夜猎随田窦〔6〕，不识寒郊自转蓬〔7〕。

【注释】

〔1〕平羌第一功：取得的边功最大。羌：羌族，古代中国西部地区的少数民族。

〔2〕重封：加两个封号。二十岁上加两个封号，说明年纪轻轻就恩宠特殊而优厚。

〔3〕宣室：汉代宫殿名，泛指帝王居住的正室。螭头：宫殿前

的玉阶扶栏上刻成螭头状的玉石。这句说少年飞黄腾达，直到皇宫最高级处。

〔4〕甘泉：宫殿名，秦始建，汉武帝时扩建过。皇帝出行有很多车队随从，其中有一个车队，以悬挂豹尾为标志。这句说他地位显贵而特殊，可以在皇帝出行的车队中自由行动，毫无顾忌。

〔5〕“别馆”二句：别馆：别墅。“云雨梦”是风流事，“蕙兰丛”是温柔乡。

〔6〕灞陵：地名，在今西安市东边。汉李广将军卸任后曾在此射猎。田窦：西汉时著名的两家外戚，代表人物为窦婴和田蚡。

〔7〕寒郊自转蓬：喻寒士。这首诗在创作上的显著特点就是以末二句与前面的六句作对比。这种写作方式，李商隐多用，如《蝶》（飞来绣户阴）、《泪》、《曲江》等诗皆是。

【解说】

首二句说他贵为外戚，一切似乎得来全不费功夫，要战功有战功，要恩宠有恩宠，年纪轻轻的就得到了“重封”的待遇。三、四句进一步说他的骄横和地位特殊。五、六句说他的富贵自在的生活。末二句说他一贯这样高高在上地活着，哪里知道那些沉沦下贱的广大寒士呢?

览古

莫恃金汤忽太平〔1〕，　草间霜露古今情。

空糊赪壤真何益〔2〕，　欲举黄旗竟未成〔3〕。

长乐瓦飞随水逝[4]，景阳钟堕失天明[5]。
回头一吊箕山客[6]，始信逃尧不为名。

【注释】

〔1〕金汤：金城汤池的简称。金喻坚固，汤喻沸热不可接近。

〔2〕赪壤：红土，用来涂抹墙壁。鲍照《芜城赋》："当昔全盛之时，车挂轊，人驾肩。廛闬扑地，歌吹沸天。孳货盐田，铲利铜山。才力雄富，士马精妍……制磁石以御冲，糊赪壤以飞文。观基扃之固护，将万祀而一君。"鲍照赋中所说芜城即扬州城。西汉时吴王濞在此建都，把扬州城打造得如同铁桶一般，以为自己的统治会千秋万代地持续下去，谁知此城"出入三代，五百余载，竟瓜剖而豆分"。

〔3〕黄旗：旧说黄旗是一种祥瑞，是王气所在的象征。陈寿《三国志·吴书·吴主传》中裴松之注引韦昭《吴书》："以尚书令陈化为太常……使魏，魏文帝因酒酣，嘲问曰：'吴魏峙立，谁将平一海内者乎？'化对曰：'《易》称帝出乎震，加闻先哲知命，旧说紫盖黄旗，运在东南。'"骆宾王《代李敬业传檄天下文》："江浦黄旗，匡复之功何远。"

〔4〕长乐：宫殿名，西汉时由秦兴乐宫改建而成，故址在今西安市西北。

〔5〕景阳钟：见《深宫》注〔6〕。

〔6〕箕山客：许由。据司马迁《史记·伯夷列传》等载，许由是著名隐士，尧要把天下让给他，他听了就逃走了，隐居于箕山。《庄子·徐无鬼》："啮缺遇许由，曰：'子将奚之？'曰：'将逃尧。'"

【解说】

这首诗以史实说明太平时期治国很不易，更需谨慎小心。首句说千万别以为自己很强大，就江山永固了。次句说其实从古到今，例子还少吗？再强大的事物往往一转眼就灰飞烟灭了。三、四句把“空糊”“欲举”放在句子前面强调，说明事情往往不从人愿。五、六句再举出事例说明当年那些强大的事物最后都衰败了、消失了。末二句说在经历了这些人世沧桑之后，你再回过头看看那个曾经因“逃尧”而闻名的箕山客，这时你该相信了吧，他的行为背后的动机、心情，哪里是为了图什么虚名，实在是看透了。

筹笔驿〔1〕

猿鸟犹疑畏简书〔2〕，　风云常为护储胥〔3〕。
徒令上将挥神笔〔4〕，　终见降王走传车〔5〕。
管乐有才终不忝〔6〕，　关张无命欲何如〔7〕。
他年锦里经祠庙〔8〕，　梁父吟成恨有余〔9〕。

【注释】

〔1〕筹笔驿：故址在今四川广元市北。相传诸葛亮率师出征，曾运筹于此。

〔2〕猿鸟：一作“鱼鸟”。简书：古人把文字写在竹简上，所以叫简书，这里指军令。

〔3〕储胥：军队驻扎时设的防御性栅栏。

〔4〕上将：统帅，指诸葛亮。挥神笔：诸葛亮运筹谋划，神机

妙算。

〔5〕降王：蜀后主刘禅。传车：古代供驿站使用的车辆。魏景元四年（263），邓艾兵临成都，刘禅出城投降，随后迁往洛阳。

〔6〕管乐：管仲和乐毅。管仲是春秋时期齐国著名的政治家，辅佐齐桓公成就霸业。乐毅是战国时期著名的军事家，辅佐燕昭王振兴燕国，在对齐作战中取得过重大的军事胜利。诸葛亮未出山前常以管、乐自比。忝：愧。

〔7〕关张：关羽和张飞。关羽大意失荆州，兵败后，被东吴所杀。张飞领兵伐吴，为叛变的部将所杀。

〔8〕他年：当年。锦里：锦官城，也叫锦城，故址在今成都南。锦里有纪念诸葛亮的武侯祠。杜甫《蜀相》："丞相祠堂何处寻，锦官城外柏森森。"李商隐也曾拜访过武侯祠，并写下过一首诗，叫做《武侯庙古柏》。

〔9〕梁父：《梁父吟》，属乐府诗。陈寿《三国志·蜀书·诸葛亮传》："玄卒，亮躬耕陇亩，好为《梁父吟》，身长八尺，每自比于管仲、乐毅，时人莫之许也。"

【解说】

这是一首歌咏诸葛亮以寄意的诗。首二句说得神奇，极力推崇诸葛亮的军事才华。三、四句说他运筹谋划，用兵如神，可失败的命运却终难避免。五、六句说他当之无愧，确有管、乐之才，可是独木毕竟难支（"关张无命欲何如"）。末二句说自己经过武侯祠庙还在为之扼腕叹恨。

读任彦升碑〔1〕

任昉当年有美名，　可怜才调最纵横〔2〕。
梁台初建应惆怅〔3〕，　不得萧公作骑兵〔4〕。

【注释】

〔1〕任昉：字彦升，与沈约齐名，有“任笔沈诗”之称。《梁书·任昉传》：“任昉，字彦升，乐安博昌（今山东寿光）人……雅善属文，尤长载笔，才思无穷，当世王公表章，莫不请焉。昉起草即成，不加点窜。沈约一代词宗，深所推挹。”

〔2〕可怜：可爱。

〔3〕梁台：见《齐宫词》注〔3〕。梁台初建：等于说梁朝初建。

〔4〕萧公：梁武帝萧衍。萧衍还没建立梁朝时，和任昉同为竟陵八友之一。有一天，他和任昉一起在竟陵王萧子良的西邸游玩，萧衍和任昉开玩笑说：“我要是日后登上‘三府’的高位，就让你当记室一职。”任昉也开玩笑说：“我要是登上‘三事’的高位，就任用你为骑兵。”后来，萧衍当上了大司马，他兑现诺言，任命任昉做了骠骑记室参军。

【解说】

这是一首慨叹历史人物命运充满偶然性的诗。谁知道当年的玩笑，哪个会成真呢？谁来决定人的命运的浮沉？没有，没有这样的一个起决定作用的谁，因此他后来的惆怅是有理的，也是认真的，就像他当年开的玩笑一样认真。

这首诗和《井泥四十韵》一样反映了李商隐对人的命运的偶然

性的认识，诗里也表现出了作者作为一个文人的高傲。

天津西望[1]

虏马崩腾忽一狂[2]， 翠华无日到东方[3]。
天津西望肠真断， 满眼秋波出苑墙[4]。

【注释】

〔1〕天津：天津桥，在今河南省洛阳城内。在天津桥向西望，望的是西都长安。

〔2〕虏马：代指安史之乱时的叛军。崩腾：形容贼势猖獗。

〔3〕翠华：翠羽装饰的旗帜，帝王仪仗的标志物之一，这里代指帝王及其车驾。无日：一作“无不”。一说“日”为“复”之讹，是。东方：洛阳。

〔4〕秋波：水波。

【解说】

这是感慨国家衰败的感伤之作。前面的两句先把底儿交代出来：大好的局面突然就破灭了。“虏马崩腾忽一狂”中的“忽”字最能表现当时人承平已久忽遭巨变的感受。首句说事情就这么出来了，好似平地一声惊雷，次句说事情造成的严重后果：繁华已然如烟，国家四分五裂。后面的两句在前面已把难忍的心情道出的前提下，从天津桥上西望长安，真是令人肝肠寸断，只见秋水源源地流出苑墙。三句说“肠真断”，四句“忽地”就从宫墙里源源流出了秋水，以此表达内心无奈的感受。

海上

石桥东望海连天〔1〕，徐福空来不得仙〔2〕。
直遣麻姑与搔背〔3〕，可能留命待桑田〔4〕？

【注释】

〔1〕“石桥”句：传说石桥是秦始皇为了渡海看日出而建造的。秦始皇听信方士之言，认为海中有神仙，因此大海成了他渴求长生的愿望寄托所在。

〔2〕徐福：一作“徐市”，字君房，秦代方士，琅琊人。司马迁《史记·秦始皇本纪》：“……齐人徐市等上书，言海中有三神山，名曰蓬莱、方丈、瀛洲，仙人居之。请得斋戒，与童男女求之。于是遣徐市发童男女数千人，入海求仙人。”

〔3〕麻姑：传说中的仙人，她的一个特点是手如鸟爪。据葛洪《神仙传·王远传》载，有一天，麻姑下凡，一个叫蔡经的人带领一家人拜见她。本来是很虔诚的事，谁知那蔡经看见麻姑长着鸟爪似的手，就很不正经地起了邪念，他想，要是我背上大痒发作的话，用这麻姑尖利的长爪子挠痒痒，一定很舒服。

〔4〕可能：岂能。

【解说】

这是一首借咏古讽刺求仙的诗。前两句说求仙有什么用，站在石桥上痴心地望，能望到什么呢（“海连天”而已），那个带着求仙使命的徐福不过空走了一趟。三句从求仙的虚妄转到对现实的肯定上（“直遣”，可见出内心在这个转折上的急切），意思是与其向麻姑去求长生不老的方子，还不如叫她给你挠挠背来得实际呢！四句是对前面的说法作的一个补充说明，说你也不想想，这天荒地老、沧海桑田的事，谁能等得及啊！

宫妓

珠箔轻明拂玉墀〔1〕，披香新殿斗腰支〔2〕。
不须看尽鱼龙戏〔3〕，终遣君王怒偃师〔4〕。

【注释】

〔1〕珠箔：珠帘。轻明：帘子轻飘透明。玉墀：玉阶。

〔2〕披香：殿名。据《旧唐书·苏世长传》载，有一次，唐高祖带苏世长到披香殿喝酒作乐。苏世长酒喝得差不多了，借着醉意，打量起宫殿来。打量完，就故意问唐高祖："这宫殿这么华丽气派，是不是隋炀帝造的啊？"唐高祖一听这话，马上反应过来，回答说："你这人好给领导提意见，表面上很直率，其实内心不是一般的奸诈。这个宫殿是我刚建的。"新殿落成，招妓斗舞，可见玩得急迫。腰支：腰肢。

〔3〕鱼龙戏：宫廷里表演的一种游戏，一种变戏法。据班固《汉书·西域传》载，戏物先是在庭中表演，极尽其能后，再转入宫殿前，激水化为一条比目鱼，在水中跳跃欢腾，而后喷水作雾遮日，搞出眼前光线很暗的样子。就趁这时，比目鱼很快就化成一条黄龙，从水中一腾而起，飞至庭中，甲光向日，凌空而舞。

〔4〕偃师：古代传说中的一位能工巧匠，据说他造出的机械人

和真人一样。他曾把这个机械人献于周穆王，结果周穆王当真了。据《列子·汤问》载，周穆王巡游天下，向西越过昆仑而返。一天，半路上，来了个叫偃师的人要向他献艺。周穆王就问他："你有什么本事？"偃师说："我的本事自然有的，只要您试着看一看就明白了。"周穆王说："那你第二天来吧。"第二天，偃师来了，还带了个人。周穆王问他："跟你一起来的这人是谁？"偃师回答说"是我造的演员。"周穆王一听，表情很惊讶，对着来人一顿猛看，确信是人后，就安排了场子，带上自己的爱妾盛姬一起观看表演。谁知在表演快要结束的时候，一个意外发生了。那演员不知怎么地突然中断了表演，站在那里，对着周穆王的侍妾们一边用眉目传情，一边招着手，意思是叫她们过来。周穆王本来对表演是很满意的，这时一见出现了这种情况，顿时大怒，要立即杀了偃师。偃师一下慌了，很怕这样不明不白地死了，就赶紧把演员一胳膊一腿地拆下来给王看，原来这个演员就是用胶水、木料、皮革、丹青等材料做起来的。偃师怕周穆王不相信，又把拆下来的零件再组装成人给他看，还一一介绍了内部的构造情况。于是穆王始悦而叹曰："人之巧乃可于造化者同功乎！"

【解说】

这是一首讽刺帝王沉迷于玩乐享受的诗。前二句说宫妓们在豪华的宫殿里卖弄舞姿，大秀身材（直看得那公子哥儿眼花魂也丢）。后二句说节目还没有完，他就入戏了，看他那怒气冲冲的憨样，还当了真呢！

咸阳

咸阳宫阙郁嵯峨，　六国楼台艳绮罗。

自是当时天帝醉[1]，　不关秦地有山河[2]。

【注释】

〔1〕“自是”句：张衡《西京赋》，“昔者，大帝说秦缪公而觐之，飨以钧天广乐。帝有醉焉，乃为金策，锡用此土，而翦诸鹑首。”按鹑首是古代十二星次之一。《晋书·天文志》：“自东井十六度至柳八度为鹑首，于辰在未，秦之分野，属雍州。”“翦诸鹑首”是说把鹑首所对应的疆域全部给了秦。

〔2〕“不关”句：秦国在地理位置上较六国具有一定的优势，这是古人早已认识到的。《战国策·秦策一》：“苏秦始将连横说秦惠王曰：‘大王之国，西有巴、蜀、汉中之利，北有胡貉、代马之用，南有巫山、黔中之限，东有殽、函之固。’”司马迁《史记·留侯世家》：“夫关中左殽函，右陇蜀，沃野千里，南有巴蜀之饶，北有胡苑之利，阻三面而守，独以一面东制诸侯。”贾谊《过秦论》：“秦地被山带河以为固，四塞之国也。自缪公以来至于秦王二十余君，常为诸侯雄。此岂世世贤哉？其势居然也。”

【解说】

这是一首讽刺六国统治者荒淫误国导致秦国统一天下的诗。首句说秦国的宫阙一个个巍峨坚固得很，次句却说，可是六国呢，它们的楼台上到处都是艳丽的绫罗绸缎。两句一对照，则秦国能够统一六国的人为因素已很清楚。三、四句是故意说的反话，说这都是因为当时天帝酒喝多了造成的，秦能统一六国，跟人家的地理位置好不好没什么关系的。

三、爱情诗

无题四首（选三）

一

来是空言去绝踪[1]，月斜楼上五更钟[2]。
梦为远别啼难唤，书被催成墨未浓。
蜡照半笼金翡翠[3]，麝熏微度绣芙蓉[4]。
刘郎已恨蓬山远，更隔蓬山一万重[5]。

【注释】

〔1〕“来是”句：一去之后，音信全无。

〔2〕“月斜”句：谓正是寂寞无眠时候。

〔3〕金翡翠：灯罩上的装饰物。

〔4〕绣芙蓉：帘幕上绣的荷花。

〔5〕“刘郎”二句：据《太平御览》卷四一引刘义庆《幽明录》载，传说东汉刘晨与阮肇入天台山采药，因迷路误入仙境，美丽的仙女把他们挽留在那里，一待就是半年。半年后，俩人回到家乡，发现人世沧桑，都过去了好几代了。刘郎：代指情郎。蓬山：蓬莱山，仙山。

【解说】

首联说一别之后，便从此杳无音信。“月斜楼上五更钟”，此时此刻，眼里看的，耳里听的，心里念的，令人辗转反侧。颔联用梦和书作为沟通两地消息的媒介，可是这有什么用呢？颈联描述在此夜不成寐的状态下，一个人孤独的情景。翡翠与芙蓉都是有暗示的作用的，都指向某个温馨的回忆。末联直接把心中的恨说出来。刘郎已经算是个恨人了，我比刘郎还要恨上一万倍！

二

飒飒东风细雨来〔1〕，芙蓉塘外有轻雷〔2〕。
金蟾啮锁烧香入〔3〕，玉虎牵丝汲井回〔4〕。
贾氏窥帘韩掾少〔5〕，宓妃留枕魏王才〔6〕。
春心莫共花争发〔7〕，一寸相思一寸灰〔8〕。

【注释】

〔1〕飒飒：风声。屈原《九歌·山鬼》：“风飒飒兮木萧萧，思公子兮徒离忧。”此诗主旨大体不离屈原《山鬼》诗中的这两句。李商隐说自己写的一些诗是“为芳草以怨王孙，借美人以喻君子”(《谢河东公和诗启》)，这说明他自觉地继承了屈原的文学传统。

〔2〕芙蓉：荷花。轻雷：远处传来的雷声隐隐可听。傅玄《杂言诗》：“雷隐隐，感妾心，倾耳清听非车音。”把雷声误听为车声，表达出的是在孤独中思念的人敏感的心理。

〔3〕金蟾：蟾形香炉。啮：咬。锁：香炉的开合装置。金蟾啮锁，指香炉的闭合状态。

〔4〕玉虎：雕刻有虎形的玉石辘轳。丝：汲水的绳子。顾况《悲歌》：“新系青丝百尺绳，心在君家辘轳上。我心皎洁君不知，辘轳一转一惆怅。”这里的“丝”和上句的“香”都是后面那春心“不死”的证据。

〔5〕贾氏：西晋人贾充之女。韩掾：韩寿，掾是官名。据《晋书·贾谧传》《世说新语·惑溺》等载，韩寿这个人容貌很俊美，当时一个叫贾充的大臣，把他辟为掾官。贾充每次在家中召集名流聚会，他女儿常躲在窗后偷看。一天，贾女偷看到了韩寿，一眼就相中了，从此念念不忘，念之不足，故发于吟咏。吟咏之不足，遂派一婢到韩寿家里，把她女主人的相思之苦详细描述了一番，最后不忘说明那为他害病的人长得光鲜艳丽，是个活脱脱的美人。韩寿一听，当即明白这是个难得的好事，于是心动了，请这红娘从此两头往返传情。不久俩人就约好了幽会的时间。到了那一天，韩寿如得神助，跷捷绝人，从贾充家的高墙上一翻而过，神不知鬼不觉的。

〔6〕宓妃：洛水女神。萧统《文选》中收曹植《洛神赋》李善注：“记曰：‘魏东阿王，汉末求甄逸女，既不遂，太祖回与五官中郎将。植殊不平，昼思夜想，废寝与食。黄初中入朝，帝示植甄后玉镂金带枕。植见之，不觉泣。时已为郭后谗死。帝意亦寻悟，因令太子留宴饮，仍以枕赉植。植还，渡轘辕，少许时，将息洛水上，思甄后。忽见女来，自云：‘我本托心君王，其心不遂。此枕是我在家时从嫁前与五官中郎将，今与君王。遂用荐枕席，欢情交集，岂常辞能具……’（植）悲喜不能自胜，遂作《感甄赋》。后明帝见之，改为《洛神赋》。”

〔7〕春心：春是万物萌动的季节，和心合在一起，表示心的不可抑止的状态。

〔8〕“一寸”句：杜甫《郑驸马池台喜遇郑广文同饮》有“白发千茎雪，丹心一寸灰”，又《喜达行在所三首·其一》有“眼穿当落日，心思着寒灰”。上引与李诗用的都是心灰合一的意象。这句说明春心虽然和花朵一样有尽情绽放的愿望，可是往往事与愿违。相思是争发的方式，煎熬是相思的反作用。灰是煎熬的结果。这个春心和他对灯烛的说法，如“春蚕到死丝方尽，蜡炬成灰泪始干”（《无题》）、“皎洁终无倦，煎熬亦自求”（《灯》），都可看作是同一个意象的发挥和变形。

【解说】

这一首诗在表达情感上有一个由远及近、从微到显、自晦至明的过程。首联“飒飒东风细雨来，芙蓉塘外有轻雷”，其声远，其心思微，其情晦，一切都尚未明朗。颔联“金蟾啮锁烧香入，玉虎牵丝汲井回”，由轻雷之声（犹如车声，错觉）及听音之人，是由远及近。由听音之人及其所处之环境，是明其心已动，而状其寂寞。其情，亦由晦渐明。颈联用贾女的典、用宓妃的典，言“窥”、言“留”都是个主动的意思。至此，则已由远及近，由状其环境到深入其内心，由微晦到显明，其情之种种状状，至矣，极矣，不可遏止矣。到了这样的地步，若最后没有一个一泻而毕的痛快语，如何能够收场。因此说：“春心莫共花争发，一寸相思一寸灰。”通观全篇，纯作情语，诉情之历程，呈递进的态势。

第一句说的是春的消息。第二句说的是有人用心听见了远方隐隐传来的春雷（心也要随着这个雷萌动起来了）。第三、四句说这个春心是怎么也关不住的。五、六句是这个春心大胆的表示。末二句表达春心对命运发出的强烈的悲愤情绪，就像是一句恨极了说的反话。

这首诗虽然叫作“无题”，通篇看来，其实句句都是从春心处发散出来的。因此就是给它冠以“春心”的名，想必也是恰当的。

三

何处哀筝随急管，　樱花永巷垂杨岸〔1〕。
东家老女嫁不售〔2〕，　白日当天三月半。
溧阳公主年十四〔3〕，　清明暖后同墙看。
归来展转到五更，　梁间燕子闻长叹〔4〕。

【注释】

〔1〕永巷：长巷。

〔2〕嫁不售：嫁不出。售：指女子嫁出去。

〔3〕溧阳公主：本指梁武帝萧衍女，这里指贵族家的年轻女子。作为出身高贵、不愁钱不愁嫁的代表出席这首诗，和东家老女正好形成对比。

〔4〕“梁间”句：梁间一对燕子依偎于巢，此时见东家老女这副夜不成寐的样子也不禁要为她叹息了。

【解说】

首二句一问一答，先说出一个繁华热闹的所在。三句介绍东家老女，交代她至今还嫁不出去。四句强调这个老女天荒地老般的孤独的处境。白日这一个耀眼的没有色彩的意象，与开头的二句形成对立的两个世界，效果有点类似于李贺的“天荒地老无人识”句（《致酒行》）。五句引出个跟她完全不在一个世界里的少女，怀着和她迥然不同的心境（但萌动的春心都是一样的）同墙窥看外面的世界（只有从老女的角度才能发现这个多重的世界）。补充说一句，形容少女窥看时是“清明暖后”，说明她的窥看符合季节和心理的成长次序。而老女却没有了这个季节的反映，似乎永远都是那个“白日当天三月半”。末二句继续追踪这个东家老女窥看后心理的变化。“归来”一句是说她又回到了那个属于她的没有希望的幽闭悲惨的世界。

无题

相见时难别亦难〔1〕，东风无力百花残〔2〕。
春蚕到死丝方尽，蜡炬成灰泪始干〔3〕。
晓镜但愁云鬓改，夜吟应觉月光寒〔4〕。
蓬山此去无多路〔5〕，青鸟殷勤为探看〔6〕。

【注释】

〔1〕相见时难：客观的难，难在千隔万阻。别亦难：主观的难，难在依依不舍。作者另有诗戏说这别的难，主观的难：“唱尽阳关无限叠，半杯松叶冻颇黎。”（《饮席戏赠同舍》）

〔2〕“东风”句：薛涛《段相国游武担寺病不能从题寄》中“落花无那恨东风”句，虽没有明说东风无力，实有东风无力的意味在。这句虽没有明说花的无奈，却实有百花无奈的意味在。

〔3〕“蜡炬”句：参看“春心莫共花争发，一寸相思一寸灰”（《无题》）、“皎洁终无倦，煎熬亦自求”（《灯》）等句。成灰的过程，也就是泪流至干的过程。

〔4〕“晓镜”二句：晓镜：早晨照镜子。云鬓：女子的秀发。

这两句描绘的是分处两地的人的相思情境。曹雪芹《红楼梦》第二十三回“西厢记妙词通戏语，牡丹亭艳曲警芳心”末引一联：“妆晨绣夜心无矣，对月临风恨有之。”又第二十九回“享福人福深还祷福，多情女情重愈斟情”：“谁知这个话传到宝玉黛玉二人耳内，他二人竟从来没有听见过‘不是冤家不聚头’的这句俗话儿……虽然不曾会面，却一个在潇湘馆临风洒泪，一个在怡红院对月长吁。正是‘人居两地，情发一心’了。”写作手法与之略同。

〔5〕蓬山：海中仙山。无多路：没多少路。谭峭《大言诗》：“线作长江扇作天，靸鞋抛向海东边。蓬莱信道无多路，只在谭生拄杖前。”按理，蓬山应该路远才对。这里是故意（故作希望）这么说的，自己去不了，只好烦请青鸟相探。他还有诗也是这么故意地说的：“龙山万里无多远，留待行人二月归”（《对雪二首》之一）。

〔6〕青鸟：传说中的信使。李商隐在诗中多次提到青鸟，青鸟是他用来表现内心顽强和希望的意象，用阮籍的话说，他是“谁言不可见，青鸟明我心”（《咏怀诗》第二十二首）。

【解说】

此诗以“难”字开篇，是直言无奈。次句“东风无力百花残”，是这无奈的形象表达。言东风无力，是明说它无力，而暗指它有心。有心无力，无奈之极。百花乃娇艳之物，而败残如此，是一无奈。百花之娇艳，有赖于东风（春风）之吹拂。而此时，东风无力，所托成空，是二无奈。东风、百花虽彼此有意，却奈何节候之不能逆转，是三无奈。三、四句“春蚕到死丝方尽，蜡炬成灰泪始干”，说此寸心不死，是倔强的意思。五、六句回到现实的冷酷上，回到异地相守的坚忍上。因此，这个倔强就有了清醒的认识。末二句“蓬山此去无多路，青鸟殷勤为探看”，言“无多路”，是故作希望的话，或者说这点距离对青鸟来说算不了什么的。

全诗首诉无奈，次表心志，复言坚忍，末则归于期望。

无题

八岁偷照镜，长眉已能画〔1〕。
十岁去踏青〔2〕，芙蓉作裙衩〔3〕。
十二学弹筝，银甲不曾卸〔4〕。
十四藏六亲〔5〕，悬知犹未嫁〔6〕。
十五泣春风〔7〕，背面秋千下。

【注释】

〔1〕长眉：古代女子眉毛的一种式样，大概就是把眉毛画得细细长长的。这两句说小女孩八岁开始知道爱美了。

〔2〕“十岁”句：说这个爱美的女孩开始去感受外面的美好世界。古人有在清明节前后到郊野游玩赏景的习俗，叫踏青。

〔3〕芙蓉：《楚辞·离骚》有“制芰荷以为衣兮，集芙蓉以为裳”。

〔4〕银甲：弹筝时护指甲的套子。杜甫《陪郑广文游何将军山林十首》：“银甲弹筝用，金鱼换酒来。”

〔5〕六亲：泛指近亲。六亲到底指哪六亲，历来说法不一。一种说法认为六亲指父、母、兄、弟、妻、子。

〔6〕悬知：遥知。一个“嫁”字包含了无数的委屈与血泪。“嫁”字是这首诗的诗眼。

〔7〕泣春风：伤春之意。

【解说】

这是一首感叹女性命运无法自主的诗。从八岁起，春心萌动了，成长了（十岁），表达了（十二），又被抑止了（十四）。但是谁抑止了它呢？是谁不让它表现出来呢？这个春心受到了压抑，这是一切痛苦的根源。正因为春心受到了压抑，所以才转向内心的辗转，才“容好结中肠”（阮籍句），才“十五泣春风”，才“一寸相思一寸灰”。

李商隐对妇女，特别是对待字闺中的少女的命运很是关注，对她们不能自主的命运充满了同情。他在《别令狐拾遗书》中揭示了当时社会中女子普遍的不幸命运，并寄予了深刻的同情与愤慨：“今人娶妇入门，母姑必祝之曰：‘善相宜’，前祝曰：‘蕃息。’后日生女子，贮之幽房密寝，四邻不得识，兄弟以时见，欲其好，不顾性命，即一日可嫁去，是宜择何如男子属之邪？今山东大姓家，非能违摘天性而不如此。至其羔鹜在门，有不问贤不肖健病，而但论财货、恣求取为事。当其为女子时，谁不恨？及为母妇，则亦然。彼父子男女，天性岂有大于此者耶？今尚如此，况他舍外人，燕生越养，而相望相救，抵死不相贩卖哉？”根据他的这番言论，再来看这首诗，就会对诗中的那个少女对自己命运的悲泣有一个更深的认识。

李商隐把妇女分为女子与母妇的议论（“当其为女子时，谁不恨？及为母妇，则亦然”），很似《红楼梦》里的人物贾宝玉的口吻：“宝玉……道：‘奇怪，奇怪，怎么这些人只一嫁了汉子，染了男人的气味，就这样混帐起来，比男人更可杀了！’守园门的婆子听了，也不禁好笑起来，因问道：‘这样说，凡女儿个个是好的了，女人个个是坏的了？’宝玉点头道：‘不错，不错！’”（见《红楼梦》第七十七回“俏丫鬟抱屈夭风流，美优伶斩情归水月”）

这首诗因为描述的是个年龄止于十五岁的少女，不少人便据以为这是作者早年的作品。这倒未必。从诗中所反映出的思想深度来看，问题恐怕不是这么简单的。

无题

照梁初有情〔1〕，　出水旧知名〔2〕。
裙衩芙蓉小，　钗茸翡翠轻〔3〕。
锦长书郑重〔4〕，　眉细恨分明〔5〕。
莫近弹棋局，　中心最不平〔6〕。

【注释】

〔1〕照梁：她刚出场时光彩如日光照耀屋梁，令满屋生辉。宋玉《神女赋》：“其始来也，耀乎若白日初出照屋梁。”

〔2〕出水：谓如芙蓉出水。何逊《看伏郎新婚》诗：“雾夕莲出水，霞朝日照梁。何如花烛夜，轻扇掩红妆。”

〔3〕“裙衩”二句：她身上穿的是小小的芙蓉裙，头上戴的是轻巧的翡翠钗。芙蓉：荷花。屈原《离骚》：“制芰荷以为衣兮，集芙蓉以为裳。”钗茸：钗头上端一层茸毛状的修饰物。

〔4〕锦：锦书。

〔5〕“眉细”句：眉细处恨意分明可见。这个“恨分明”正是为的形容眉的细长的，正因为这个恨，令我们仿佛看到了这个具体的眉目清楚的“细”。

〔6〕弹棋局：古代一种棋盘。这种棋盘的一个特点是四角低，中央突出，所以说“中心最不平”。

【解说】

这首诗和上一首主旨相似。首二句说“初”，说“旧”，说她当年是多么光彩照人，有美名。三、四句以她的着装来衬托她的美，表现她的高洁的品格。五、六、七、八句由外部的描写转入对内心的揭示。其实整首诗都是在对内心的揭示，只不过揭示的程度在逐渐加深。

“照梁”“出水”二句使我们看到了一出场就光彩照人的人物形象，三、四句说她的着装，使这个人物形象变得具体可感起来。五、六句说她的思念、怨恨与执着，七、八句是这个思念、怨恨、执着之情的愤然表白。最后四句使人物的形象从内部充实起来。

无题二首（选一）

凤尾香罗薄几重〔1〕，　碧文圆顶夜深缝〔2〕。
扇裁月魄羞难掩〔3〕，　车走雷声语未通〔4〕。
曾是寂寥金烬暗〔5〕，　断无消息石榴红〔6〕。
斑骓只系垂杨岸〔7〕，　何处西南任好风〔8〕。

【注释】

〔1〕凤尾香罗：织有凤纹的罗帐。

〔2〕圆顶：罗帐撑起后上方形成的圆顶。姚培谦注引程泰之《演繁露》云：“唐人婚礼多用百子帐……卷柳为圈，以相连锁，百

张百阖，为其圈之多也，故以百子总之……其驰张既成，大抵如今尖顶圆亭子，而用青毡通冒四方上下，便于移置耳。”首二句说夜深了，她还在一针一线地缝着罗帐。这个意象就和绣鸳鸯差不多，好处是既能状她的寂寞无眠，又能表现她内心的情思与渴望。

〔3〕扇裁月魄：谓扇如圆月。班婕妤《怨歌行》：“裁成合欢扇，团团似明月。”羞难掩：说明团扇已暴露出了她的心思。团扇象征着团圆与合欢，本身就是羞的证物，“掩”就是欲盖弥彰了。

〔4〕车走雷声：车声如雷声。语未通：彼此消息未通。

〔5〕金烬：灯烛的灰烬。

〔6〕石榴：果实石榴，也可令人联想到古典诗词里常用到的意象石榴裙。如武则天的诗《如意娘》：“看朱成碧思纷纷，憔悴支离为忆君。不信比来长下泪，开箱验取石榴裙。”以上两句说我曾度过多少深夜无眠、残灯相伴的灰暗的日子啊！生活在这封闭的空间里，一点消息也没有，只有眼前的石榴（裙）红得逼人（大有“一树碧无情”的意味）。

〔7〕垂杨岸：这是人马停留的热闹处。参见《无题四首》之三中“何处哀筝随急管，樱花永巷垂杨岸”两句解说。

〔8〕“何处”句：化用曹植《七哀》中的诗句“愿为西南风，长逝入君怀”。

【解说】

这是一首描写女子伤春之作。首二句描画出一个深夜无眠的寂寞女子的形象。三、四句说明她处在情窦已开、而心思却还无法向外表达的封闭的状态中。五、六句说她在这样的状态中经受煎熬，苦捱着寂寞无聊的日子。末二句是她在这样苦闷的生活中向外发出的热烈的向往和热情的呼唤，希望自己能够像一阵风一样飞到自己心爱的人的身边。而实际上，她又何尝有这样一个具体的心爱的人呢？这个心爱的人或许只是一个理想的人物罢了，只是她对自己新的生活的展望与寄托罢了。

相对来说，这一首诗中的女主人公较上两首的要更成熟些，因此她的春心也更饱满了，春心的内容也更丰富了。

李商隐对色彩的体验具体、细微、深刻。比如他用“白日当天三月半”(《无题四首》)，用耀眼的逼人的白光来表现那个东家老女一无所有的生活和天荒地老般的命运；用“五更疏欲断，一树碧无情”(《蝉》)，用无情的“碧”来表现蝉的无助与声嘶力竭；用“断无消息石榴红”，用鲜艳逼人的“红”来表现诗中的人物内心的寂寞和情感的抑郁。

无题二首（选一）

昨夜星辰昨夜风，　画楼西畔桂堂东〔1〕。
身无彩凤双飞翼〔2〕，　心有灵犀一点通〔3〕。
隔座送钩春酒暖〔4〕，　分曹射覆蜡灯红〔5〕。
嗟余听鼓应官去〔6〕，　走马兰台类转蓬〔7〕。

【注释】

〔1〕“昨夜”二句：特地指出昨夜的良辰美景，星辰和风都是温馨的回忆。仿佛一个故事生动回忆的开头：那时的夜晚，那时的星月，那时的我们携手徜徉在“画楼西畔桂堂东”……上句说时辰，

下句说具体的地点。画楼、桂堂都是回忆中的温馨场所。

〔2〕彩凤：凤凰。

〔3〕灵犀：旧说犀牛角是灵异之物。

〔4〕隔座送钩：酒桌上玩的一种游戏，喝酒助兴用的。春酒暖：气氛热闹，暖得温馨。

〔5〕分曹：分成一对一对的。射覆：古代把东西藏于器物下让人猜的游戏。射：猜。覆：藏。这句说在红烛高照之下，我们一起喝酒猜谜。

〔6〕听鼓：古代官府上下班以鼓声为准。应官：应选当官。

〔7〕兰台：在唐时指秘书省。李商隐进士及第后曾任秘书省校书郎。转蓬：断了根的随风扬转的蓬草，犹如“薄宦梗犹泛”句中的“梗”。

【解说】

这是一首在美好的回忆中慨叹良辰不再、分别在即的诗。首二句“昨夜星辰昨夜风，画楼西畔桂堂东”，是温暖的记忆。昨夜之会，有星辰，有晚风，良宵一刻值千金。三、四两句说两人心心相印。五、六句是个温暖的场面，是记忆中的温暖。末二句归于感伤，嗟叹好景不再，良辰易逝，命运不能自主，所谓“薄宦梗犹泛”。

无题二首（选一）

闻道阊门萼绿华〔1〕，昔年相望抵天涯。

岂知一夜秦楼客〔2〕，偷看吴王苑内花〔3〕。

【注释】

〔1〕阊门：古苏州城门名，这里指萼绿华的出处。萼绿华：仙女名，据陶弘景《真诰》说，萼绿华自称是南山人，年纪大约二十岁，衣青衣，容貌绝美。曾在某年某日某夜主动下凡，和某人“好”过一阵子。之后赠物分手，并叮嘱那人千万保密，否则后果不堪设想。这里指曾经想望的女子。

〔2〕秦楼客：萧史，借指曾和萼绿华有过一段如萧史与弄玉之情事的情郎。

〔3〕“偷看”句：相传春秋时吴王种香于香山（今江苏香山）。山下有采香径，吴王常派美人来此采香。这里暗喻萼绿华已为吴王所得。

【解说】

这似是一首记录自己一段伤心爱情故事的诗。首二句先说一个情节。这个情节由“闻道”进展为“相望”。“昔年”说明这一切过去了。三句却用“一夜”来表示形势变化的迅速，用“岂知”说明这个变化的出人意料。一夜间，昔年的“相望”变成了如今的“偷看”，“萼绿华”也成了吴王的“苑内花”了。

李商隐《柳枝五首·序》记录了他年轻时的一段开头动人而结局心酸的情事：

> 柳枝，洛中里娘也。父饶好贾，风波死湖上。其母不念他儿子，独念柳枝。生十七年，涂妆绾髻，未尝竟，已复起去。吹叶嚼蕊，调丝擫管，作天海风涛之曲，幽忆怨断之音。居其旁，与其家接故往来者，闻十年尚相与，疑其醉眠梦物断不娉。余从昆让山比柳枝居为近。他日春曾阴，让山下马柳枝南柳下，

咏余《燕台诗》，柳枝惊问："谁人有此？谁人为是?"让山谓曰："此吾里中少年叔耳。"柳枝手断长带，结让山为赠叔乞诗。明日，余比马出其巷，柳枝丫鬟毕妆，抱立扇下，风障一袖，指曰："若叔是？后三日，邻当去溅裙水上，以博山香待，与郎俱过。"余诺之。会所友有偕当诣京师者，戏盗余卧装以先，不果留。雪中让山至，且曰："东诸侯取去矣。"明年，让山复东，相背于戏上，因寓诗以墨其故处云。

可见，李商隐与柳枝曾有一段美好的爱情，但由于种种原因，俩人未曾走到一起，柳枝后来被"东诸侯"娶走了。在情节上看，这个"东诸侯"很似这首诗里的"吴王"。

无题

近知名阿侯〔1〕，住处小江流。
腰细不胜舞，眉长惟是愁〔2〕。
黄金堪作屋〔3〕，何不作重楼。

【注释】

〔1〕阿侯：莫愁所生。萧衍《河中之水歌》："河中之水向东流，洛阳女儿名莫愁。莫愁十三能织绮，十四采桑南陌头。十五嫁为卢家妇，十六生儿字阿侯。"

〔2〕眉长：长眉。此句类似《无题》(照梁初有情)"眉细恨分明"句。

〔3〕“黄金”句：见《蝶》(飞来绣户阴)注〔3〕。

【解说】

这是一首讽刺帝王好色的咏史诗。前面的四句极力说她的好。末二句就在这个“好”上下功夫，说既然这么好了，那就把她宠上天吧！前面咏史诗《华清宫》“犹恐蛾眉不胜人”句，是揣摩帝王的心态。这里是故意对帝王说反话。

碧城三首〔1〕

一

碧城十二曲阑干〔2〕，犀辟尘埃玉辟寒〔3〕。
阆苑有书多附鹤〔4〕，女床无树不栖鸾〔5〕。
星沉海底当窗见，雨过河源隔座看。
若是晓珠明又定〔6〕，一生长对水晶盘〔7〕。

【注释】

〔1〕以“碧城”为题，等于无题。

〔2〕碧城：仙人的住所。《太平御览》卷六七四引《上清经》：“元始（天尊）居紫云之阙，碧霞为城。”碧城十二，指碧城十二层，言其高。《海内十洲记·昆仑》：“其一角有积金，为天墉城，面方千里，城上安金台五所，玉楼十二所。”李商隐在诗歌中常用十二这个数表示城的高，如“十二楼前再拜辞”(《赠白道者》)、“十二城中锁彩蟾”(《月夜重寄宋华阳姊妹》)、“十二玉楼空更空”(《代应》)。

〔3〕犀：海犀角。旧传海犀角有去尘的功用。刘恂《岭表录异》卷中：“又有骇鸡犀、辟尘犀、辟水犀、光明犀，此数犀但闻其说，不可得而见之。”冯浩注引《述异记》：“却尘犀，海兽也。然其角辟尘，致之于座，尘埃不入。”玉辟寒：据说有种火玉能发光发热。苏鹗《杜阳杂编》卷下：“武宗皇帝会昌元年，扶余国贡火玉三斗……火玉色赤，长半寸，上尖下圆，光照数十步，积之可以燃鼎，置之室内，则不复挟纩。”在古代，犀、玉等物，常被视为珍宝，人们往往赋予它们神奇的功用，如辟寒、辟尘、辟邪、辟水等。

〔4〕阆苑：阆风巅之苑，传说中的仙人居处。《海内十洲记·昆仑》：“山三角，其一角正北，干辰之辉，名曰阆风巅；其一角正西，名曰玄圃堂；其一角正东，名曰昆仑宫。”书多附鹤：谓碧城之中仙鹤翩飞，往来传书。道家视鹤为仙禽，以之为坐骑。《列仙传·王子乔》载仙人王子乔的故事，说他“好吹笙，作凤凰鸣”，游于伊洛之间，后被一个叫浮丘公的道士接上了嵩高山，过了三十多年，有人看到他乘白鹤停歇在缑氏山上，数日乃去。道源注引《锦带》：“仙家以鹤传书。”鹤书也叫鹤头书，是古代一种为颁发诏命所用的书体名。因为从书法上看形似鹤头，故名鹤头书。萧统《文选》中收孔稚珪《北山移文》有“鹤书赴陇”，李善注引萧子良《古今篆隶文体》：“鹤头书与偃波书俱诏板所用，在汉则谓之尺一简。”

〔5〕女床：传说中的山名。《山海经·西山经》：“女床之山……有鸟焉，其状如翟而五采文，名曰鸾鸟。”

〔6〕晓珠：清晓的露珠。韦应物《咏露珠》：“秋荷一滴露，清夜坠玄天。将来玉盘上，不定始知圆。”“露珠”与“玉盘”与（不）“定”三者形成一个意象关系，这里的“晓珠”“水精盘”和“定”亦形成一个意象关系。又李世民《月晦》“罩云朝盖上，穿露晓珠呈”、

齐己《观荷叶露珠》“霏微晓露成珠颗，宛转田田未有风”，二者所咏露珠意象皆与“晓”“珠”相关联。古有承露盘，与求仙有关。韦诗与李诗当皆从此典故翻出。而李诗是假设盘中所承之露的恒定来暗讽求仙的痴迷。

〔7〕水晶盘：水精盘，即承露盘。

【解说】

这其实是一首讽刺帝王痴迷求仙与好色的诗。首联极力说碧城的位置的高以及迥出尘世的生活状态。颔联和颈联具体描写碧城里的人平时在干什么。颔联即说他是既求仙又好色。颈联则继续说他所处位置的高，并笼上了一层浪漫的情调。末二句就在这高的基础上再作点说明，说明处在这高度上的这个人整天对着水精盘里的晓珠，永远做着求仙的痴梦。

二

对影闻声已可怜〔1〕，　玉池荷叶正田田〔2〕。
不逢萧史休回首〔3〕，　莫见洪崖又拍肩〔4〕。
紫凤放娇衔楚佩〔5〕，　赤鳞狂舞拨湘弦〔6〕。
鄂君怅望舟中夜〔7〕，　绣被焚香独自眠。

【注释】

〔1〕“对影”句：疑用汉武帝致神李夫人典。见《汉宫》注〔3〕。

〔2〕“玉池”句：郭茂倩《乐府诗集·相和歌辞·江南》有“江南可采莲，莲叶何田田”。

〔3〕萧史：见《蝶》（飞来绣户阴）注〔2〕。

〔4〕洪崖：传说中的仙人。

〔5〕紫凤：传说中的神鸟。楚佩：暗用楚辞中的说法。《楚辞·九歌·湘君》："捐余玦兮江中，遗余佩兮澧浦。"

〔6〕赤鳞：赤色的鱼或龙。湘弦：暗用湘妃事。

〔7〕鄂君：见《牡丹》(锦帏初卷卫夫人）注〔2〕。

【解说】

首句说那人对影闻声，恍恍惚惚，悲感不尽。次句忽地就用一个异常明丽的意象、一个豁然开朗的现实来和前面灰暗的幻觉"作对"。三、四句则从好色转入求仙。五、六句用"放娇""狂舞"这些刺激性的字眼来说明狂热的放肆的状态，以与末二句的怅望、寂寞和无眠形成强烈的对比效果。

三

七夕来时先有期〔1〕，　洞房帘箔至今垂。
玉轮顾兔初生魄〔2〕，　铁网珊瑚未有枝〔3〕。
检与神方教驻景〔4〕，　收将凤纸写相思〔5〕。
武皇内传分明在〔6〕，　莫道人间总不知。

【注释】

〔1〕"七夕"句：典出《汉武内传》。有一天，汉武帝闲居在承华殿，突然来了个美丽非常的青衣女子，对武帝说："我是王母的使者，从昆仑山上来，听说你不以江山为重，一心寻道求长生，屡以帝王之位祈祷神灵，够虔诚的了，看来孺子可教！这样吧，你从现在起就开始斋戒，到七月七日，西王母当来和你相会。"

〔2〕玉轮、顾兔：都是月的别称。古代传说月中有兔。《楚辞·天问》："夜光何德，死则又育？厥利维何，而顾兔在腹。"古人把月亮阴暗无光的那部分叫作魄。

〔3〕"铁网"句：李时珍《本草纲目·金石二·珊瑚》载，"波斯国海中有珊瑚洲，海人乘大舶堕铁网水底取之。珊瑚初生磐石上，白如菌，一岁而黄，三岁变赤，枝干交错，高三四尺。人没水以铁发其根，系网舶上，绞而出之，失时不取则腐蠹。"

〔4〕神方：仙方。驻景：留住光阴。景：日光，光阴。

〔5〕凤纸：也叫金凤纸，唐时一种高级的宫廷用纸，纸上绘有金凤形状。

〔6〕武皇内传：即指《汉武内传》，也叫《汉武帝内传》。该书是一部以汉武帝为主要人物的志怪小说，书中主要讲述了武帝寻仙道求长生的故事。

【解说】

首二句说，约会的时间，你们是早就说好了的，现在洞房帘箔还静悄悄地垂挂在那里呢。三四句用月轮初生魄，珊瑚枝未出来说明相会的时间还没有到。五、六句说他一面想通过寻求仙方使青春永驻，一面又忍不住地好色。末二句说你的这一套还有什么好遮掩的了，关于这方面的秘闻（"武皇内传"），早就不是什么新鲜事了。

既求长生又好色不止，汉武帝是这样，那些中晚唐的帝王们何尝不是如此。

《碧城三首》可能是当初诗集的编者将三首无题诗合在一起，而冠以"碧城"之名，这不是没有可能。但从这三首诗的主旨看，是内在统一的，因此确可视为一体。

圣女祠

杳蔼逢仙迹，　苍茫滞客途。
何年归碧落，　此路向皇都〔1〕。
消息期青雀〔2〕，　逢迎异紫姑〔3〕。
肠回楚国梦〔4〕，　心断汉宫巫〔5〕。
从骑裁寒竹，　行车荫白榆〔6〕。
星娥一去后，　月姊更来无〔7〕？
寡鹄迷苍壑，　羁凰怨翠梧〔8〕。
惟应碧桃下〔9〕，　方朔是狂夫〔10〕。

【注释】

〔1〕“杳蔼”四句：杳霭，犹苍茫。仙迹，圣女祠。这四句把自己和圣女合起来写，感慨的是“同是天涯沦落人”。

〔2〕青雀：青鸟。

〔3〕紫姑：女神名。据刘敬叔《异苑》卷五载，紫姑本来是某人的一个小妾，那人大老婆嫉恨她，常常变着法子虐待她。终于在某年的正月十五日，紫姑受够了凌辱，一气之下死了。后来民间把她神化了，在每年的正月十五，按照一定的程序请紫姑神下凡，占卜众事。从这个典故看，紫姑神在民间是很受推崇的。两句说圣女沦落于此，寂寞独处，只有寄望于青鸟来沟通消息，相比之下，那被人迎来送往的紫姑要风光多了。

〔4〕楚国梦：宋玉《高唐赋》中有楚王梦巫山神女情节。

〔5〕汉宫巫：据班固《汉书·郊祀志》，刘邦即位后在长安“置

祠祀官”，并大建巫祠，有梁、晋、秦、荆之巫。可见，汉宫巫风很盛。巫和圣女、神女是对立的，所以说“心断汉宫巫”。

〔6〕“从骑”二句：谓“我”在这里开路前行，艰难跋涉，以此衬托这里的荒无人迹。

〔7〕“星娥”二句：星娥（指织女）和月姊（嫦娥），泛指圣女当年的同伴旧友们。

〔8〕“寡鹄”二句：寡鹄和羁凰喻寂寞独处的圣女。

〔9〕惟应：唯有。于邺《长信宫》（一作《长春宫》）：“惟应东去水，不改旧时声。”

〔10〕方朔：东方朔。狂夫：古代妇女对他人称呼自己丈夫的谦辞。传说东方朔是天上的星宿下凡，曾偷吃过西王母的仙桃。这里把东方朔说成是圣女思念的丈夫。

【解说】

这是一首借圣女的沦谪不返以寄托失意之情的诗。首句说在此荒无人迹的雾霭深处得遇仙祠，次句用“苍茫”表达举目一望的感受，用“滞”字说明道路难通，也说明圣女的沉滞不返。三句是感叹窜此荒芜之地的圣女何时才能重返上天，四句再回顾到自己身上，说我也一样在这个漫漫之途上艰难跋涉。五、六句说在此荒凉之地既无消息（“青雀”），亦无希望（不像紫姑那样为人逢迎）。七句说圣女时刻想着回去（“楚国梦”）。八句说可是一想到严酷的现实（“汉宫巫”），真叫人心断。九、十句用自己在竹林、白榆之中艰难开道，衬托这里的荒野。十一、十二句接着说圣女当年的那些旧相识自从离去之后，就再没来过，以此表示这里的孤寂。十三句用“迷”字说明她在长久的孤寂中产生的心理状态，十四句表达她在长久的羁縻中产生的怨恨之情。末二句说在此寂寞荒野的境况下，圣女仍然有所寄托，内心依然保持着执着的精神和坚贞的品质。

重过圣女祠〔1〕

白石岩扉碧藓滋〔2〕，　上清沦谪得归迟〔3〕。
一春梦雨常飘瓦〔4〕，　尽日灵风不满旗〔5〕。
萼绿华来无定所〔6〕，　杜兰香去未移时〔7〕。
玉郎会此通仙籍〔8〕，　忆向天阶问紫芝〔9〕。

【注释】

〔1〕圣女祠：供奉圣女的祠庙，或以为在陈仓（今陕西省宝鸡市一带）、大散关间。郦道元《水经注·漾水》：“（秦冈）山高入云，远望增状，若岭纡曦轩，峰枉月驾矣。悬崖之侧，列壁之上，有神象若图，指状妇人之容，其形上赤下白，世名之曰圣女神。”

〔2〕碧藓滋：人迹罕至，藓苔滋生。

〔3〕上清：按照道家的说法，人世外有三个仙境，为太清境、上清境、玉清境，合称三清。沦谪：贬谪。得归迟：迟迟未归。

〔4〕梦雨：如梦似幻的雨，这个梦一般的雨和神女的身份、处境、心思相符合。飘瓦：非指雨大，而是指雨的轻盈。“飘瓦”这个意象使这梦一般的雨落到了实处，因此也就给了我们一个真实的感觉。

〔5〕灵风：神灵之风。不满旗：灵风微弱，似有还无，表现在旗子上，有似卷非卷的样子。以上两句的意味与屈原《山鬼》中的“杳冥冥兮羌昼晦，东风飘兮神灵雨”颇有些相似。

〔6〕萼绿华：仙女名。见《无题》(闻道阊门萼绿华）注〔1〕。无定所：指没有固定之点，来去空灵。

〔7〕杜兰香：女仙名。据《墉城集仙录》载，杜兰香原是湘江边上的弃婴，一个渔父见她可怜，带回家收养了。十多年后，生得是“天姿奇伟，灵颜姝莹”，一副天人的样子。谁知，有一天，从天忽然降下青童，把她带走了。这杜兰香临走时，对收养她的渔父说：“我本是天上的仙女，因为犯了过错，才贬谪到人间的，现在我回去了。”杜兰香和前面的萼绿华一个共同点是都是仙人，都曾下过凡，但都在一番经历后重返仙境了。未移时：很快，一会儿，也是来去空灵的意思。以上两句用萼绿华、杜兰香来和圣女作对比。

〔8〕玉郎：道家所谓掌管仙人名册的仙官。冯浩注引《登真隐诀》：“三清九宫并有僚属，其高总称曰道君，次真人、真公、真卿，其中有御史、玉郎诸小号官位甚多。”会此：当此之时，当此圣女贬谪日久，寂寞难堪之时。“此”是对前面一段话的总结。通仙籍：古代把某人姓名等信息记挂在宫门外，作为进出凭据的制度叫通籍。取得做官的资格，叫通朝籍。取得做仙的资格，叫通仙籍。

〔9〕天阶：天上的宫阶，台阶。问：询问。刘叉《入蜀》：“望空问真宰，此路为谁开。”刘诗中的“问”来自对蜀道之难的认识，问中更多的是感慨。李商隐这句中的“问”，和刘叉的“问”一样，都是故意表示不理解，都是感慨大于疑问。再有如韩偓的“花前洒泪临寒食，醉里回头问夕阳”(《夕阳》）二句，也属于此问法。紫芝：道家所谓的仙草，据说服之可登仙。天阶是仙境的代称，紫芝是登仙的标志。“忆向天阶”，是把思绪引向逍遥自在的仙境，“问紫芝”，是特地把登仙的标志突出来，故意去做一番询问，问这到底是怎么回事

呢？为何一个本该上登天阶的圣女还久久沉滞于下界呢？最后两句的意思大致是：当此天荒地老之时，就连掌管仙人名册的玉郎都快要忘了这个被贬谪的圣女了，也要不得不去进行一番回忆与询问。

【解说】

这首诗与上首主旨相似。首二句说，多少年了，连石扉上都长出碧绿碧绿的苔藓，那从上界贬谪在此的圣女还依旧滞留不归。三、四句用梦雨、灵风来表示圣女不同于凡人的生存状态、心灵状态。五、六句是李商隐经常在诗歌里宕然一笔的老地方（如《蝶》诗里的五、六句“西子寻遗殿，昭君觅故村”，《牡丹》诗里的五、六句“鸾凤戏三岛，神仙居十洲”等），意思是说你看那些时运顺通的仙女们一个个来去自如地活着，潇洒得很呢！言下之意是我们这个被人遗忘的圣女正在此独守孤寂，还有谁记得她呢。七、八句说玉郎，说通仙籍，是从圣女的命运遭遇出发，说她沦谪得这么久了，早被人遗忘了，就连掌管仙人名册的玉郎当此天荒地老之时也快要记不清了。他在登造、检阅仙册时，不禁回想起来，在某年某时还有某位被贬谪在某地呢！末句“忆向天阶问紫芝”，不过是表示他进行一番回忆的过程。“天阶”“紫芝”，和首句的“岩扉”“碧苔”正好形成鲜明的对比。

圣女祠

松篁台殿蕙香帏，　龙护瑶窗凤掩扉[1]。
无质易迷三里雾[2]，　不寒长着五铢衣[3]。

人间定有崔罗什[4]， 天上应无刘武威[5]。
寄问钗头双白燕[6]， 每朝珠馆几时归。

【注释】

〔1〕“松篁”二句：台殿四周松竹深深，殿内蕙香帷帐静静垂挂，雕刻精美的窗扉之上龙飞凤舞。“龙护”句把静态之物说得动感十足，一如《骊山有感》“九龙呵护玉莲房”句。

〔2〕三里雾：喻指恍惚迷离的境界。范晔《后汉书·张楷传》：“楷字公超……性好道术，能作五里雾，时关西人裴优亦能为三里雾。”

〔3〕五铢衣：谷神子《博异志·岑文本》载，“又问曰：‘衣服皆轻细，何土所出？’对曰：‘此是上清五铢服。’又问曰：‘比闻六铢者天人衣，何五铢之异？’对曰：‘尤细者则五铢也。’”以上两句继续说圣女祠中的基本情况，说里面四季如春（“不寒”），不是谁随随便便就可进去的（“无质易迷”）。三里雾和五铢衣说明这里不是一般的去处。

〔4〕崔罗什：据段成式《酉阳杂俎·冥迹》载，崔罗什与鬼女有过一段情缘，是个风流多情的人。

〔5〕刘武威：人物出处不详，大概和崔罗什一样是个多情公子。吴融《上巳日》：“本学多情刘武威，寻花傍水看春晖。”

〔6〕“寄问”二句：问法类同《失题二首》“为问翠钗钗上凤，不知香颈为谁回”。

【解说】

这一首和前面两首“圣女”诗，旨趣迥别，似是为了拜访某人而写的。首二句用一些不常见的、神奇的事物先创造出奇特的世界，其实是有意给你制造距离感、陌生感，意思是那人的住所是不易接近的。三句接着说接近的难（不是谁都可以去的），四句说那人生活条件很好（五铢衣，不是随便是谁就能有的）。五、六句大致的意思是说在这个世上一定会有她所中意的人的。末二句说我想见见你，只是不知道你每天大概什么时候回来。

曼倩辞〔1〕

十八年来堕世间〔2〕，　瑶池归梦碧桃闲〔3〕。
如何汉殿穿针夜〔4〕，　又向窗中觑阿环〔5〕？

【注释】

〔1〕曼倩：东方朔，字曼倩。东方朔是西汉时的辞赋家，以滑稽诙谐著名。有关他的传说很多，一个传说是把他附会为神仙，说他本来就是个仙人。

〔2〕“十八”句：朱鹤龄注引《东方朔别传》，“朔谓同舍郎曰：‘天下人无能知朔，知朔者惟太王公耳。’朔卒后，武帝召太王公问曰：‘尔知东方朔乎？’公曰：‘不知。’‘公何所能？’曰：‘颇善星历。’帝问：‘诸星具在否？’曰：‘具在，独不见岁星十八年，今复见耳。’帝叹曰：‘东方朔在朕旁十八年，而不知是岁星哉！’惨然不乐。”

〔3〕“瑶池”句：张华《博物志》卷八载，“七月七日夜漏七刻，王母乘紫云车而至于殿西，南面东向，头上戴玉胜，青气郁郁如云。有三青鸟如乌大，使侍母旁。时设九微灯。帝东面西向，王母索七桃，大如弹丸，以五枚与帝，母食二枚。帝食桃，辄以核著膝前，

母曰：‘取此核将何为！’帝曰：‘此桃甘美，欲种之。’母笑曰：‘此桃三千年一生实。’唯帝与母对坐，其从者皆不得进。时东方朔窃从殿南厢朱鸟牖中窥母，母顾之，谓帝曰：‘此窥牖小儿尝三来盗吾此桃。’帝乃大怪之。由此，世人谓方朔神仙也。”这里引申了东方朔偷桃的故事，把本为王母的住地瑶池也说成是东方朔的故园，说他本来应该是瑶池里的仙人，故曰“归梦”。

〔4〕穿针夜：七夕之夜。七夕节，也叫乞巧节。宗懔《荆楚岁时记》：“七月七日为牵牛织女聚会之夜。是夕，人家妇女结彩缕，穿七孔针，或以金银鍮石为针，陈瓜果于庭中以乞巧，有喜子网于瓜上则以为符应。”

〔5〕阿环：《汉武帝内传》里上元夫人的小名。七月七日，西王母与汉武帝相会，时上元夫人也在场：“帝……见侍女下殿，俄失所在。须臾郭侍女返，上元夫人又遣侍女答问云：‘阿环再拜。’”这里说“觑阿环”，并非要指实到谁，只是为了说明“觑”这件事，其实就是说成“觑王母”，也不会影响到这首诗所要表达的意思。

【解说】

这是一首感叹沦谪人间久久未归的诗。首二句说东方朔是个谪仙人，他堕落人间十八年，至今未归，所谓“瑶池归梦碧桃闲”。“瑶池归梦碧桃闲”一句与《重过圣女祠》中的“白石岩扉碧藓滋”句手法略同，一个是从彼处说沦谪已久，一个是从此处说沦谪已久。三、四句故意设问，其实并没有多少实在的意思，只是为了说明至今仍然堕落在人间。“又”字表明这样一个沦谪的状态还在持续着。

锦瑟[1]

锦瑟无端五十弦[2]，一弦一柱思华年[3]。
庄生晓梦迷蝴蝶[4]，望帝春心托杜鹃[5]。
沧海月明珠有泪[6]，蓝田日暖玉生烟[7]。
此情可待成追忆[8]，只是当时已惘然[9]。

【注释】

〔1〕以诗的开头二字为题，等同无题。

〔2〕锦瑟：乐器名。《周礼乐器图》：“饰以宝玉者曰宝瑟，绘文如锦者曰锦瑟。”无端：平白无故的，没来由。李商隐还有诗用到“无端”二字，如《别智玄法师》“云鬓无端怨别离，十年移易住山期”、《属疾》“秋蝶无端丽，寒花只暂香”。他的咏蝉诗里说“一树碧无情”，虽没有用这“无端”二字，而实也有此二字。五十弦：锦瑟的弦有五十根。司马迁《史记·封禅书》：“太帝使素女鼓五十弦瑟，悲，帝禁不止，故破其瑟为二十五弦。”这里李商隐说瑟有五十弦，而不说二十五弦，是着意于一个“悲”字。前面的“无端”就是人听了如此悲伤的曲调后产生的“怨恨”情绪。

〔3〕一弦一柱：瑟的一弦一柱。这一句如同说有个人对着瑟一弦一柱地弹奏起来，诉说着平生的辛酸往事。有一弦就有一柱，有一字就有一泪、一血。一弦一柱下的曲调，就如同是后面“思华年”的过程展开的一个音乐背景。华年：美好的年华。

〔4〕庄生：庄周。晓梦：清晨时的梦。《庄子·齐物论》：“昔者庄周梦为胡蝶，栩栩然胡蝶也，自喻适志与！不知周也。俄然觉，则蘧蘧然周也。不知周之梦为胡蝶与，胡蝶之梦为周与？周与胡蝶，

则必有分矣。此之谓物化。”典故里说庄周做了个梦，没有说这个梦是晓梦。典故里说梦蝶之事，道理明白得很，庄子对这个事也“分”得很清楚，并没有被迷惑。这里用一个“晓”字、一个“迷”字，使所引用的典故发生了改变。晓梦，是对夜的总结。迷，是对梦、对往事的感受。

〔5〕望帝：古蜀国皇帝杜宇的帝号。据《华阳国志》等记载，杜宇在蜀地称王，号曰望帝。后禅位隐于山中。死后魂魄化为子规，叫声凄苦，据说一声接一声的，至口中出血也不休止。春心：由春和心二字合成，指如春物萌动的心、感春的心、怀春的心、伤春的心。李商隐另有诗句云“春心莫共花争发，一寸相思一寸灰”(《无题》)。这里的诗句是用春心来说明望帝的那个不死的执着，那个永远向往着的信念。春心是李商隐对这个典故的改造。阮籍《咏怀诗》第二十四：“心肠未相好，谁云亮我情。愿为云间鸟，千里一哀鸣。”虽未说是什么鸟，在托鸟以明心的意思上实与此句相通。

〔6〕沧海：大海。张华《博物志》卷二：“南海外有鲛人，水居如鱼，不废织绩，其眼能泣珠。”泣珠之说使珠兼具了泪的意象。珠有泪，非珠似泪，亦非泪即珠，是说泪乃珠在月光的作用下不得不然的表现：月光之下，看那珠泽晶莹，就仿佛泪光闪闪的，正如后面的一句说烟是玉在阳光的照耀下不得不然的表现一样。这句说，在海与月的充分地作用下，珠达到了圆满的状态，具有了泪的内涵。而那在沧海辽阔的背景下冉冉升起的明月，不就是一颗人间最大的泪珠吗？

〔7〕蓝田：蓝田山，盛产美玉的地方，在今陕西省蓝田县附近。这句说，远远望去，在日光的催照下，玉田之上蒸腾出了一层

烟状物。以上两句，形式上似袭自戴叔伦说的，“诗家之景，如蓝田日暖，良玉生烟，可望而不可置于眉睫之前也”，而其意蕴实与魏万《金陵酬李翰林谪仙子》“君抱碧海珠，我怀蓝田玉。各称希代宝，万里遥相烛”相通。

〔8〕此情：此时此刻的心情、感受，“此”是对以上表达出的迷惘之情的总结。可待：岂待。

〔9〕只是：就是。

【解说】

一

首句以锦瑟起兴，是取其悲。言“无端五十弦”，是因其太悲而怨弦柱之多。锦瑟本无情之物，因有妙手抚弄其上，故而能使人悲不自禁。下句亦当从演奏的角度思量，方见那一弦一柱、一泣一血的悲怨。“思华年”，是追忆的内容。三句用庄周的典，是说浮生如梦，自己也迷糊了。四句用蜀帝的典，说的是心苦的意思。他的诗还有“春心莫共花争发，一寸相思一寸灰”等句子。可知这个“春心”是不由不去“发”的。托之于杜鹃，更见其苦。五句用鲛人泣珠的典，言“珠有泪”，把珠放在泪的前面说，是说珠有了泪，珠把心思寄托于泪，泪就是珠的春心的外在表现，这和望帝把春心托于杜鹃是一样的。六句的蓝田之玉和烟的关系也当作如是解。七、八句说此时此刻如此迷惘的心情哪里要等到追忆的时候才有，在当时就很惘然了。

《锦瑟》和他的其他许多诗一样，贯穿着一个主题。这个主题就是“伤春”。“思华年”后面列举的四个典故都不能脱离了这个主题去理解。“庄生晓梦迷蝴蝶”，是在伤春的过程中对往昔产生的迷惘。伤春之人，都是异乡人，心中都有个“归去来兮”的主旋律。因此不如把这个主旋律贯穿到那“一弦一柱”之中去理解。伤春之人心苦如此，是想通了还这样的“并应伤皎洁，频近雪中来”(《蝶》)，是问了也白问的“何为薄冰雪，消瘦滞非乡”(《夜思》)。“望帝春心托杜鹃”，是在伤春的过程中对内在的自我，对那个伤春的本心的深刻把握（这个春心是一定要表现出来的，托于杜鹃也只是没有办法的办法）。“沧海月明珠有泪，蓝田日暖玉生烟”，是说明那个如杜鹃啼血的春心为什么要自苦如此。是本质的，是美的，就都要表现出来。而如果这个表现的道路被阻隔了呢？那么就只有“望帝春心托杜鹃”了。因此“沧海月明珠有泪，蓝田日暖玉生烟”两句实际上和“望帝春心托杜鹃”说的是同一个意思。

二

诗的第二句所谓“思华年”三字清楚地表明这是一首关于追溯的诗，是对过去的一种追忆与遐想。这是整首诗的纲，也是它的路线，它规定了下面内容的基本范围与方向。如果说这首诗有什么内在的逻辑，那么这个逻辑的起点便是在这里。显然，接下来的四句诗所呈现出来的四个图景都和“思华年”有关，都是在对华年的追忆中展开出来的，也就是说它们全都指向过去，指向过去的某个点。因此它们并不像文本中所呈现的那样是“不相联属”的，它们高度统一，共同承担了对过去进行追溯的责任与义务。当然它们中的每一个图景，实际上也都是指向过去的，也都具有追溯的功能。我们不妨从一个赏析的角度来具体地描述这四个图景：

庄生晓梦迷蝴蝶，
望帝春心托杜鹃。
沧海月明珠有泪，
蓝田日暖玉生烟。

作者告诉我们，真相停留在过去的某个点上。要想寻到它就必须进行一番追溯与探查。现在我们开始出发。我们的起点是某个不为人知的清晨——这是晓梦告诉我们的。我们必须追溯这一夜之中发生的故事。可是梦醒时分，故事已然消失。我们看到的只是一只渐飞渐远的蝴蝶，它的一张一合的翅膀关闭了最后一扇通向过去的门窗。或许它根本就没有飞走，它作为一个历史的标本，一个沟通现在和过去的存在体，停留在了那里。我们看着它，思索着，不禁感到迷糊，甚至迷恋。时间就这样过去了，也许到了正午，“白日当天三月半”，杜鹃鸟还在不知疲倦地啼叫着。它的口角流出了血。这是需要的，因为血和水和泪，以及所有流动的液体一样都具有追溯的功能。我们试着读一读这句“望帝春心托杜鹃”，感觉到“托”字的沉重。可是为什么我们不能把这句诗倒过来想呢？是的，我们应该沿着杜鹃从口中流出的血液追溯下去，直到我们发现望帝这个早已死去的躯壳里被按进了一颗跳动着的充满生命力的春心。但是这个春心是注定悲苦的，因为它是被按在了望帝的身体里。它的这个不幸的命运决定了它只有托情于杜鹃。但无论如何，这个春心的跳动使整个诗生动起来、明朗起来。我们也随之变得更加自信。我们依样画瓢，于是从泪追溯到了珠，并且一直追溯到珠子内心隐秘的疼痛，从烟追溯到被温暖的太阳晒得无处藏身的美玉，并且一直追溯到美玉深处不可言说的品质。现在我们业已明白，追溯是为了寻回遗失在过去的某个东西。追溯总是有目的的。只是我们在寻回我们所要寻回的东西时不要忘了返回。因为你要携带回你所寻到的东西：它将要照亮仍处在黑暗中的现实。

以上我们试图说明这四幅图景在追溯上是一致的。其基本的意思在于：一、这四幅图景都指向过去，都属于“思华年”的范围。这是它们的统一性。二、追溯是有目的的。这个目的都明白地写在诗句里，即是春心、珠和玉。三、这春心托于杜鹃、珠的有泪、玉的生烟本质上都是痛苦的、无奈的，都是一种消极的表现方式。“春心莫共花争发，一寸相思一寸灰”，春心因为无法像花朵那样自由地绽放出来，于是它只有痛苦地托之于杜鹃。同样，作为美好事物的珠和玉，它们的痛苦也不过如此。

曲池

日下繁香不自持〔1〕，月中流艳与谁期〔2〕？
迎忧急鼓疏钟断，分隔休灯灭烛时〔3〕。
张盖欲判江滟滟，回头更望柳丝丝〔4〕。
从来此地黄昏散，未信河梁是别离〔5〕。

【注释】

〔1〕日下：长安。古代以帝王比日，把帝王所在的地方叫日下。

〔2〕“月中”句：月华流艳，夜景迷人，此时此刻谁来与我相伴呢？

〔3〕“迎忧”二句：急鼓，闭城鼓。唐时长安城，日暮闭城门，击鼓以为令。两句意说那合着我忧愁节拍的急鼓声、疏钟声沉寂了，那分别后人散灯灭的寂静状态形成了，当此之时，还剩下什么呢？

〔4〕“张盖”二句：据《后汉书·方术列传》载，赵炳这个人会巫术，有一次在渡口求渡，那船夫按船不动，想由他干着急。结果他二话不说就“张盖坐其中，长啸呼风”，把船给发动起来了。判：分判，这里是辨识前路的意思。两句意说扬帆欲行，只见江水滟滟一片，放眼回望，更见柳丝依依不断。

〔5〕“从来”二句：河梁，本义为桥梁，后借指离别之地。李陵《与苏武诗》：“携手上河梁，游子暮何之。”这两句说曲池这地方黄昏之时，游人兴尽返归，此刻谁会相信这里竟会有伤心离别的事发生呢？

【解说】

这是伤别之作。曲池是世上最繁华热闹的所在（“日下繁香不自持”），可是我这个要在此独自离去之人在这里能得到什么呢？我得到的是在此繁香浓绿的衬托下加倍了的失落之感，尤其是在这将离欲离之际，展望江水滟滟不绝、回首垂柳丝丝不断之时，更令人觉得这一切几乎就是个讽刺。游客们在此流连忘返，日暮而别，没一个不是欢欢喜喜的，他们的分别只是意味着尽兴而归，只是意味着精力的再生，意味着明日的再聚……唯独我是个局外人。当别人享受着这聚会之乐时，而我却要独自承受这个快乐背后的离别之苦。

天涯

春日在天涯〔1〕，天涯日又斜〔2〕。
莺啼如有泪〔3〕，为湿最高花〔4〕。

【注释】

〔1〕春日：春日是世间最美好的事物。

〔2〕日又斜：这样的事物在天涯边也不免要落下。

〔3〕“莺啼”句：莺是这一切的感受者，啼是伤春，啼出的即是伤春的宣言。

〔4〕最高花：开在天涯上的花最高。

【解说】

一

春日、天涯，是天地间所给出的、我们所能有的最惊心动魄的距离。比它近的，太喧嚣；比它远的，又不真实。只有它拥有了宁静的大美，拥有对一切事物的伤感。

二

莺，春之心灵，它啼出的是春的哀歌。

三

具象和抽象的高度统一：前两句无一字不在指向一个“最”字，无一字不在指向一个“高”字。

四

春日，不就是这个必然要凋落的“最高花”吗？

五

这首诗应该和《乐游原》(夕阳无限好)一起看。

垂柳[1]

垂柳碧鬅茸[2]，楼昏带雨容[3]。
思量成夜梦，束久发春慵[4]。
梳洗凭张敞[5]，乘骑笑稚恭[6]。
碧虚从转笠[7]，红烛近高舂[8]。
怨目明秋水，愁眉淡远峰。
小阑花尽蝶，静院醉醒蛩。
旧作琴台凤[9]，今为药店龙[10]。
宝奁抛掷久，一任景阳钟[11]。

【注释】

〔1〕一说为唐彦谦诗。

〔2〕鬅茸：葱茏，茂盛。鬅：一作“鬇”，非。

〔3〕带雨容：一作“雨带容”。按，“带雨容”更切合句意，符合楼昏光线暗的特点。“雨带容”，不成句。

〔4〕束久：一作“来去”。按“束久”符合诗意，一个人独处楼中，寂寞度日，是束缚久了。发：一作“废”，非。

〔5〕“梳洗”句：张敞是西汉的一个大臣，他的妻子眉角处有点瑕疵，他就每天早上上班前帮她画眉毛，画得非常好看。后世因以“张敞画眉”作为夫妻恩爱的典型。

〔6〕稚恭：魏晋时期的庾翼。刘义庆《世说新语 · 雅量》："庾小征西尝出未还。妇母阮，是刘万安妻，与女上安陵城楼上。俄顷翼归，策良马，盛舆卫。阮语女：'闻庾郎能骑，我何由得见？'妇告翼，翼便为于道开卤簿盘马，始两转，坠马堕地，意色自若。"

〔7〕从：一作"随"。转：一作"辅"，非。碧虚：天。笠：古人以为天就像个圆形的盖子悬盖在大地上。冯浩注引三国吴虞昺《穹天论》："天形穹窿如笠，冒地之表。"

〔8〕高舂：日光西沉处。《淮南子 · 天文训》："（日）至于渊虞，是谓高舂；至于连石，是谓下舂。"高诱注："高舂，时加戌，民碓舂时也。"王僧孺《为韦雍州致仕表》："高舂之景一斜，不周之风忽至。"皎然《浮云三章》："浮云浮云，集于扶桑。扶桑茫茫，日暮之光……浮云浮云，集于咸池。咸池微微，日昃之时……浮云浮云，集于高舂。高舂蒙蒙，日夕之容。"

〔9〕"旧作"句：陈寿《益部耆旧传》，"相如宅在少城中笮桥下，又有琴台在焉。"司马相如《琴歌》："凤兮凤兮归故乡，遨游四海求其凰。"

〔10〕"今为"句：郭茂倩《乐府诗集 · 清商曲辞 · 读曲歌》，"自从别郎后，卧宿头不举。飞龙落药店，骨出只为汝。"

〔11〕景阳钟：见《深宫》注〔6〕。

【解说】

这一首不是咏物诗，而类似于无题诸作。首二句说在一个恼人的春天，天色昏暗欲雨，她独居楼中。三、四句说由于寂寞、思念，夜里老是做梦，整天昏昏沉沉的，就像被关在笼子里。五、六、七、八句是追忆过去美满幸福的生活。接下来的四句从"怨目明秋水"

到“静院醉醒蛩”说的是一个人的孤寂生活。十三、十四句是今昔对比，说自己以前和你在一起时是多么幸福，自与你分别后，我就日夜为你憔悴着。最后的两句说女为悦己者容，我如今哪里还去梳妆打扮，外面的一切我都不管了。

日射

日射纱窗风撼扉，香罗掩手春事违[1]。
回廊四合掩寂寞，碧鹦鹉对红蔷薇。

【注释】

〔1〕香罗：绫罗，如手帕、手巾类丝织品。掩：一作“拭”。

【解说】

此诗第二句中用“掩”字还是“拭”字，试从意思上作出说明。首句讲出一个不安定的由外至内的状态，强烈的阳光透窗射入，有力的风撼动门扉。那个闺中人注意到了吗？或许她早已注意到了，然而此时她却对一切显得无动于衷。或许她出神了，或许她习惯了，或许由于多年的孤寂，她麻木了……次句说她在这样一个“不安定”的环境下是如何保持静止的状态。如果用“拭”，这个动作就会不断地使我们失去平静，令我们不安地疑虑，她拭手，意欲何为呢？“掩”字却说明了这个人寂寞无聊的状态，并使得“春事违”这个陈述能够平稳地持续下去。三、四句是把镜头从室内伸向外景，在对整个外部环境作环顾式呈现后，聚焦于几个富有暗示性的特定事物上。

“香罗掩手”是他捕捉到的一个动作，一个静止的，能够说明内心状态的动作；一个闪光，一个持续的，能够照进幽心的闪光。

夜雨寄北〔1〕

君问归期未有期， 巴山夜雨涨秋池〔2〕。
何当共剪西窗烛〔3〕， 却话巴山夜雨时。

【注释】

〔1〕夜雨寄北：一作“夜雨寄内”。内：妻子。

〔2〕“君问”二句：相别之时，巴山夜雨，是日后动人的回忆。

〔3〕剪：剪蜡烛燃烧时结出的灯花，不然灯花影响照明。

【解说】

一

首句有问有答，问的答的都是平常话。次句“巴山夜雨涨秋池”，就将这说平常话的时间点牢牢固定了下来，它有望成为日后相聚时的共同话题。三句说的是一个温馨的期待。末句却一转，说到重逢上。说重逢之时，把一切都忘了，还剪什么烛啊，只是一个劲地回忆当年离别时的情景（“巴山夜雨时”）。不妨就这样假设：

记得在这样一个秋雨绵绵的夜晚，也不知过去了多久，残灯还在不知疲倦地摇曳，窗外的池水应该涨满了吧？你问我何时归，我却只能对以沉默。如今又是在这样的一个雨夜，我想起了你，想起了我们的约定：共剪西窗烛。可是，若是我们再次相逢的时候，也许……也许我们更可能的情景是在共同回忆那巴山夜雨的动人时刻吧！因为所谓的“共剪西窗烛”毕竟还是个虚的，而巴山夜雨之时却曾确确实实在我们中间存在过。

二

诗题“夜雨寄北”，一作“夜雨寄内”。作“寄内”，则表明诗是写给别离中的妻子的；作“寄北”，便只能泛泛知道诗所要投寄的人身在北方，至于其人则不能确知，一般倾向于是李商隐的某位朋友。

不管题目究竟采用上述哪一个，现有的选本绝大多数认为诗是寄给妻子的。其原因大概即在于诗中叙述的情景非常切合夫妻男女间的口吻。特别是“何当共剪西窗烛”一句，其中表达出的亲密关系似远非朋友关系可比。我们也似乎很难想象李商隐会跟一个男的在暧昧的灯光下一起剪着灯花。而将之理解为夫妻间的情事，则既和谐又感人，不会令人有任何不适。尽管有人考释西窗为待客之处，但仍不足以扭转诗意指向夫妻男女情事的趋势。

这么说，将此诗解为寄内之作最为有利，也最有说服力。而且，我认为，作者的创作意图本也如此。我们并没误会他。但我还是要作出如下提醒：我们符合原意的理解或许正好堕入了作者的“诡计”。也就是说，他就是要用此亲密情事来譬喻他与另外一人之间的特殊关系。

会不会这样呢？我们发现，李商隐惯于用男女间的情事来写自己的生活。他喜爱这么做，以至于在某些时候把他的生活弄得迷离恍惚，如隔一层雾纱。如《寄蜀客》：

君到临邛问酒垆，近来还有长卿无。
金徽却是无情物，不许文君忆故夫。

这样的诗，我们一般不会把李商隐与蜀客往男女夫妻关系上扯。显然李商隐是用夫妻关系作比。再如《海客》：

海客乘槎上紫氛，星娥罢织一相闻。
只应不惮牵牛妒，聊用支机石赠君。

这简直就是在讲有夫之妇的偷情了，显然别有所指。我们当然不会天真地以为李商隐是在自曝家丑，这里只是想说明一个事实：单纯从诗中表达出的男女情事来推断李商隐的现实生活可能是危险的，因为他的创作没那么直白，尽管我们乐于相信他为人很直率。

另外，这首诗也似乎没有那么复杂曲折。它不过是在向对方表达自己仍滞留在巴山的怅惘的心情而已。除前面的阐释之外，全诗似还可理解为：你问我何时归，我却总定不下来，在写信给你的时候，我仍滞留在巴山一带，此刻正是夜雨涨满秋池时候。想当初我们盼着哪天团圆就一起在西窗下共剪灯花，可如今我只能跟你说这夜雨淅沥的寂寞时光。

倘若诗人有意引导我们往男女情事上去理解，那我们自然乐于这么理解，只是不妨多个心眼。因为他极可能醉翁之意不在酒。如果是这样，那我们就可能把作者的比兴误以为是他的现实生活了。

三

刘皂有一首诗叫《旅次朔方》，说自己在并州的时候，日夜想念着故乡咸阳。可是十年之后，当自己又离开并州时，这个并州又成了日夜思念的对象了。刘皂的这首诗和李商隐的《夜雨寄北》在构思上颇为相似，只是一个是从空间上说，一个从时间上说。

附：

旅次朔方

刘皂

客舍并州已十霜，归心日夜忆咸阳。
无端更渡桑干水，却望并州是故乡。

悼伤后赴东蜀辟至散关遇雪[1]

剑外从军远[2]，无家与寄衣。
散关三尺雪，回梦旧鸳机[3]。

【注释】

〔1〕悼伤：悼亡妻王氏。李商隐妻王氏（王茂元小女）于大中五年（851）去世。王氏死后，李商隐应柳仲郢之聘去了四川梓州。《旧唐书·李商隐传》："柳仲郢镇东蜀，辟为节度判官。"散关：大散关，在陕西宝鸡市西南。

〔2〕剑外：剑阁外。剑阁：四川剑阁。

〔3〕鸳机：织机。因在散关遇到寒冷的雪天，这个“回梦旧鸳机”就显得自然而然。可谓日有所冻，夜有所梦。末二句把三尺雪和梦的意象合一起的写法在《梦令狐学士》中也有：“山驿荒凉白竹扉，残灯向晓梦清晖。右银台路雪三尺，凤诏裁成当直归。”

【解说】

此诗先说自己在寒冷中感到孤单，但已无家可想（这是清醒着的现实），再说自己在此冰天雪地的环境下，通过梦这个形式揭示内心深处的无法消除的遗憾。

纪昀评说此诗：“‘回梦旧鸳机’，犹作有家想也。”又说，“陈陶《陇西行》曰‘可怜无定河边骨，犹是春闺梦里人’，是此诗对面”。但一个是做梦人自知是虚假的梦，一个是做梦人不知是虚假的梦。前者醒后苦痛，后者读者心酸。

房中曲〔1〕

蔷薇泣幽素〔2〕，翠带花钱小〔3〕。
娇郎痴若云〔4〕，抱日西帘晓。
枕是龙宫石，割得秋波色〔5〕。
玉簟失柔肤〔6〕，但见蒙罗碧〔7〕。
忆得前年春，未语含悲辛〔8〕。
归来已不见，锦瑟长于人〔9〕。
今日涧底松〔10〕，明日山头檗〔11〕。
愁到天地翻，相看不相识〔12〕。

【注释】

〔1〕房中曲：据说是周代的一种乐曲。《仪礼·燕礼》："若与四方之宾燕……有《房中之乐》。"郑玄注："弦歌《周南》《召南》之诗，而不用钟磬之节也。谓之《房中》者，后、夫人之所讽诵，以事其君子。"班固《汉书·礼乐志》："又有《房中祠乐》，高祖唐山夫人所作也。周有《房中乐》，至秦名曰《寿人》。"从诗的内容看，写的是夫妻的阴阳两隔。从时间顺序看，是先生别，后死别，几年离索后归来，妻已仙逝（"归来已不见"）。这首诗就是归来后在悲痛心情下写的，因题目叫"房中曲"，所以诗中提到了枕头、玉簟、蒙罗、锦瑟等物。

〔2〕蔷薇：落叶灌木，蔓生，春末夏初开花，色有白、黄等几种。幽素：幽静素朴。姚宽《宿诸暨大雄寺》："解榻无凝尘，云房惬幽素。"王之道《追和鲁直蜡梅二首》："一种幽素姿，凌寒为谁展？"花朵上挂露珠或雨珠，就像在哭似的，所以用"泣"字。

〔3〕翠带：蔷薇细长柔弱的枝条。花钱：状蔷薇花。以上两句说回来后，所看的都"配合"自己的心情，只见蔷薇泣珠，翠条贯钱。

〔4〕娇郎：娇儿。小儿失去了母亲，变得痴痴呆呆的，所谓"寄人龙种瘦，失母凤雏痴"（李商隐《杨本胜说于长安见小男阿衮》）。

〔5〕"枕是"二句：谓宝石做的枕头，依然清澈如秋波。这是睹物思人。

〔6〕玉簟：席子。柔肤：代指亡妻。

〔7〕蒙罗：依旧铺在那里的被子。以上四句提到的枕席罗被这些物品，都是当年夫妻恩爱生活的见证。

〔8〕"忆得"二句：回忆当年分别时的情景。为什么再前的不去

回忆呢？因为此时定格在脑海中的正是当年离别的一幕。谁知这一别竟成永诀！

〔9〕“归来”二句：一生一死，阴阳两隔。“锦瑟长于人”，是说物是人非。这里特别地提出锦瑟，也许有它特殊的意义。有人据此以为李商隐妻善弹瑟。钱良择评《锦瑟》云：“此悼亡诗也。《房中曲》云：‘归来已不见，锦瑟长于人。’即以义山诗注义山诗，岂非明证？锦瑟当是亡者平日所御，故睹物思人，因而托物起兴也。集中悼亡诗甚多，所悼者疑即王茂元之女。”

〔10〕涧底松：生在涧底的松。左思《咏史》：“郁郁涧底松，离离山上苗。”

〔11〕檗（bò）：黄檗，一种落叶乔木，树皮可入药，味苦。郭茂倩《乐府诗集·清商曲辞·子夜歌》：“自从别欢后，叹音不绝响。黄檗向春生，苦心随日长。”李商隐《今月二日不自量度辄以诗一首四十韵干渎尊严伏蒙仁恩俯赐披览奖逾其实情溢于辞顾惟疏芜曷用酬戴辄复五言四十韵诗一章献上亦诗人咏叹不足之义也》：“自苦诚先檗，长飘不后蓬。”

〔12〕“愁到”二句：谓悲痛到天翻地覆，仿佛周围的一切全变了样，叫人不敢相信似的。

【解说】

首四句说自己回来时看到的情景，这些情景都配合他此时悲伤的情感。接下的四句说他回到从前欢居的地方，不禁睹物思人，悲从中来。再下来的四句回忆当年离别时的情景，感叹这一别竟成永诀！最后的四句悲叹自己命苦，被痛苦折磨得浑浑噩噩的。

银河吹笙

怅望银河吹玉笙[1]，楼寒院冷接平明[2]。
重衾幽梦他年断[3]，别树羁雌昨夜惊[4]。
月榭故香因雨发，风帘残烛隔霜清[5]。
不须浪作缑山意[6]，湘瑟秦箫自有情[7]。

【注释】

〔1〕“怅望”句：通宵怅望着银河吹着笙，心思可知。

〔2〕平明：天刚亮。这句等于补充说自己一夜未眠。

〔3〕重衾幽梦：当年温馨的时刻。

〔4〕别树：鸟在树上离别，所以这么说。羁雌：失去伴侣的雌鸟。

〔5〕“月榭”二句：月榭，台榭。故香，陈香。出句的“故香因雨发”是个拖泥带水的往事，对的“残烛隔霜清”是个不容含糊的现实。

〔6〕不须：不必。浪：随意，轻率。缑山：缑氏山，在今河南省洛阳市东南。见《碧城三首》之一注〔4〕。

〔7〕湘瑟：《楚辞·远游》有“使湘灵鼓瑟兮，令海若舞冯夷”。秦箫：见《蝶》（飞来绣户阴）注〔2〕。

【解说】

这是独居伤别之作。首句说自己怅望着银河吹出伤感的调子。次句说不知不觉地，在寒凄凄的气氛中天都快亮了。三句说自己吹着吹着就不禁想起了那伤心往事。四句说在这个如怨如诉的曲调的作用下，就连树上失伴的鸟儿也起了同感。五、六句说当此之时，台榭边零落的花朵也因为雨的翻打，再次发出微微的香气，风帘之内，残留的烛光隔着寒霜，令人感到格外清冷。末二句说，就不要再自作多情了，过去的都过去了，如此怅望终夜，有什么用呢？你且看看这普天下，人人都在忙着自己的花好月圆呢！以此反衬自己的落寞孤独。湘瑟秦箫，正与玉笙形成对照。说人家“自有情”，流露的是既无奈又感伤的情绪。

昨日

昨日紫姑神去也〔1〕，　今朝青鸟使来赊〔2〕。
未容言语还分散，　少得团圆足怨嗟〔3〕。
二八月轮蟾影破〔4〕，　十三弦柱雁行斜〔5〕。
平明钟后更何事？笑倚墙边梅树花。

【注释】

〔1〕紫姑神：仙女。见《圣女祠》（杳蔼逢仙迹）注〔3〕。

〔2〕赊：远。

〔3〕“未容”二句：谓稍聚即离，徒增烦恼。

〔4〕“二八”句：三五月圆，二八始缺。蟾影：月影。

〔5〕十三弦柱：古筝有十三弦柱。筝柱：又称雁柱，所以说雁行斜。

【解说】

这是一首感叹相聚欢少、转眼又分的伤别诗。首二句说昨天你走了，从此只有“消息期青雀”了。三、四句说刚见面都没来得及寒暄，稍微团圆了一下，真是徒增烦恼。五、六两句用“蟾影破”“雁行斜”表示离别给人带来的缺憾感受。末二句用“笑”字来总结这一切所带来的无奈之感。这个笑当然是苦笑。

辛未七夕

恐是仙家好别离，　故教迢递作佳期〔1〕。
由来碧落银河畔，　可要金风玉露时〔2〕。
清漏渐移相望久，　微云未接归来迟〔3〕。
岂能无意酬乌鹊，　惟与蜘蛛乞巧丝〔4〕。

【注释】

〔1〕“恐是”二句：大概是仙家们就好离别吧，所以才搞出这么远的距离来作所谓的佳期。

〔2〕“由来”二句：说从来只看到银河远远地挂在天边，哪有什么金风玉露的相会时刻。可要：哪要。金风玉露时：牛郎织女相会之时。

〔3〕“清漏”二句：写世上人七夕之时痴望银河的情景。

〔4〕“岂能”二句：谁不想祈祷着早点重逢（“酬乌鹊”），可是怎么可能呢（内心早已深深失望过了），还是把这七夕节当乞巧节来过吧。这两句是作退一步的自我宽慰，李商隐惯用此法，如《荆门西下》末二句“洞庭湖阔蛟龙恶，却羡杨朱泣路岐”、《任弘农尉献州刺史乞假还京》末二句“却羡卞和双刖足，一生无复没阶趋”等。乞巧：七夕节，也叫乞巧节。

【解说】

这仍是一首伤别之作，情绪格外低沉，而艺术手法却很巧妙。先看末二句“岂能无意酬乌鹊，惟与蜘蛛乞巧丝”，说我们心里怎么不想着能早日重逢，可是有什么办法呢，一次次的等待，一次次的灰心，如今已经不再寄托于什么金风玉露般的佳期了，每逢这个时候，我们只想着能乞讨到些“巧”气就好了。此诗以这个心态为中心，却从对仙人的猜问说起。先说仙人大概就好离别，所以才划出这么个距离来派生出所谓的“佳期”（不是乐佳期，而是好别离）。次说从来就只见辽阔银河的超长距离，哪里有什么金风玉露之时。五、六句不再猜问，而从猜问的人的角度去看，去失望。末二句就说不要看了，不如且向蜘蛛讨些巧气吧，这好歹还现实些，语气里透露出的是内心里深深的失望情绪。

七夕

鸾扇斜分凤幄开〔1〕，星桥横过鹊飞回〔2〕。
争将世上无期别〔3〕，换得年年一度来。

【注释】

〔1〕鸾扇、凤幄：牛女出场、相会时的排场、道具。

〔2〕星桥：鹊桥。

〔3〕争将：怎将。

【解说】

这也是伤别之作，而对牛女故过羡慕之语，以此与人间的“无期别”形成对比。前两句说牛郎织女在七夕之夜渡河相会（首句是排场，次句说明相会了），令人羡慕。后两句是看到这个相会的幸福后作退而求其次的感叹，说与其在这世上这样绝望地永远离别下去，还不如像牛郎织女这样隔河相望，毕竟每年还有一次相会的机会啊！

七夕偶题

宝婺摇珠佩〔1〕，　常娥照玉轮。
灵归天上匹〔2〕，　巧遗世间人。
花果香千户，　笙竽滥四邻。
明朝晒犊鼻〔3〕，　方信阮家贫〔4〕。

【注释】

〔1〕宝婺：婺女星。

〔2〕灵：织女。

〔3〕犊鼻：犊鼻裈，穷苦人穿的一种短裤。司马相如与卓文君私奔后去城都开了家酒肆，因经济拮据，卓文君亲自当垆卖酒，司马相如则“身自着犊鼻裈，与保庸杂作”。

〔4〕阮家贫：刘义庆《世说新语·任诞》，“阮仲容、步兵居道南，诸阮居道北。北阮皆富，南阮贫。七月七日，北阮盛晒衣，皆纱罗锦绮。仲容以竿挂大布犊鼻裈于中庭。人或怪之，答曰：‘未能免俗，聊复尔耳。’”

【解说】

这首诗将清贫和寂寞与普天同庆的热闹、繁华对照起来看，从而突出贫与富、热闹与孤独的对立。首二句说牛女相会时的盛大场面。三、四、五、六句说七夕之夜，良辰佳节，家家户户都处在节庆的热闹之中。末二句说此时谁还会想到那些穷苦人家的生活光景呢？

壬申七夕

已驾七香车〔1〕，心心待晓霞。
风轻惟响佩，日薄不嫣花〔2〕。
桂嫩传香远，榆高送影斜。
成都过卜肆〔3〕，曾妒识灵槎〔4〕。

【注释】

〔1〕七香车：宝车，据说是由七种香木做成的，唐人习用，常多指女子所乘车。陆畅《云安公主下降奉诏作催妆诗》："云安公主贵，出嫁五侯家。天母亲调粉，日兄怜赐花。催铺百子帐，待障七香车。"刘禹锡《和严给事闻唐昌观玉蕊花下有游仙二绝》："玉女来看玉蕊花，异香先引七香车。"王维《同比部杨员外十五夜游有怀静者季》："聊看侍中千宝骑，强识小妇七香车。"

〔2〕嫣：同"蔫"。

〔3〕卜肆：算卜卖卦的铺子。班固《汉书·王贡两龚鲍传》："(严)君平卜筮于成都市，以为卜筮者贱业，而可以惠众人。"

〔4〕灵槎：据张华《博物志》卷十、《太平御览》卷八引刘义庆

《集林》等载，旧说大海与天河相通。曾有个人乘槎到了天河，见一位妇人在浣纱，遂上前询问这是哪里？妇人回答："这就是天河。"并送给他一块石头。这人回去后拿着石头去问严君平。严君平说："这是织女的支机石。"

【解说】

这是诸"七夕"诗里心情最为轻快的一首，描述了一个幸福浪漫的约会时刻。前六句说的是七夕时的相会。首二句说他们停下了七香车，一起坐看牵牛织女星，这样的时刻是多么浪漫温馨！接下的四句描绘他们"心心待晓霞"时周围的情景。最后的两句说自己当年也曾羡慕过别人的相会（想不到如今自己也当了回幸福的牛郎），以此衬托自己现在的幸福时刻。

暮秋独游曲江

荷叶生时春恨生，荷叶枯时秋恨成。
深知身在情长在，怅望江头江水声〔1〕。

【注释】

〔1〕"怅望"句：怅望江头，怅听江声，望的同时听。

【解说】

首二句说自己看到曲江的景色，就不禁恨从中来（春恨、秋恨，总之还是一个恨。这个恨随着春秋代序的过程生长壮大了）。三句是在相会无门的前提下作的自我安慰，骨子里却是始终放不下的。三句是理智上“深知”这个“身在情长在”的道理，不可太过愁闷，四句则是表明自己在情感上仍过不去这个坎，仍要因离别而惆怅。

可叹

幸会东城宴未回〔1〕，年华忧共水相催〔2〕。
梁家宅里秦宫入〔3〕，赵后楼中赤凤来〔4〕。
冰簟且眠金镂枕〔5〕，琼筵不醉玉交杯〔6〕。
宓妃愁坐芝田馆〔7〕，用尽陈王八斗才〔8〕。

【注释】

〔1〕“幸会”句：赴宴未回，什么原因呢？没有交代。

〔2〕“年华”句：岁月如流，忧心共逝。

〔3〕秦宫：人名。范晔《后汉书·梁冀传》：“冀爱监奴秦宫，官至太仓令，得出入寿所（寿，梁冀妻）。寿见宫，辄屏御者，托以言事，因与私焉。”

〔4〕赤凤：人名。据《飞燕外传》载，赵飞燕淫乱后宫，私通一个叫赤凤的宫奴。

〔5〕冰簟：凉席。金镂枕：宓妃所遗曹植之枕。

〔6〕玉交杯：玉做的用来交饮的酒杯，大概相当于现代人说的情侣杯。玉交杯、金镂枕，用来暗示、反衬当前一个人的寂寞与孤独。

〔7〕芝田馆：化用自曹植《洛神赋》中的语句，“尔乃税驾乎蘅皋，秣驷乎芝田。”

〔8〕陈王：曹植。

【解说】

这是一首借艳情表达自己人生忧思的诗。李商隐有将艳情泛化的倾向，这在《前言》中已有说明，此诗也是一证。首句说赴宴未回，有身不由己的意味。次句接着从这个被动状态道出自己忧急如焚的心理（时光流逝，心事成空）。三、四句忽地引用了两个淫秽的典故，说明不顾廉耻的人往往能够得遂所愿。五、六句转到另一层意思上，说那些固守贞操的人往往孤榻独眠，借酒消愁。末二句进一步说有操守的人费尽心思，耗尽才华，也永无得偿所愿的时候。

夜思

银箭耿寒漏[1]，金釭凝夜光[2]。
彩鸾空自舞，别燕不相将[3]。
寄恨一尺素[4]，含情双玉珰[5]。
会前犹月在，去后始宵长[6]。
往事经春物，前期托报章[7]。
永令虚粲枕，长不掩兰房[8]。
觉动迎猜影，疑来浪认香[9]。
鹤应闻露警[10]，蜂亦为花忙。
古有阳台梦[11]，今多下蔡倡[12]。
何为薄冰雪，消瘦滞非乡[13]。

尾处往往有一股坚贞不屈之气，或者说有一种悲壮的英雄气，这使得他的伤感并不像通常理解的那么缠绵软弱。

念远

日月淹秦甸〔1〕，　江湖动越吟。
苍梧应露下〔2〕，　白阁自云深〔3〕。
皎皎非鸾扇，　翘翘失凤簪〔4〕。
床空鄂君被〔5〕，　杵冷女媭砧〔6〕。
北思惊沙雁，　南情属海禽〔7〕。
关山已摇落〔8〕，　天地共登临。

【注释】

〔1〕甸：许慎《说文解字》有“甸，天子五百里地”。段注：“甸，王田也。”秦甸：泛指秦地。

〔2〕苍梧：苍梧山，也叫九嶷山，在湖南省永州市宁远县南。

〔3〕白阁：白阁峰，为陕西中部终南山诸峰之一。以上四句为南北对举，从空间上见出念远之意。

〔4〕“皎皎”二句：喻男女的分隔离别。非：疑当作“悲”。

〔5〕鄂君：见《牡丹》注〔2〕。

〔6〕女媭：《楚辞·离骚》有“女媭之婵媛兮，申申其詈予”。王逸注：“女媭，屈原姊也。”又《水经注·江水》：“（秭归）县北一百六十里，有屈原故宅，累石为屋基，名其地曰乐平里。宅之东北六十里有女媭庙，捣衣石犹存。”女媭，以及上句的鄂君和典故的

原意并没有多大的关联，只是被拿来作为痴男怨女的代表。

〔7〕“北思”二句：总说南情北思，各有寄托。

〔8〕关山：本指关隘山岭，这里指游子们登高望乡的处所。郭茂倩《乐府诗集·横吹曲辞·木兰诗一》：“万里赴戎机，关山度若飞。”李珣《望远行》：“春日迟迟思寂寥，行客关山路遥。”刘淑柔《中秋夜泊武昌》：“无奈柔肠断，关山总是愁。”摇落：秋天到了，草木摇落。末二句的意思涵盖了世上所有天涯沦落人，与何逊《望新月示同羁》诗中末二句“望乡皆下泪，非我独伤情”很似。

【解说】

这是一首泛说离别的诗。开头的四句两句说北，两句说南，说无论哪里都有离人念远。七、八句是一句说男，一句说女，说无论是谁，只要是离人，就都在伤远与思念中备受煎熬。九、十句把前面的铺陈作个总结，说流落在外的人都以当地景物来寄托自己的哀思。流落北方的，托思于沙雁；而漂泊南方的，就寄情于海禽。末二句是说，现在是时候了，你看：草木摇落，秋风四起，正是登高怀远的季节，离人们此时正在辽阔的大地上纷纷登场！

李商隐的诗歌结构和布局总是很严整，极有层次，他的命意也很有宏观的视野，上面这首诗即为典型的例子。诗以念远为题，说的就是念远伤别的事，是世上一切离别的人的普遍的事。因此若从李商隐自身的经历去解说这首诗就很难对上路。如程梦星拿李商隐在长安与桂林的经历说事：“此自桂岭入朝之作。起‘日月淹秦甸’，乃谓久在长安；‘江湖动越吟’，则转思桂岭从事也。以下苍梧承越，白阁承秦……盖谓长安可畏，竟如飞鸿之虑弋人；桂岭无机，转若沙鸥之狎海客。”再如冯浩以为此诗是忆内之作：“首句即《甲集序》

中所谓‘十年京师寒且饿’也。次句谓动旅思。三、四一南一北。‘皎皎’两联，忆内也。结处明点南北，而言两地含愁，互相远忆，忽觉雄壮排宕，健笔固不可测。”

李商隐的很多诗歌有时往往并不牵涉他个人的什么经历，他只是普遍地说这个事（当然，这个普遍的事和他个人的经历也是分不开的），如《灯》《肠》《镜槛》等，如若我们以他的经历和遭遇去推解他的诗，往往不得要领。

宿晋昌亭闻惊禽〔1〕

羁绪鳏鳏夜景侵〔2〕，高窗不掩见惊禽〔3〕。
飞来曲渚烟方合〔4〕，过尽南塘树更深〔5〕。
胡马嘶和榆塞笛〔6〕，楚猿吟杂橘村砧〔7〕。
失群挂木知何限〔8〕，远隔天涯共此心〔9〕。

【注释】

〔1〕晋昌：唐朝长安城内的晋昌坊。晋昌坊地处长安城南，风景秀丽，坊内有著名的慈恩寺，东南有波光明媚的曲江。李健超《增订唐两京城坊考》“晋昌坊”条引《长安图》：“自京城启夏门北入东街第二坊曰进昌坊。进，亦作晋。”令狐绹的住宅即在晋昌坊内。诗题言宿于晋昌亭，考虑到他和令狐绹的关系，很有可能他就是宿在令狐绹的家里。

〔2〕羁绪：长期羁旅产生的愁绪。鳏鳏：眼睛睁着的状态。《释名》卷三“释亲属”：“愁悒不寐，目恒鳏鳏然也，故其字从鱼，鱼

目恒不闭者也。”李贺《题归梦》：“劳劳一寸心，灯花照鱼目。”夜景：夜影。景：通“影”。

〔3〕惊禽：惊飞之鸟，即前面侵入的夜影。

〔4〕曲渚：东南边曲江中的渚。渚：水中陆地。

〔5〕南塘：晋昌亭附近的南池。

〔6〕榆塞：泛指边塞。班固《汉书·窦田灌韩传》：“及后，蒙恬为秦侵胡，辟数千里，以河为竟（境），累石为城，树榆为塞。”

〔7〕橘村：橘洲，橘子洲，地名，在今湖南省湘江中。郦道元《水经注·湘水》：“湘水又北径南津城西，西对橘洲。”这句的橘村和上句的榆塞一南一北，是空间上的对举。

〔8〕失群：马失群。据传为苏武作品《诗四首》：“胡马失其群，思心常依依。”挂木：猿挂木。“失群挂木”是合起来说前面的两句。

〔9〕“远隔”句：失去家园，漂泊异乡的，都是“断肠人在天涯”，都有着同一个心思。

【解说】

这首仍是伤别之作。首句先用“羁绪”说明自己内心的状态，用“鳏鳏”表示在羁绪的作用下睡不了，睁着眼的样子，用“侵”字说明自己无意看什么景色。此时，正被内心的羁绪所侵扰，再被夜影所侵，真是“内外交攻”。那么被“侵入”了什么呢？次句说“高窗不掩见惊禽”，通过窗户看到了被惊飞起来的夜禽。体会前面的“侵”字，则这里“高窗不掩”的状况，在这个鳏鳏的人眼里，似乎也成了负担和威胁。三、四句说受了惊吓的夜禽茫无目的地乱飞。三句说飞到曲渚时，烟就合拢了，有敛翅的同时烟合身隐的意象。五、六句是在“夜景”侵入，场面已无法“控制”的状态下结合自己的处境作出的主动联想，这里把胡马、楚猿和人的状态（笛声、村砧）联系起来了，也就正好照应了前面那个鳏鳏之人对惊禽的过分关注。末二句总结说凡是沦落天涯的都是伤心人。此诗结尾处再次表明作者在自我反省的同时总能关注到普天下与自己命运相似者，这是他的心胸和格局。

宫辞

君恩如水向东流〔1〕，得宠忧移失宠愁〔2〕。
莫向尊前奏花落〔3〕，凉风只在殿西头〔4〕。

【注释】

〔1〕“君恩”句：君恩如水，一去不返。

〔2〕“得宠”句：得和失都叫人忧愁不已。《道德经·第十三章》：“宠为下，得之若惊，失之若惊，是谓宠辱若惊。”

〔3〕花落：《梅花落》，古曲名。“花落”意象，合失宠。郭茂倩《乐府诗集·横吹曲辞·梅花落》：“《梅花落》，本笛中曲也。”

〔4〕凉风：西风，秋风。班婕妤《怨歌行》（一首咏扇诗）：“常恐秋节至，凉飚夺炎热。弃捐箧笥中，恩情中道绝。”又，江淹《班婕妤咏扇》：“窃愁凉风至，吹我玉阶树。君子恩未毕，零落在中路。”上引两首，是从凉风与扇子的关系上说寓意，这里作了一点对象上的转换，把扇子改成了更“配合”凉风的“花落”，而命意不变。只在：就在。

【解说】

首句说君恩就好比是一刻不停向东流的水，次句说这种状况导致了她们特有的心态：得到的担心失去，失去的就只能眼巴巴看着水一样的君恩越流越远。三、四句在确定了上面基本的结论后，说当这东流水经过你这儿的时候，别太高兴，一阵阵凉风很快就会吹过来，到时也是免不得叹一声“落花流水春去也”。前面说水向东流，指出了方向，末一句就故意讲风在殿西头，来和它对照。

此诗说明君恩这东西是靠不住的，它建立在美色的基础上。所以李商隐在《槿花》诗中告诫那些想要永保君恩者什么才是最根本的：“未央宫里三千女，但保红颜莫保恩。”宫里的三千女是这样，希求君恩的那些文人们也是这个命运。

西溪〔1〕

怅望西溪水，　潺湲奈尔何〔2〕？
不惊春物少，　只觉夕阳多〔3〕。
色染妖韶柳，　光含窈窕萝〔4〕。
人间从到海，　天上莫为河〔5〕。
凤女弹瑶瑟，　龙孙撼玉珂〔6〕。
京华他夜梦，　好好寄云波〔7〕。

【注释】

〔1〕西溪：梓州西溪，今四川省三台县城西的九曲河。《谢河东公和诗启》：“某前因假日，出次西溪，既惜斜阳，聊裁短什。盖以徘

徊胜境，顾慕佳辰，为芳草以怨王孙，借美人以喻君子。”

〔2〕“怅望”二句：谓自己在无可奈何的境况下只好“荒忽兮远望，观流水兮潺湲”（屈原《九歌·湘夫人》）。

〔3〕“不惊”二句：交代时间，说明感受。夕阳多：夕照明媚。夕阳是最后的明媚，令人珍惜怜爱。《乐游原》“夕阳无限好”是积极地从质上说夕阳，“只觉夕阳多”是消极地从量上说夕阳。

〔4〕窈窕萝：化自屈原《山鬼》，“若有人兮山之阿，被薜荔兮带女萝。既含睇兮又宜笑，子慕予兮善窈窕。”

〔5〕“人间”二句：溪水既东流入海，就不要再汇入天河了，因为这样会使那隔在天河两岸的有情人增加相望的痛苦。旧说海与天河相通。

〔6〕凤女、龙孙：泛指怨男恨女。

〔7〕京华：京师，首都。梦和云的关系源于宋玉《高唐赋》中的巫山云雨一说（神女托梦楚王，朝为行云，暮为行雨）。

【解说】

这仍是一首伤别之作，伤别中流露出无限的失望、失意之情。李商隐《春雨》里一起句就是“怅卧新春白袷衣，白门寥落意多违”，这里也用“怅”字开头，而整个意思差不多也不出前者的“意多违”三字。三、四句说自己当下的感受：我不惊于春天的消逝，春物的减少，只觉得夕阳太多了（照得我一时适应不过来）。“只觉夕阳多”，不仅是视觉上的感受，更是心理上的反应。五、六句说夕照之下，景物迷人。七、八句说溪水东流至海，可不要汇入天河去。九、十句说分隔两地的人儿各自思念对方。末二句托之于梦，用“云波”来表达内心的无可奈何的想望。

李商隐常常在诗中用梦、云、青鸟等可传递信息的事物来缓解苦闷，寄托愿望，表达信念。

促漏

促漏遥钟动静闻[1]，　报章重叠杳难分[2]。
舞鸾镜匣收残黛，　睡鸭香炉换夕熏[3]。
归去定知还向月，　梦来何处更为云[4]。
南塘渐暖蒲堪结[5]，　两两鸳鸯护水纹[6]。

【注释】

〔1〕促漏：急促的漏声。

〔2〕报章：纺织。《诗经·小雅·大东》："虽则七襄，不成报章。""报章重叠杳难分"，指远处传来隐约的纺织声。以上两句说近处漏声短促有力，远处钟声传响，与隐隐约约的织布声混成一片。

〔3〕舞鸾镜匣：刻画有舞鸾形状的镜匣。黛：画眉毛用的青黑色颜料。舞鸾镜匣、睡鸭香炉皆隐喻人的孤单落寞。

〔4〕"梦来"句：梦和云的关系屡见。

〔5〕蒲：蒲草，叶子可以编席子，做扇子。

〔6〕鸳鸯：《柳枝五首》之五有"画屏绣步障，物物自成双。如何湖上望，只是见鸳鸯"。

【解说】

这还是伤别之作。首二句说夜深人静了，漏声、钟声还有远处隐约传来的织布声，声声入耳。接下来的两句说"收残黛"，说"换夕熏”，和前面一样都是为了说明分别后的寂寞时光。五、六句说从此我们只有分隔两地，彼此苦苦思念了。末二句说又到了一年里的好时光（“南塘渐暖蒲堪结”），看鸳鸯在水中两两相依，真是令人羡慕，以此反衬离人的孤单落寞。

东南

东南一望日中乌〔1〕， 欲逐羲和去得无〔2〕？
且向秦楼棠树下〔3〕， 每朝先觅照罗敷〔4〕。

【注释】

〔1〕日中乌：太阳。传说太阳中有三足乌。郭茂倩《乐府诗集·相和歌辞·陌上桑》：“日出东南隅，照我秦氏楼。秦氏有好女，自名为罗敷。”

〔2〕羲和：御日的神。

〔3〕秦楼：《陌上桑》中的秦氏楼。

〔4〕“每朝”句：《红楼梦》第一回“甄士隐梦幻识通灵，贾雨村风尘怀闺秀”中贾雨村在中秋佳节的晚上思念起甄士隐家的丫鬟，对月吟诗，诗中末二句“蟾光如有意，先照玉人楼”意思与此相似。

【解说】

这是一首艳情诗，表达出思念、伤别、渴望重逢等复杂的情绪，从罗敷（“罗敷自有夫”）的典故看，似还隐隐有绝望之情在内。首句说对着思念的那个人儿的方向眺望，只看到一轮火辣辣的太阳。我想追着太阳过去，可能吗？不能。那就让这轮太阳每天浮出地平线的时候，先为我把那心上人儿照亮吧！

前面说过，李商隐有将艳情泛化的倾向，因此他诗里的艳情内容往往成为他的人生经验和思想情感的一个寄托或譬喻。

离思

气尽前溪舞〔1〕，心酸子夜歌〔2〕。
峡云寻不得〔3〕，沟水欲如何〔4〕？
朔雁传书绝〔5〕，湘篁染泪多〔6〕。
无由见颜色〔7〕，还自托微波〔8〕。

【注释】

〔1〕前溪舞：舞曲名。郭茂倩《乐府诗集·清商曲辞·前溪歌》录《前溪歌》七首。这七首歌辞各自成篇，但有一个共同的主题，它们抒写的都是男女间的离情别怨。如第一首："忧思出门倚，逢郎前溪度。莫作流水心，引新都舍故。"

〔2〕子夜歌：见《蝶》(飞来绣户阴)注〔5〕。

〔3〕峡云：用宋玉《高唐赋》中巫山朝云的典故，屡见。

〔4〕沟水：喻离别。卓文君《白头吟》："今日斗酒会，明旦沟水头。躞蹀御沟上，沟水东西流。"

〔5〕朔雁：北雁。

〔6〕湘篁：湘妃竹，屡见。

〔7〕"无由"句：杜甫《梦李白》有"落月满屋梁，犹疑照颜色"。

〔8〕"还自"句：曹植《洛神赋》有"无良媒以接欢兮，托微波

而通辞”。

【解说】

这还是一首伤别之作。首二句说离别的苦。三、四句表达出了强烈的无助感，失落感。在这样的无望的离别中该怎么办呢？五、六句用“绝”字，用“湘篁”的典故，说明相会是绝对无望的。所以第七句肯定地说“无由见颜色”。最后一句托以希望，其实这样的希望是最无奈的。

全篇充满了绝望的情绪，诗中处处否定相会的可能，最后一切现实的手段都“无由见颜色”，而只能托神话般的微波来通情达意。

春日

欲入卢家白玉堂，　新春催破舞衣裳〔1〕。
蝶衔红蕊蜂衔粉，　共助青楼一日忙。

【注释】

〔1〕催破：催促安排意。张相《诗词曲语辞汇释》卷三：“破，犹云安排也。李商隐《春日》诗：‘欲入卢家白玉堂，新春催破舞衣裳。’言促其从速安排舞衣也。”

【解说】

这是一首讽刺小人得意的诗。首句先用一“欲”字点出内心的欲望，次句再用“催”来说明这欲望的强度。末二句是再次把这内部的欲望投射到现实中，让它显示出戏剧性的效果，讽刺的效果。

赠歌妓二首

一

水精如意玉连环〔1〕，　下蔡城危莫破颜〔2〕。

红绽樱桃含白雪〔3〕，　断肠声里唱阳关〔4〕。

【注释】

〔1〕“水精”句：比拟歌妓的可人。

〔2〕“下蔡”句：形容歌妓的美。下蔡：地名。宋玉《登徒子好色赋》：“嫣然一笑，惑阳城、迷下蔡。”城危：谓下蔡城在她美色的迷惑下都快支撑不住了，之所以没有倒下来，那是因为她还没有嫣然一笑（“莫破颜”）。

〔3〕红绽樱桃：喻唇。白雪：歌名，屡见，这里取字面上的好处，和前面的红绽樱桃形成色彩上的配对效果。

〔4〕阳关：《阳关三叠》，又名《渭城曲》，古歌曲名。曲词即王维的“渭城朝雨浥轻尘，客舍青青柳色新。劝君更尽一杯酒，西出阳关无故人”。把歌词反复咏唱，就叫“阳关三叠”。

【解说】

这是逢场作戏之作。首句说她是个善解人意，会讨乖卖巧的可人。次句说整个城市都要为她的美色倾倒了，要是她再对着大家笑一下，还不知道要出什么事呢！三、四句说她那性感的小嘴唱起离别的歌来，最是惹人怜爱了。

二

白日相思可奈何，严城清夜断经过〔1〕。
只知解道春来瘦，不道春来独自多〔2〕。

【注释】

〔1〕严城清夜：古代的城市实行夜禁。比如唐朝长安城在各大街道设立街鼓，用来晨昏报时和夜禁。以上两句说白天受着相思之苦，夜里又出不去，无法去见你。

〔2〕独自多：独处的时间多。

【解说】

大白天的，不方便去找你，唉，有什么办法？晚上城门紧闭，更是过不去啊！你只顾着抱怨我这个春天又瘦了，可你怎么也不想想，我在这恼人的季节里，为了你独守空房，饱受着相思的煎熬，能不瘦吗？

饮席代官妓赠两从事〔1〕

新人桥上着春衫〔2〕，旧主江边侧帽檐〔3〕。
愿得化为红绶带〔4〕，许教双凤一时衔〔5〕。

【注释】

〔1〕两从事：对李商隐来说，是两从事。对官妓来说，是一新一旧。

〔2〕新人：官妓的新相识。

〔3〕旧主：官妓的旧相识。

〔4〕绶带：衣带。

〔5〕许教：好让。双凤：比拟两从事。

【解说】

开头二句说得活泼、干脆，有点喜剧感。“着春衫”“侧帽檐”，都要从那官妓的眼里去看。三、四句说她在认识了他们之后，迅速而准确地说出了内心的愿望。与其说这是自己的心愿，不如说这是当时环境造成的必然结果。这个卖乖式的恰到好处的心愿符合当时的情景和喝到兴头上的男人们放纵的兴趣。无疑，它一定极其有效地助长了饮席上的气氛。

诗的开头，假设有人指点给她看，那个站在桥上意态闲雅的穿着什么什么衣服的是某某，那个停在江边风度翩翩的侧着帽檐的是某某。完成这番指认后的工作后，并且跟她说，这两个人，可都是你的主子了。于是，这个乖巧的官妓就想出了个两全其美的主意来（“愿得化为红绶带，许教双凤一时衔”）。整个诗的喜剧性的效果，从这前后两部分的对比中得出来。前两句说得那么游戏、富于暗示，后两句就把这个游戏进行到底，把这个暗示以最好的结果表现出来。

代赠二首（选一）

楼上黄昏欲望休，　玉梯横绝月如钩〔1〕。

芭蕉不展丁香结，　同向春风各自愁〔2〕。

【注释】

〔1〕玉梯：玉栏杆。“玉梯横绝”，有“我等到花儿也谢了”的

意味。

〔2〕“芭蕉”二句：芭蕉不展，丁香不开，同在春风这个环境中怀着自己的愁思，有彼此不能谐合的意思。《柳枝五首》之一：“花房与蜜脾，蜂雄蛱蝶雌。同时不同类，那复更相思。”

【解说】

首二句表现的是一个默默等待、痴痴守望的形象。那么这个守望者的心里到底在想着什么呢，是什么原因使她（他）“无言独上西楼”，直到“月如钩”呢？三、四句说他们就像芭蕉与丁香一样，面对浩荡的春风，怀着无法谐合的愁闷！

失题二首〔1〕

一

长眉画了绣帘开〔2〕， 碧玉行收白玉台〔3〕。
为问翠钗钗上凤， 不知香颈为谁回。

二

寿阳公主嫁时妆〔4〕， 八字宫眉捧额黄〔5〕。
见我佯羞频照影， 不知身属冶游郎〔6〕。

【注释】

〔1〕这两首原和一首写蝶的诗合在一起，叫《蝶三首》，冯浩根据戊签本把此二首的题目定为“无题二首”，这里改为“失题二首”。

从这个现象看，当初编李商隐诗集者可能会为李诗添加题目，联想到那些无题诗，或如《锦瑟》《碧城三首》等诗，是否也是编者加上的呢？

〔2〕长眉：细长的眉毛，古代女子的一种画眉样式。

〔3〕碧玉：诗中女子。梁元帝《采莲赋》："碧玉小家女，来嫁汝南王。"白玉台：梳妆台。

〔4〕寿阳公主：宋武帝女。据说她有一次睡觉，梅花落在她额上。醒来后，就留下了梅花印，再擦不掉了。

〔5〕八字宫眉：一种宫廷中流行的画眉样式，顾名思义，大概就是把眉毛画成长长的八字形。八字眉在唐代很流行，如白居易《时世妆》云："时世妆，时世妆，出自城中传四方。时世流行无远近，腮不施朱面无粉。乌膏注唇唇似泥，双眉画作八字低。"额黄：古代妇女在眉心鼻梁间涂抹的一种黄黄的化妆品。

〔6〕冶游郎：浪子。李商隐对这样的冶游郎有生动的描述，参见《留赠畏之》之二："待得郎来月已低，寒暄不道醉如泥。五更又欲向何处，骑马出门乌夜啼。"

【解说】

这是以艳情为戏之作。此二首都以"不知"作结，但真正"不知"的是那诗中对未来充满向往和期待的女子。前一首的"不知"有个"我"在疑问。"我"作为一个通观全局的人看她在那里化妆打扮，一副对未来很认真的样子，可是她根本不知道将来的归宿。后一首进一步说未来的命运其实早就注定了，只有她还蒙在鼓里，还在对未来充满了憧憬。而"我"却怀着完全不同的心情看着她的天真、无辜与向往。

饮席戏赠同舍〔1〕

洞中屐响省分携〔2〕，不是花迷客自迷〔3〕。
珠树重行怜翡翠〔4〕，玉楼双舞羡鹍鸡〔5〕。
兰回旧蕊缘屏绿〔6〕，椒缀新香和壁泥〔7〕。
唱尽阳关无限叠〔8〕，半杯松叶冻颇黎〔9〕。

【注释】

〔1〕这是酒席上写给同僚的游戏之作。

〔2〕洞：洞房，幽深的内室。屐：木屐，指鞋。省：知道。分携：分手，离别。这句说听到里面鞋声响起，知道他们终于要出来分手了。

〔3〕“不是”句：出处不详，犹言色不迷人人自迷。李商隐另有诗句“秦客被花迷”(《和孙朴韦蟾孔雀咏》)，所说的意思和这句相通，大概是出自同一个典故。

〔4〕“珠树”句：珠树之上，翡翠双栖，叫人触景自怜。珠树：三珠树，古代传说中的仙树。《山海经·海外南经》：“三珠树在厌火北，生赤水上，其为树如柏，叶皆为珠。”翡翠：鸟名。重行：双行。

〔5〕“玉楼”句：玉楼之旁，鹍鸡双舞，叫人羡慕。玉楼：传说中的仙楼。《海内十洲记·昆仑》：“其一角有积金，为天墉城，面方千里，城上安金台五所，玉楼十二所。”鹍鸡：鸟名。

〔6〕“兰回”句：屏风上有兰花图，现又重新修饰过了。

〔7〕“椒缀”句：墙壁也粉刷一新。古人用椒涂墙壁，取温暖意。

〔8〕阳关：见《赠歌妓二首》之一注〔4〕。

〔9〕松叶：松叶酒。颇黎：一种矿石，代指酒杯。

【解说】

首句说（终于）听到鞋声响起，出来了，可见他们还是知道要分手的。次句说他的这个同舍，真是当局者迷啊。三、四句说俩人难舍难分，看到成双成对的就忍不住要羡慕一下。五、六句说俩人的小窝的布置，温馨得很，言下之意，他们哪里肯离开啊！末二句说阳关唱别，曲子唱了无数遍了（到底有完没完啊），还没有分成，连杯子里的酒都凝冻住了。离别酒故意拖着不喝，好像这道程序不做，分手这个主题就可以赖掉似的。

戏赠张书记〔1〕

别馆君孤枕，　空庭我闭关〔2〕。
池光不受月，　野气欲沉山〔3〕。
星汉秋方会，　关河梦几还〔4〕。
危弦伤远道，　明镜惜红颜〔5〕。
古木含风久，　平芜尽日闲〔6〕。
心知两愁绝，　不断若寻环〔7〕。

【注释】

〔1〕张书记：张审礼，李商隐的同事、连襟。书记：官职，主要从事文书工作。

〔2〕闭关：闭门。

〔3〕“池光”二句：杜甫《陪李北海宴历下亭》中有“修竹不受暑”句，说的是竹林自成气候，产生的清凉之气抵挡了暑气。“不

受”有抵挡的意思。池面有反光的特点，说它不受月，就是指它像镜子一样抵挡（反射）了月光。两句意谓池光饱和（开始排斥月光），野气越来越盛（快要把山给压沉下去了）。

〔4〕“星汉”二句：天上的牵牛织女正在鹊桥上相会，而我们只能“还寝梦佳期”。

〔5〕“危弦”二句：从此一个靠弹琴诉怨，一个靠照镜自怜！危弦：急切的曲调。

〔6〕“古木”二句：说的仍是离别后独处的状态。平芜：原野。

〔7〕寻环：循环。秦嘉《赠妇诗三首》：“忧来如循（寻）环，匪席不可卷。”以上两句说心里明明知道这样分处两地，你来我往不断循环似的忧愁着，也没个用，可是就放不下，有什么办法呢？

【解说】

这是一首嘲讽朋友独居难耐的诗。首二句说你孤枕难眠，我孤单寂寞（彼此彼此）。三句说池光饱和，寂寞难耐（你我的处境差不多）。四句说野气郁结，都快要把山笼罩住了（离家日久，自然野气潜聚）。五六句说你看天上的仙人们正在相会，我们却还只能怅望。七句从空间的距离说别离的哀怨，八句从时间的流逝说心情的急迫。九、十句继续说离别的状态。末二句最能显出“戏”的意味：我知道你们两个都“忙”得很，虽分隔两地，可心里的那个愁闷啊，却像个连环似的往来不断。

寄恼韩同年二首时韩住萧洞〔1〕

一

帘外辛夷定已开〔2〕， 开时莫放艳阳回。
年华若到经风雨， 便是胡僧话劫灰〔3〕。

【注释】

〔1〕韩同年：韩瞻，李商隐的连襟。韩、李同年登进士第，故称同年。恼：戏恼，开玩笑。

〔2〕辛夷：木兰花。元稹《辛夷花》："韩员外家好辛夷，开时乞取三两枝。折枝为赠君莫惜，纵君不折风亦吹。"

〔3〕劫灰：佛教认为整个世界过一段时间就要毁坏一次，毁坏后剩下的就叫作劫灰。慧皎《高僧传》卷一："昔汉武帝穿昆明池底得黑灰，问东方朔。朔曰：'不知，可问西域胡人。'后法兰既至，众人追以问之。兰云：'世界终尽，劫火洞烧，此灰是也。'""胡僧"是个恼人的字眼。

【解说】

第一句说帘外的辛夷一定已经开了，而你居然还有心情住在洞里。第二句说既然开了，你就不要把美好的光阴错过。艳阳之下，花朵娇美，这是多么美好的事情。此时，谁不知道享受啊，可你呢？三、四句说你要是不好好加以珍惜的话，等这一切都被风吹雨打去，就由着你这个不懂风情的人（"胡僧"）去面对劫灰忏悔吧！

二

龙山晴雪凤楼霞，洞里迷人有几家？
我为伤春心自醉，不劳君劝石榴花〔1〕。

【注释】

〔1〕石榴花：酒。白居易在《花下对酒》诗中伤春嗟老，末二句“何必花下杯，更待他人劝”也表达的是相似的意思。

【解说】

前两句说你看看龙山凤楼，那里一片迷人景象（“龙”“凤”字眼仍是故意恼他的话头，因他住在洞里，所以故意把他的心思往洞外边引），真不明白，你那洞里有什么好的。三、四句故意把伤春状态兜在自己身上，故意刺激那个洞中人，说我因为迷恋春光都已经醉了，哪里还要人来劝酒啊！

韩同年新居饯韩西迎家室戏赠

籍籍征西万户侯〔1〕，新缘贵婿起朱楼。
一名我漫居先甲〔2〕，千骑君翻在上头〔3〕。
云路招邀回彩凤，天河迢递笑牵牛。
南朝禁脔无人近〔4〕，瘦尽琼枝咏四愁〔5〕。

【注释】

〔1〕籍籍：籍甚，形容名声大。征西万户侯：王茂元，韩瞻的丈人。

〔2〕“一名”句：当年进士考试，我的名次还排在你前面呢！漫：徒然。

〔3〕“千骑”句：乐府诗《陌上桑》有“东方千余骑，夫婿居上头”。

〔4〕“南朝”句：据《晋书·谢混传》载，晋孝武帝要为晋陵公主选婿，心里有了盘算。一天他对王珣讲：“公主的女婿能有刘真长或王子敬的档次也就差不多了。”王珣答道：“有一个叫谢混的，虽然可能比不上刘真长，但肯定比王子敬强多了。”孝武帝听这么一说，当即就表态：“那就这个人好了。”可是，没多久，孝武帝就死了。一个叫袁山松的人觑见机会来了，就四处活动，造舆论，想把女儿嫁给谢混。这时，那个与孝武帝谈论公主婚事的王珣出面了，他半开玩笑半警告地对袁山松说：“谢混是众所周知的禁脔，你还是不要碰了为好。”

〔5〕琼枝：屈原《离骚》有“折琼枝以为羞兮，精琼靡以为粻”。这里的琼枝即是从可食用上来说的。前面的“瘦”字从“禁脔无人近”处得出。四愁：张衡有《四愁诗》，诗以“我所思兮在太山”起头，以“何为怀忧心烦惋”作结。

【解说】

李商隐爱说笑，这个特点和人们对他的多愁、伤感印象颇有差异。这首诗里提到的韩同年，他似乎尤其喜欢寻他的开心。他俩是同年，还是连襟，关系自然没那么拘束。首二句说快来看啊，赫赫有名的万户侯老丈人，最近为东床快婿新盖了栋别墅。三句说，想当年我们一起考试，我的名次还排你前头呢。四句说，没想到你如今居然反超到我前面去了。五句说，快去吧，赶路要紧，你老婆叫你呢！六句说，瞧你这乐颠颠的，一副气死牛郎的样子。末二句说你是个“名草有主”的禁脔啊，别人怎么能吃得到呢（当然只能活活地瘦下去了）？

赠子直花下[1]

池光忽隐墙[2]，　花气乱侵房[3]。
屏缘蝶留粉[4]，　窗油蜂印黄[5]。
官书推小吏，　侍史从清郎[6]。
并马更吟去，　寻思有底忙[7]？

【注释】

〔1〕子直：令狐绹，字子直，李商隐青年时期的好友。

〔2〕“池光”句：池光耀眼，映射在墙上，把墙体都隐去了。

〔3〕“花气”句：花气袭人，侵入房中。

〔4〕屏缘：屏风的边缘。

〔5〕窗油：一说指窗子的边沿，恐非，疑指油纸作窗。程垓《凤栖梧·南窗偶题》“薄薄窗油清似镜”，以“薄薄”形容窗油，可知非指窗户边沿。“清似镜”，则说明其具有很好的透明度。又陆游《午睡初起》“睡起展书摩病眼，油窗喜对夕阳明”，所谓“油窗”，亦有油光明亮义。

〔6〕尚书郎：也叫清郎，因职位清望，清闲而得名。

〔7〕底：何。

【解说】

首二句说波光荡漾，花气袭人，在这种春光饱满流溢的状态下谁能把持得住呢？“忽隐墙”与“乱侵房”都是人在这种状态下的感受（体会“隐”字和“侵”字的意味）。三、四句说这种饱满流溢状态已经持续了一段时间了，你看屏风边，窗沿上，蝶飞蜂舞，留下了多少“风流韵事”。以上四句渲染春光的美好，不过这个美好中透露着欲望的气息。后四句承接前面的渲染，说他在这种环境中办公，心情、心态真是可知了。他把公事推给了下属，带上随从，一起骑着马，哼着小调，一路清闲地去了。

前四句说他在这春光流溢下状态饱和了（这也是闲出来的）。后四句是他对这种饱和状态的排解（真是闲入非非）。“并马更吟去”，说明他在受到这样的感染后，带着蜂蝶的心思出去了。“寻思有底忙”，是故意不把他的那点鬼心思说破。欲望的饱和与心思的无主形成鲜明的对照。

访人不遇留别馆

卿卿不惜锁窗春[1]，　去作长楸走马身[2]。
闲倚绣帘吹柳絮，　日高深院断无人。

【注释】

〔1〕卿卿：夫妻、情侣间的昵称，这里是模仿那人的妻子称呼丈夫。据刘义庆《世说新语·惑溺》记载，王戎的妻子经常人前人后卿啊卿的叫他。有一次，王戎实在不高兴了，就很正色地对她讲：“你以后不要再这样叫我，没这个道理的。”谁知他妻子反应很快，马上答道：“亲卿爱卿，是以卿卿，我不卿卿，谁当卿卿。”这王戎

听了，觉得蛮有道理的，也就由着她叫了。

〔2〕“去作”句：语出曹植《名都篇》“斗鸡东郊道，走马长楸间”。曹植在这首诗中描述了一个浪子的形象。

【解说】

李商隐开玩笑的本事是一流的，这在前面的几首中，我们已经有所了解。我觉得他在生活中也一定是个幽默、智慧、谈笑风生的人物。你看这首诗，首句模拟那人的家室说话，说你啊，一点也不怜惜我的感受，去外面五湖四海地飘荡着，害我独守春闺。在这柳絮轻飞，日高院深的季节，我独自闲倚绣帘，感受着生命饱满状态下无人在场时的氛围。这个场正是被“我”感受到的生命饱满的状态，需要流溢的状态，正因为无人，才使得这个状态边界分明，为自我所意识。

这首诗也可谓是李商隐泛化艳情的一证。

与同年李定言曲水闲话戏作〔1〕

海燕参差沟水流〔2〕，同君身世属离忧〔3〕。
相携花下非秦赘〔4〕，对泣春天类楚囚〔5〕。
碧草暗侵穿苑路，珠帘不卷枕江楼。
莫惊五胜埋香骨〔6〕，地下伤春亦白头。

【注释】

〔1〕据诗题，李定言与李商隐是同年考中进士。许浑有《李定

言自殿院衔命归阙拜员外郎迁右史因寄》及《送李定言南游》等诗。姚合有《寄右史李定言》诗。

〔2〕“海燕”句：郭茂倩《乐府诗集·杂曲歌辞·双带子》有“私言切语谁人会，海燕双飞绕画梁”。又沈佺期《古意》：“卢家少妇郁金堂，海燕双栖玳瑁梁。”这里的“海燕参差”犹言劳燕分飞。“沟水流”语出卓文君《白头吟》：“今日斗酒会，明旦沟水头。躞蹀御沟上，沟水东西流。”

〔3〕离忧：遭遇忧愁。屈原《楚辞》：“进不入以离尤兮，退将复修吾初服。”

〔4〕秦赘：班固《汉书·贾谊传》载，“故秦人家富子壮则出分，家贫子壮则出赘”。杜甫《解闷》有“倚着如秦赘，过逢类楚狂”二句。上引两处“秦赘”皆指境遇不好之人。又汤显祖《牡丹亭·第五十出　闹宴》：“因贪弄玉为秦赘，且戴儒冠学楚囚。”从句意上看，“非”字或为“悲”之讹。“秦赘”大致指寄人篱下。

〔5〕楚囚：《春秋左传·成公九年》载，“晋侯观于军府，见钟仪，问之曰：‘南冠而絷者，谁也？’有司对曰：‘郑人所献楚囚也。’”又刘义庆《世说新语·言语》：“过江诸人，每至美日，辄相邀新亭，藉卉饮宴。周侯中坐而叹曰：‘风景不殊，正自有山河之异！’皆相视流涕。唯王丞相愀然变色曰：‘当共戮力王室，克复神州，何至作楚囚相对邪？’”

〔6〕五胜：旧指金、木、水、火、土五行的相生相克，这里用来指埋葬香骨之处，如西施葬于水，杨贵妃葬于土。

【解说】

题目说这首诗是和一个叫李定言的同事在曲水聊天后的一时戏

作。首句说你们就要如海燕分飞，沟水分流了。次句补充说，你别难过，我也和你一样的，你的滋味，我懂（看他说这话时，正忍不住扮鬼脸，偷笑呢）。三、四句承第二句的“同君身世属离忧”说你我的身世就如同秦赘和楚囚一样啊！五、六句说，从此之后，我们就要在两地思念的寂寞中度过了（眼睁睁地看着碧草覆盖了经常约会的小道，从此心灰意冷地坐在楼里，窗帘也懒得拉开）。末二句继续在离忧上下功夫，说我们就不要惊叹历史上的那些生离死别了，就是在地下他们也会因伤春而愁白头啊（故意说死者们也会因伤春愁白头，更何况活着的人）！

水天闲话旧事〔1〕

月姊曾逢下彩蟾〔2〕，　倾城消息隔重帘。
已闻佩响知腰细，　更辨弦声觉指纤。
暮雨自归山悄悄，　秋河不动夜厌厌〔3〕。
王昌且在墙东住〔4〕，　未必金堂得免嫌〔5〕。

【注释】

〔1〕原作《楚宫二首》之二，据韦縠《才调集》改。水天：不详，或为地名。

〔2〕月姊：嫦娥。彩蟾：月亮。

〔3〕厌厌：寂静貌。

〔4〕王昌：人名，事迹无考。元稹《筝》：“莫愁私地爱王昌，夜夜筝声怨隔墙。”

〔5〕金堂：郁金堂。萧衍《河中之水歌》用“卢家兰室桂为梁，中有郁金苏合香”描绘卢妇莫愁的居室。后因以“郁金堂”指称女子居所。

【解说】

首二句说她闪亮登场，那倾城消息远远地就听到了，说得像个花边新闻似的。三、四句通过听觉来感受她的美妙。五、六句说她离开时的寂寞、暗淡、冷清，与来时的热闹作了对比。末二句说她在这里制造了这么大的新闻效应（风流韵事），被人茶余饭后说三道四又有什么好奇怪的呢?

嫦娥

云母屏风烛影深， 长河渐落晓星沉〔1〕。
嫦娥应悔偷灵药〔2〕， 碧海青天夜夜心。

【注释】

〔1〕长河：银河。

〔2〕灵药：仙药。据《淮南子·览冥训》载，羿从西王母那里求得不死之药。他的妻子嫦娥把它偷吃了，结果成了仙，奔到月亮中去了。

【解说】

这是一首独居伤离之作，心情极度寂寞、灰冷。前两句说寂寞的人深夜不眠，直到“长河渐落晓星沉”。后两句说这个寂寞的人在深深的寂寞中看着天上的月亮，体会到了嫦娥孤寂的内心和处境。

这个孤独的月不就是运转于碧海青天的心吗？不就是寂寞着的嫦娥的心吗？

自己在深深的寂寞中饱含了痛苦、悔恨的情绪，而后才能设身处地、同病相怜地去为嫦娥设想。这个写法和《霜月》的后两句是一样的，都是从对方设想，从而突出自己的孤独、冷清与无奈。

这世上可以有仙药、灵药，却没有后悔药可吃，从此只好“碧海青天夜夜心”了。

哀筝

延颈全同鹤〔1〕，柔肠素怯猿〔2〕。
湘波无限泪〔3〕，蜀魄有余冤〔4〕。
轻幰长无道〔5〕，哀筝不出门〔6〕。
何由问香炷〔7〕，翠幕自黄昏〔8〕。

【注释】

〔1〕“延颈”句：状眺望之态。

〔2〕“柔肠”句：表示愁怨的程度。据刘义庆《世说新语·黜免》载，桓温有一次入蜀，经长江三峡时，他的手下有人把逮到的一只小猿猴带到了船上。结果猿妈妈沿着江岸哀号奔走，跟了足有一百多里路，还不肯离去。最后，这个猿妈妈瞅着机会，跃上了船。可是它一到了船上，就扑地死了。有人好奇地把它的腹部剖开来看，发现它的肠子因为悲痛过度，已经断成一寸一寸的了。

〔3〕“湘波”句：湘妃啼竹，挥泪成斑。这里把湘波都当成湘妃

的泪，以说明痛苦之深。

〔4〕蜀魄：魂化为杜鹃的望帝。

〔5〕幰：车上的帷幔，代指车。长无道：无路可通达。

〔6〕不出门：是出不了门。

〔7〕“何由”句：这里的问是故意的问，无奈的问，是带着怨恨情绪的问。他的《圣女祠》里也有这样的问，叫作“玉郎会此通仙籍，忆向天阶问紫芝”。还有《槿花二首》中对残照的问：“回头问残照，残照更空虚。”香炷代表的是个寂寞的过程，具有余烟袅袅的特点，以它作为诗歌的结局意象，令整首诗余味不尽。参见《碧城三首》“鄂君怅望舟中夜，绣被焚香独自眠”、何楫《班婕妤怨》“独卧销香炷，长啼费锦巾”等诗句。

〔8〕“翠幕”句：帘、帷、幕的意象常被李商隐用来表示独居时的寂寞状态。如“散时帘隔露，卧后幕生波”（《镜槛》）、“帘垂幕半卷，枕冷被仍香”（《夜意》）、“当风横去幰，临水卷空帷”（《向晚》）、“舞蝶殷勤收落蕊，佳人惆怅卧遥帷”（《回中牡丹为雨所败二首》）、“重帷深下莫愁堂，卧后清宵细细长”（《无题二首》）、“前阁雨帘愁不卷，后堂芳树阴阴见”（《燕台四首·夏》）、“更无人处帘垂地，欲拂尘时簟竟床”（《王十二兄与畏之员外相访见招小饮时予以悼亡日近不去因寄》）、“七夕来时先有期，洞房帘箔至今垂”（《碧城三首》）等。

【解说】

这首诗也和他的其他许多伤别之作一样，运用的是两两对举的写法。“延颈”与“柔肠”、“湘波”与“蜀魄”、“轻幰”与“哀筝”，都是从分隔的双方对举着说的。最后的两句用一个总的说法完结。其实，就是这最后的两句也仍然可以从分隔的双方来看。一个是无

“由问香灶”，一个是“翠幕自黄昏”。

有人理解诗的首二句，说“延颈”暗示了筝的形状，说“柔肠”暗示了筝的弦。然而，这首诗虽然题目叫哀筝，内容却和具体的筝没有多少关系。因此，倒不必如此按图索骥。

摇落〔1〕

摇落伤年日， 羁留念远心〔2〕。
水亭吟断续， 月幌梦飞沉〔3〕。
古木含风久〔4〕， 疏萤怯露深。
人闲始遥夜〔5〕， 地迥更清砧。
结爱曾伤晚， 端忧复至今〔6〕。
未谙沧海路〔7〕， 何处玉山岑〔8〕。
滩激黄牛暮〔9〕， 云屯白帝阴〔10〕。
遥知沾洒意〔11〕， 不减欲分襟。

【注释】

〔1〕摇落：草木零落凋谢。宋玉《九辩》：“悲哉秋之为气也，萧瑟兮草木摇落而变衰。”

〔2〕念远心：伤远之心。

〔3〕月幌：映着月光的帘帷。

〔4〕“古木”句：这句在《戏赠张书记》一诗中也有。

〔5〕闲：别离后没有着落的心理状态，不是一般的空闲。

〔6〕端忧：忧愁。端：心绪。

〔7〕沧海：泛指大海。《海内十洲记·沧海岛》："沧海岛在北海中，地方三千里，去岸二十一万里。海四面绕岛，各广五千里，水皆苍色，仙人谓之沧海也。"

〔8〕玉山：泛指高山。《山海经·西山经》："又西三百五十里，曰玉山，是西王母所居也。"郭璞注："此山多玉石，因以名云。"

〔9〕黄牛：黄牛滩是长江里著名的险滩，在今湖北省宜昌市西。此滩江流湍急，乱石纵横，特别难走。郦道元《水经注·江水》卷三十四："江水又东，径黄牛山，下有滩，名曰'黄牛滩'。南岸重岭叠起，最外高崖间有石，色如人负刀牵牛，人黑牛黄，成就分明。既人迹所绝，莫得究焉。此岩既高，加以江湍纡回，虽途径信宿，犹望见此物。故行者谣曰：'朝发黄牛，暮宿黄牛。三朝三暮，黄牛如故。'言水路纡深，回望如一矣。"

〔10〕白帝：古白帝城，故址在今重庆奉节东瞿塘峡口。李群玉《云安》："滩恶黄牛吼，城孤白帝秋。"李白《荆州歌》："白帝城边足风波，瞿塘五月谁敢过。""白帝阴""黄牛暮"，以及上二句中的"玉山岑""沧海路"，都是泛指路途之艰难，目标之难达。

〔11〕沾洒：当初依依惜别时所流的眼泪。

【解说】

这也是一首伤春伤别的作品，具有高度的概括性。前十句诉说的是念远的具体感受与情形，具体说明在这样一个草木摇落的感伤季节，在水亭边，在"床前明月光"的夜晚（"月幌梦飞沉"），一个人是怎样思念远方，怎样感受离别的滋味的。接下的四句表示相会的无望。末二句用"遥知"沟通两地，从对方那里着想，说这种两地隔绝的痛苦一点也不比当初分别的时候少啊！

离席

出宿金尊掩[1]， 从公玉帐新[2]。
依依向余照， 远远隔芳尘。
细草翻惊雁， 残花伴醉人。
杨朱不用劝， 只是更沾巾[3]。

【注释】

〔1〕出宿：旅居在外。《诗经·邶风·泉水》：“出宿于泲，饮饯于祢。女子有行，远父母兄弟。”金尊：酒杯。

〔2〕玉帐：军帐。

〔3〕“杨朱”二句：杨朱临歧而泣，这里说此时自己比那杨朱还更伤心。

【解说】

这仍是伤别之作，据题目，是参加宴会后离席有感而作。李商隐曾随幕主去过广西桂州、四川梓州等边远地区，一生颠沛流离，尝尽了离别的痛苦。首二句说自己又一次“从公”做幕僚去了。三、四句说一路上的依依不舍情。五、六句说离席后看到的伤感景象，用“惊”“醉”表示他的痛苦的心情。末二句用“杨朱”“沾巾”把这个离人伤感的情绪尽情宣泄出来。

拟意[1]

怅望逢张女[2]，迟回送阿侯[3]。
空看小垂手[4]，忍问大刀头[5]？
妙选茱萸帐[6]，平居翡翠楼[7]。
云屏不取暖[8]，月扇未障羞[9]。
上掌真何有[10]，倾城岂自由。
楚妃交荐枕[11]，汉后共藏阄[12]。
夫向羊车觅[13]，男从凤穴求[14]。
书成祓禊帖[15]，唱杀畔牢愁[16]。
夜杵鸣江练[17]，春刀解若榴[18]。
象床穿幰网[19]，犀帖钉窗油[20]。
仁寿遗明镜[21]，陈仓拂彩球[22]。
真防舞如意[23]，佯盖卧箜篌[24]。
濯锦桃花水[25]，湔裙杜若洲[26]。
鱼儿悬宝剑[27]，燕子合金瓯[28]。
银箭催摇落[29]，华筵惨去留[30]。
几时销薄怒[31]？从此抱离忧。
帆落啼猿峡，樽开画鹢舟[32]。
急弦肠对断[33]，翦蜡泪争流[34]。
璧马谁能带[35]，金虫不复收[36]。
银河扑醉眼，珠串咽歌喉[37]。

去梦随川后[38]，来风贮石邮[39]。
兰丛衔露重，榆荚点星稠。
解佩无遗迹[40]，凌波有旧游[41]。
曾来十九首[42]，私谶咏牵牛[43]。

【注释】

〔1〕拟意：拟的是女子的别意。由诗可知。

〔2〕张女：《张女弹》，古曲名，这里用作人名，与下面的阿侯一起泛指分隔的女方。萧统《文选》中收潘岳《笙赋》："辍《张女》之哀弹，流《广陵》之名散。"李善注引闵洪《琴赋》曰："汝南《鹿鸣》，《张女》群弹，然盖古曲，未详所起。"张铣注："《张女》，弹曲名也，其声哀，言且辍之。"吴均《行路难》："掩抑摧藏张女弹，殷勤促柱楚明光。"

〔3〕迟回：徘徊。阿侯：见《无题》(近知名阿侯)注〔1〕。

〔4〕小垂手：见《牡丹》注〔3〕。

〔5〕大刀头：班固《汉书·李陵传》载，汉武帝时，李陵兵败投降了匈奴。后来，汉昭帝即位，派遣李陵的故人当使者去访问匈奴，暗地里的任务是招归李陵。匈奴单于摆酒赐宴款待汉使者。席上，汉使者没法和李陵独自交谈，只好用眼睛盯着李陵看，希望引起他的注意，并且多次抚摩他刀头上的环。"环""还"同音，汉使者是暗示他可以还汉归国。此后，人们就把大刀头当作"还"的隐语。徐陵《玉台新咏·古绝句》："藁砧今何在？山上复有山。何当大刀头？破镜飞上天。"吴兢《乐府古题要解·藁砧今何在》："'何当大刀头'，刀头有环，问夫何时当还也。'"

〔6〕茱萸帐：一种锦制作的帐子。陆翙《邺中记》："织锦署在中尚方。锦有大登高、小登高、大明光、小明光、大博山、小博山、大茱萸、小茱萸……工巧百数，不可尽名也。"吴均《赠柳真阳》诗："朝衣茱萸锦，夜覆葡萄卮。"张正见《艳歌》："并卷茱萸帐，争移翡翠床。"

〔7〕平居：闲居，安居。

〔8〕屏：一作"衣"，误。这里的"云屏"和下句的"月扇"都是接着上二句的"茱萸帐""翡翠楼"说的。它们在意思上贯通。古代的家居，床上有帐及屏风。唐·刘长卿《昭阳曲》："芙蓉帐小云屏暗，杨柳风多水殿凉。"楼的意象常和月并在一起。月扇、团扇，又常和团圆有关系。李商隐集中有很多这样的诗句。

〔9〕"月扇"句：谓以扇掩面，状独居时的情景。

〔10〕"上掌"句：据说汉成帝的皇后赵飞燕身子娇轻得能托在掌上舞蹈。《白氏六帖》："飞燕体轻，能为掌上舞。"

〔11〕"楚妃"句：《乐府诗集》中有古曲《楚妃叹》。梁简文帝用此题写闺怨："闺闲漏永永，漏长宵寂寂。草萤飞夜户，丝虫绕秋屋。薄笑未为欣，微叹还成戚。金簪鬓下垂，玉箸衣前滴。"张籍把此题和宋玉所谓的巫山神女事结合起来写："湘云初起江沉沉，君王遥在云梦林。江南雨多旌旗暗，台下朝朝春水深。"他还以"楚妃怨"为题刻画了一个孤寂幽怨的女子形象："梧桐叶下黄金井，横架辘轳牵素绠。美人初起天未明，手拂银瓶秋水冷。"这里所说的楚妃，既有乐府诗集里的楚妃形象，同时又整合了宋玉《高唐赋》中那个向楚王自荐枕席的巫山神女的形象。此外，李商隐诗中还有一个与楚妃类似的形象：宓妃（参见《无题四首》"宓妃留枕魏王才"

等句）。荐枕：荐枕席，即侍寝的意思。

〔12〕藏阄：藏阄是一种游戏，简单地说，就是把东西藏起来，让别人猜。《无题二首》“隔座送钩春酒暖，分曹射覆蜡灯红”两句中的“送钩”“射覆”与这里的藏阄的游戏原理差不多。

〔13〕羊车：《晋书·后妃列传》载，晋武帝平定吴国之后，把吴主孙皓的宫人们纳为己有，孙皓的宫人本来就多，再加上他自己原有的，后宫的规模一下子达到将近万人。当时一同受宠的人很多，搞得武帝莫知所适，只好乘着羊车，由羊来为自己做主。羊停哪家，他就在哪家喝酒睡觉。结果宫人们一个个都抢着把竹叶子插在门上，把盐水洒在自家的门口上，只望能吸引住那羊。

〔14〕凤穴：凤凰的栖居处，这里指所求男子的集中地。《飞燕外传》载，赵飞燕淫乱后宫，私通一个叫赤凤的宫奴。前面说“汉后共藏阄”，这里就提到了“凤”，用意显然。（参见《可叹》“梁家宅里秦宫入，赵后楼中赤凤来”二句）

〔15〕祓禊帖：王羲之的《兰亭贴》，也叫《禊帖》。祓禊是古代的一种祭礼，通常是在春秋两季到水边举行活动。晋穆帝永和九年（353）三月三日，王羲之等人在会稽山下的兰亭聚会，除灾祈福。在这次聚会上，王羲之写下了流传千古的书法作品《兰亭集序》。

〔16〕畔牢愁：辞赋名，汉扬雄作品，已佚。《汉书·扬雄传》：“往往摭《离骚》文而反之……又旁《惜诵》以下至《怀沙》一卷，名曰《畔牢愁》。”注：“畔，离也；牢，聊也。与君相离，愁而无聊也。”

〔17〕杵：捣衣棒。江练：江水。谢朓《晚登三山还望京邑》：“余霞散成绮，澄江静如练。”

〔18〕若榴：石榴。若：一作“石”。

〔19〕象床：象牙床。《战国策・齐策》：“孟尝君出行国，至楚，献象床。”鲍彪注：“象齿为床。”幰：本指车幔，这里指床幔。

〔20〕犀帖：犀牛角制作成的帷幔。《广韵》：“帖，床前帷也。”《释名》：“床前帷曰帖。言帖帖而垂也。”窗油：见《赠子直花下》注〔5〕。

〔21〕“仁寿”句：《初学记・镜》载，“陆机《与弟云书》(现在看到的陆机的作品中没有这封信，已佚)：‘仁寿殿前，有大方铜镜，高五尺余，广三尺二寸，暗着庭中，向之便写人形体。’”

〔22〕陈仓：地名，今属陕西宝鸡市。所引典故未详。

〔23〕如意：梵语“阿那律”的意译，古代的爪杖（用来抓痒的）。据《拾遗记》卷八载，孙和很喜欢邓夫人，常让她坐在自己的大腿上。有一次，孙和在月光下舞水精如意，一时失手，误伤了邓夫人的脸颊，顿时血就流了出来，连裤子都沾染了。

〔24〕“佯盖”句：联系上下文，“盖”当作“羞”，疑为羞之形讹。箜篌：乐器名，有竖卧两种。此句或有出处，不详。

〔25〕“濯锦”句：漂洗织锦，把织锦放水里漂洗，是为了更好地染色。萧统《文选》中收左思《蜀都赋》：“贝锦斐成，濯色江波。”李善注引谯周《益州志》云：“成都织锦既成，濯于江水，其文分明，胜于初成，他水濯之，不如江水也。”桃花水：即春汛。一般春汛发生在三月，三月正是桃花盛开的时候。班固《汉书・沟洫志》：“来春桃华水盛，必羡溢，有填淤反壤之害。”颜师古注：“《月令》：‘仲春之月，始雨水，桃始华。’盖桃方华时，既有雨水，川谷冰泮，众流猥集，波澜盛长，故谓之桃花水耳。”又萧统《文选》中收《三月三日曲水诗序》：“《韩诗》曰：‘三月桃花水之时，郑国之俗，三

月上巳，于溱、洧两水之上，执兰招魂，袚除不祥也。’”

〔26〕湔裙：湔裙大概和濯锦一样，也是一种仪式，就是到水边洗濯衣裙以袚除不祥。杜若洲：泛指水边。屈原《九歌·湘君》：“采芳洲兮杜若，将以遗兮下女。”

〔27〕“鱼儿”句：出处未详。大概“鱼儿”指的是用来装饰“宝剑”的饰物。

〔28〕“燕子”句：出处不详。金瓯：酒杯。“燕子”，大概是用来装饰“金瓯”的饰物。

〔29〕银箭：漏箭，古代计时的工具。

〔30〕华筵：盛宴。

〔31〕薄怒：宋玉《神女赋》有“頩薄怒以自持兮，曾不可乎犯干”。

〔32〕画鹢舟：船上刻画有鹢形的船，泛指船。鹢：一种水鸟。

〔33〕“急弦”句：肠和弦在形象上有相似性。李商隐《晓坐》：“泪续浅深绠，肠危高下弦。”

〔34〕“翦蜡”句：蜡与泪与剪的动作之间的关系，李商隐诗中多见，如“蜡炬成灰泪始干”“石家蜡烛何曾剪”“何当共剪西窗烛”等。

〔35〕璧马：据徐逢源引《渚宫故事》的说法，是指妇女戴在臂上的饰物。

〔36〕金虫：古代妇女的一种首饰，是用黄金做成虫子的形状。

〔37〕珠串：指成串的泪珠。

〔38〕川后：水神名。萧统《文选》中曹植《洛神赋》：“于是屏翳收风，川后静波。”吕向注：“川后，河伯也。”

〔39〕“来风”句：据伊世珍《琅嬛记》引《江湖纪闻》载，古代

有个姓尤的商人娶了个姓石的女子，夫妇俩感情甚笃。后来，丈夫出门远行不归，妻子在家思念成疾，临死叹曰："吾恨不能阻其行，以至于此。今凡有商旅远行，吾当作大风为天下妇人阻之。"后世因称逆风、顶头风为"石尤风"。"石邮"即指石尤风。宋孝武帝《丁督护歌》："愿作石尤风，四面断行旅。"

〔40〕解佩：据刘向《列仙传》载，郑交甫经常到汉江边上玩，一次见到两位丽服华装的神女，身上还佩着两颗鸡蛋大的明珠。郑交甫很喜欢那明珠，就向神女求取佩珠，神女于是解下来给了他。

〔41〕"凌波"句：曹植在《洛神赋》中形容神女的到来有"凌波微步，罗袜生尘"。

〔42〕曾来：从来。赵嘏《送同年郑祥先辈归汉南》："声名本是文章得，藩阃曾劳笔砚随。"白居易《病后寒食》："抛掷风光负寒食，曾来未省似今年。"十九首：《古诗十九首》。

〔43〕谶：迷信所谓要应验的预兆、预言。

【解说】

前四句是总括性的话，说明拟的对象是女的，拟的内容是别意。五句到十句，说她孤居时的寂寞情状，因为心有所属，所以才有"上掌真何有，倾城岂自由"的反问与自怜。"楚妃交荐枕"以下四句，连续引用很有刺激性的淫秽典故从反面来衬托她的坚贞与操守。从"书成祓禊帖"到"燕子合金瓯"共十四句两两对举，描写的是相会与离别两种情形（相会时是多么幸福，而离别是多么令人伤感）。从"银箭催摇落"以下直至倒数第三句"凌波有旧游"，描摹的是别后的情景。最后两句照应开头，说她当年读《古诗十九首》，最爱读的就是牵牛织女的故事，真是一读成谶啊！

又效江南曲〔1〕

郎船安两桨，侬舸动双桡〔2〕。
扫黛开宫额〔3〕，裁裙约楚腰〔4〕。
乖期方积思〔5〕，临酒欲拌娇〔6〕。
莫以采菱唱〔7〕，欲羡秦台箫〔8〕。

【注释】

〔1〕江南曲：古曲名。郭茂倩《乐府诗集·相和歌辞》收有《江南曲》，并引《乐府解题》曰："江南古辞，盖美芳晨丽景，嬉游得时。若梁简文'桂楫晚应旋'，唯歌游戏也。"又说："按梁武帝作《江南弄》以代西曲，有《采莲》《采菱》，盖出于此。"

〔2〕侬：我。舸：小舟。桡：船桨。

〔3〕扫黛：画眉毛。黛：画眉用的颜料。唐代女子效仿宫廷中的妆扮（画眉、点额是最主要的两个手段），把"双眉画作八字低"（白居易《时世妆》），是即所谓八字宫眉。再在额前点上一种黄色物，是为额黄。《失题二首》之二有"八字宫眉捧额黄"，与这句意思略同。

〔4〕约楚腰：约束细腰（显出身材）。

〔5〕乖期：离别的日子。

〔6〕拌娇：撒娇。

〔7〕采菱唱：民间女子唱的采菱曲。

〔8〕秦台箫：见《蝶》（飞来绣户阴）注〔2〕。如果前面的"采菱唱"代表的是平民，这里的"秦台箫"则代表着贵族。两者是相互对立着的世界。

【解说】

这是一首歌颂贫民朴素爱情的诗。首二句说两人青梅竹马，心意相合。三、四句说她的身材与模样很好。五、六句描写了两个典型的情景：离别与相会。末二句以男的口吻说，既然你我两情相悦，就不必去羡慕他人的荣华富贵。

代越公房妓嘲徐公主

笑啼俱不敢，　几欲是吞声。
遽遣离琴怨，　都由半镜明〔1〕。
应防啼与笑，　微露浅深情。

【注释】

〔1〕半镜：据孟棨《本事诗·情感》载，徐德言是南朝最后一个王朝陈的太子舍人，他娶的妻子就是陈后主叔宝的妹子，才貌双绝的乐昌公主。当时陈朝已朝不保夕，徐德言知道国难将至，他和他美貌多才的妻子也在劫难逃。一天，他对妻子说："凭你的才貌，国家灭亡之后，肯定会落入权贵之家，那我们可就是永别了，如果我们情缘未尽，希望将来还能再见面。"于是徐德言把一枚铜镜从中间分开，各执一半，约定将来某日一定会在正月的望日在都市卖这半个铜镜。陈亡后，他的妻子乐昌公主果然落到越公杨素的手里。而徐德言却四处流浪，后来终于历尽艰辛来到京城。正月的望日，他看见一个苍头在叫卖半镜，徐德言把自己的拿出来与之比较，刚好吻合，他也不去向苍头解释什么，只是写了一首诗托他带

回去。诗是这样的：“镜与人俱去，镜归人不归。无复嫦娥影，空留明月辉。”且说徐德言失散的妻子，即原来的乐昌公主，现在已是越公杨素的房中人，自见了徐德言写的诗，整日悲泣不食。杨素不久得知内情，被他们的遭遇感动，感动之余，便派人把徐德言召到府里，将他的妻子当面还给了他，并叫如今又回到徐德言怀抱的陈氏当场写了一首诗。诗是这样的：“今日何迁次，新官对旧官。笑啼俱不敢，方验作人难。”

【解说】

这首诗是以一个越公房妓的口吻来嘲笑那个凭借破镜得以重圆的徐公主的。当然这是个善意的嘲笑。首二句说你现在是哭也不是，笑也不是，几乎该吞声了，处境尴尬啊！三、四句说一眨眼命运就变了，一枚破镜使你在同时遭遇悲离与欢合。末二句是故意去劝她，说你还是提防着你面部的表情吧，我怕你不小心就暴露了内心的倾向。

代贵公主〔1〕

芳条得意红，　飘落忽西东。
分逐春风去，　风回得故丛。
明朝金井露，　始看忆春风。

【注释】

〔1〕代贵公主：一作“代公主答”。

【解说】

上一首是房妓嘲公主，这一首是公主对这个嘲笑的回应。

首二句说我们当初恩爱如花朵绽放，谁知命运捉弄，转眼就如落红忽东西。三、四句说因为风的缘故，我们失散了；又因为风的缘故，我们重逢了。现在你说我能说什么呢，我是该啼，还是该笑呢？末二句说还是等到明天回去了（“金井露”，代表回到自己的地方），由我再慢慢思忆这一切吧！

风是不可抗拒的，风主宰了我们的命运。“明朝金井露，始看忆春风”：还是等一切尘埃落定，由我慢慢体会这浩荡的春风般的命运吧！

独居有怀

麝重愁风逼〔1〕，罗疏畏月侵。
怨魂迷恐断，娇喘细疑沉。
数急芙蓉带〔2〕，频抽翡翠簪。
柔情终不远，遥妒已先深。
浦冷鸳鸯去，园空蛱蝶寻。
蜡花长递泪，筝柱镇移心〔3〕。
觅使嵩云暮〔4〕，回头灞岸阴〔5〕。
只闻凉叶院，露井近寒砧。

【注释】

〔1〕麝重：麝香浓郁。

〔2〕数：屡次，多次。

〔3〕镇：长，久。

〔4〕使：信使。

〔5〕灞岸：同上句的“嵩云”，均泛指离别的场所与景象。阴：回望灞岸一片阴沉之色。

【解说】

首四句用“愁”“畏”“恐”“疑”等字眼表示独居之人敏感的心理。五、六句用数、频表示急切抓狂的心理。七、八句继续表达独居人的特殊心理，说柔情还无法传达，而对远方的妒意已很深了。这两句的写法有点类似于《肠》诗中的“即席回弥久，前时断固多”。从九句以下直到倒数第三句说的是浮云一别后，从此只有在寻寻觅觅（“浦冷鸳鸯去，园空蛱蝶寻”“觅使嵩云暮，回头灞岸阴”）、冷冷清清（“蜡花长递泪，筝柱镇移心”）中消磨度日了。最后两句点出独居人寂寞冷清的现实环境。

为有

为有云屏无限娇[1]，凤城寒尽怕春宵[2]。

无端嫁得金龟婿[3]，辜负香衾事早朝。

【注释】

〔1〕云屏：一种屏风，或指绘有云彩形状的屏风。

〔2〕怕春宵：担心良宵易逝。

〔3〕金龟：唐朝的官员佩戴的一种饰物。唐初官员们佩戴的是

鱼，武则天时改为龟，并分出等级，其中三品以上的官员佩戴的是金龟。

【解说】

首二句说她沉浸在温馨里，心里忧着美好的时光很快就会过去。三句用“无端”二字说明命运的无主，末句是怨恨话，埋怨这个金龟婿又早起上朝去了。

碧瓦

碧瓦衔珠树〔1〕，红轮结绮寮〔2〕。
无双汉殿鬓〔3〕，第一楚宫腰。
雾唾香难尽〔4〕，珠啼冷易销。
歌从雍门学〔5〕，酒是蜀城烧〔6〕。
柳暗将翻巷，荷欹正抱桥〔7〕。
钿辕开道入〔8〕，金管隔邻调。
梦到飞魂急，书成即席遥〔9〕。
河流冲柱转〔10〕，海沫近槎飘〔11〕。
吴市蠙蛦甲〔12〕，巴赍翡翠翘〔13〕。
他时未知意〔14〕，重叠赠娇饶〔15〕。

【注释】

〔1〕珠树：也叫三珠树，古代传说中的仙树。《山海经·海外南经》：“三珠树在厌火北，生赤水上，其为树如柏，叶皆为珠。”

〔2〕轮：一作“纶”。红轮，也作“红纶”，大概是指古代妇女所用的披巾之类。李贺《谢秀才有妾缟练改从于人秀才留之不得后生感忆座人制诗嘲谢贺复继四首》之四：“泪湿红轮重，栖乌上井梁。”王琦按，“庾信诗：‘步摇钗朵动，红轮披角斜。’李颀诗：‘织成花映红纶巾。’二诗‘轮’‘纶’字体虽殊，详义则一。疑是妇女所佩巾披之类，故为泪所沾湿也。”寮：窗户。绮寮：雕饰精美的窗户。

〔3〕“无双”句：据《汉武故事》，卫子夫歌唱得好，人也美，有一次，她把美丽的秀发披散下来，汉武帝一看就被迷住了，于是把她纳入后宫，后来还立为皇后。

〔4〕“雾唾”句：这句意谓口齿含香。雾唾：口中香气呼出如雾。《庄子·秋水》：“子不见夫唾者乎？喷则大者如珠，小者如雾。”

〔5〕“歌从”句：《列子·汤问》载，“昔韩娥东之齐，匮粮，过雍门，鬻歌假食。既去，而余音绕梁欐，三日不绝，左右以其人弗去。过逆旅，逆旅人辱之。韩娥因曼声哀哭，一里老幼悲愁，垂涕相对，三日不食，遽而追之。娥还，复为曼声长歌。一里老幼喜跃抃舞，弗能自禁，忘向之悲也。乃厚赂发之。故雁门之人至今善歌哭，放娥之遗声。”

〔6〕蜀城：益州城，今四川成都。烧：烧春，酒名。唐时蜀地如剑南等处以酒闻名。李肇《唐国史补》卷下：“酒则有郢州之富水，乌程之若下，荥阳之土窟春，富平之石冻春，剑南之烧春。”

〔7〕攲：同“敧”，倾斜。

〔8〕钿辕：钿车，指以金花镶饰的车。

〔9〕遥：一作“招”。

〔10〕柱：一作“树”。《庄子·盗跖》：“尾生与女子期于梁下，

女子不来，水至不去，抱梁柱而死。”

〔11〕槎：木筏子。张华《博物志》卷十：“旧说云，天河与海通。近世有人居海渚者，年年八月有浮槎去来，不失期。”

〔12〕蠙蛦（cī yí）：一作“蠵蛦”“螆蛦”“蝷蠵”等。蠙蛦是一种大龟，龟甲有文采，古人常采以为装饰物。刘恂《岭表录异》卷下：“蠵蠵者，俗谓之兹夷，乃山龟之巨者。人立其背，可负而行。产潮、循山中，乡人采之，取壳以货。”

〔13〕巴賨（cóng）：指巴中一带。賨是西南一带的少数民族，古有賨国，其国都在今四川渠县一带。据上一句，此处的巴賨，应该和吴市一样是个繁华的贸易场所。陆龟蒙《四明山诗·云南》：“药有巴賨卖，枝多越鸟啼。”欧阳修《初至夷陵苏子美见寄》诗：“巴賨船贾集，蛮市酒旗招。”

〔14〕他时：昔时，当时。杜甫《九日》：“他时一笑后，今日几人存？”

〔15〕娇饶：一作“娇娆”，美人名，指美人。《玉台新咏》载宋子侯《董娇饶》诗：“不知谁家子，提笼行采桑。纤手折其枝，花落何飘飏。”李贺《恼公》：“宋玉愁空断，娇饶粉自红。”温庭筠《题柳》诗：“香随静婉歌尘起，影伴娇饶舞袖垂。”

【解说】

这首诗四句一转意。首四句说她天生丽质，居处华美。五至八句说她“容好结中肠”，唯把一片春心寄托于歌和酒。九至十二句说她有钟情的人，俩人相知相会，他们是“心有灵犀一点通”。十三至十八句说的是相思的苦。最后的四句从男方说，说他此前因为不知道她的心意，尽把些好东西乱送人了。

四、其他诗

及第东归次灞上却寄同年〔1〕

芳桂当年各一枝〔2〕，　行期未分压春期〔3〕。
江鱼朔雁长相忆，　秦树嵩云自不知〔4〕。
下苑经过劳想像〔5〕，　东门送饯又差池〔6〕。
灞陵柳色无离恨，　莫枉长条赠所思〔7〕。

【注释】

〔1〕李商隐于开成二年（837）登进士第。唐时士人及第后，并不能立即做官，还要经吏部考核通过才行。马端临《文献通考》：“唐士之及第者，未能便释褐入仕，尚有试吏部一关。”次：驻。灞上：也叫“灞水”“灞陵”等，在长安城东三十里，为唐人送别之所。却寄：回寄。

〔2〕芳桂：古人常用折桂喻科举考中。《晋书·郤诜传》：“武帝于东堂会送，问诜曰：‘卿自以为何如？’诜对曰：‘臣举贤良对策，为天下第一，犹桂林之一枝，昆山之片玉。’”

〔3〕“行期”句：行程安排还没有定下来，可是很快春天又要到了。

〔4〕“江鱼”二句：因为前面说行期未分，这里就特别举出富有

地理特点的几个意象，表示自己天南海北的到现在也不知道究竟会去哪里。

〔5〕下苑：曲江池。汉称宜春下苑，唐称曲江池。

〔6〕东门：长安东郭门，唐人送别之处。差池：出了意外，送饯之事落了空。

〔7〕莫枉长条：不要白费柳条。

【解说】

首句说你我当年都考上了。开头先引为同调，为的是说下面共鸣的话。次句说可是“国家分配”到现在都没个说法，眼看春天又快到了。三、四句是向“同年”表达目前共同的尴尬处境。在鱼、雁、树、云之前加上地理空间的称谓，正是要你去想：“行期未分”，我们到底会分配到哪里呢？五、六句说的是在这段特殊的时期里的共同记忆。末二句说在此消息不定，“形势”不明朗的情况下，连灞陵柳色也还没有显出离别的意思，我们就不要枉自费心，折柳送别了！

行次西郊作一百韵〔1〕

蛇年建丑月〔2〕，我自梁还秦〔3〕。
南下大散关〔4〕，北济渭之滨〔5〕。
草木半舒坼〔6〕，不类冰雪晨。
又若夏苦热，燋卷无芳津〔7〕。
高田长槲枥，下田长荆榛〔8〕。
农具弃道旁，饥牛死空墩〔9〕。

依依过村落，十室无一存。
存者皆面啼，无衣可迎宾。
始若畏人问，及门还具陈[10]。
右辅田畴薄[11]，斯民常苦贫。
伊昔称乐土，所赖牧伯仁[12]。
官清若冰玉，吏善如六亲。
生儿不远征，生女事四邻。
浊酒盈瓦缶，烂谷堆荆囷[13]。
健儿庇旁妇[14]，衰翁舐童孙。
况自贞观后[15]，命官多儒臣。
例以贤牧伯，征入司陶钧[16]。
降及开元中，奸邪挠经纶[17]。
晋公忌此事[18]，多录边将勋。
因令猛毅辈[19]，杂牧升平民。
中原遂多故，除授非至尊[20]。
或出幸臣辈[21]，或由帝戚恩。
中原困屠解[22]，奴隶厌肥豚[23]。
皇子弃不乳，椒房抱羌浑[24]。
重赐竭中国，强兵临北边。
控弦二十万[25]，长臂皆如猿。
皇都三千里[26]，来往同雕鸢。
五里一换马，十里一开筵[27]。

指顾动白日，　暖热回苍旻。
公卿辱嘲叱，　唾弃如粪丸。
大朝会万方，　天子正临轩。
彩旗转初旭，　玉座当祥烟。
金障既特设〔28〕，　珠帘亦高褰〔29〕。
捋须蹇不顾〔30〕，　坐在御榻前〔31〕。
忤者死跟履，　附之升顶颠〔32〕。
华侈矜递衒〔33〕，　豪俊相并吞。
因失生惠养，　渐见征求频〔34〕。
奚寇东北来，　挥霍如天翻〔35〕。
是时正忘战，　重兵多在边。
列城绕长河，　平明插旗幡。
但闻虏骑入，　不见汉兵屯。
大妇抱儿哭，　小妇攀车轓。
生小太平年，　不识夜闭门。
少壮尽点行，　疲老守空村。
生分作死誓，　挥泪连秋云。
廷臣例獐怯〔36〕，　诸将如羸奔〔37〕。
为贼扫上阳〔38〕，　捉人送潼关。
玉辇望南斗，　未知何日旋〔39〕。
诚知开辟久，　遘此云雷屯〔40〕。
送者问鼎大〔41〕，　存者要高官〔42〕。

抢攘互间谍[43]，孰辨枭与鸾[44]。
千马无返辔，万车无还辕。
城空鼠雀死，人去豺狼喧。
南资竭吴越，西费失河源[45]。
因今左藏库[46]，摧毁惟空垣。
如人当一身，有左无右边。
筋体半痿痹[47]，肘腋生臊膻[48]。
列圣蒙此耻，含怀不能宣。
谋臣拱手立，相戒无敢先。
万国困杼轴[49]，内库无金钱[50]。
健儿立霜雪，腹歉衣裳单。
馈饷多过时，高估铜与铅[51]。
山东望河北，爨烟犹相联[52]。
朝廷不暇给，辛苦无半年。
行人榷行资[53]，居者税屋椽。
中间遂作梗[54]，狼藉用戈铤[55]。
临门送节制[56]，以锡通天班[57]。
破者以族灭，存者尚迁延。
礼数异君父，羁縻如羌零[58]。
直求输赤诚[59]，所望大体全。
巍巍政事堂，宰相厌八珍[60]。
敢问下执事[61]，今谁掌其权。

疮痕几十载，　不敢扶其根。
国蹙赋更重[62]，　人稀役弥繁。
近年牛医儿[63]，　城社更扳援[64]。
盲目把大旆[65]，　处此京西藩[66]。
乐祸忘怨敌，　树党多狂狷。
生为人所惮，　死非人所怜。
快刀断其头，　列若猪牛悬[67]。
凤翔三百里，　兵马如黄巾。
夜半军牒来[68]，　屯兵万五千。
乡里骇供亿，　老少相扳牵[69]。
儿孙生未孩[70]，　弃之无惨颜。
不复议所适，　但欲死山间。
尔来又三岁，　甘泽不及春。
盗贼亭午起[71]，　问谁多穷民。
节使杀亭吏，　捕之恐无因[72]。
咫尺不相见，　旱久多黄尘。
官健腰佩弓[73]，　自言为官巡。
常恐值荒迴，　此辈还射人[74]。
愧客问本末，　愿客无因循[75]。
郿坞抵陈仓，　此地忌黄昏。
我听此言罢，　冤愤如相焚。
昔闻举一会[76]，　群盗为之奔。

又闻理与乱，在人不在天。
我愿为此事，君前剖心肝。
叩头出鲜血，滂沱污紫宸〔77〕。
九重黯已隔〔78〕，涕泗空沾唇。
使典作尚书〔79〕，厮养为将军〔80〕。
慎勿道此言，此言未忍闻。

【注释】

〔1〕次：留宿。大和九年（835）十一月，晚唐政治发生惊天事变，史称“甘露之变”，大批朝臣被杀，长安及周边地区遭到严重破坏。李商隐于开成二年（837）进士及第，同年十一月，令狐楚死，死前急召李商隐赴兴元代草遗表。十二月，李商隐与令狐绹兄弟一起护送令狐楚的灵柩回长安，在经过长安的西郊地区，眼见一片战乱萧条景象，忧国之心如焚，便写下了这首诗。

〔2〕蛇年：开成二年（837）丁巳，巳属蛇。建丑月：十二月。夏历建寅，即以寅月为第一个月，推至腊月为丑月。

〔3〕梁：梁州，治所在兴元。秦：长安。

〔4〕大散关：关名，在今陕西宝鸡西南的大散岭上。

〔5〕渭：渭水。

〔6〕舒坼：舒展萌发。坼：裂开。草木长出新芽叫甲坼，《周易·解》：“天地解而雷雨作，雷雨作而百果草木皆甲坼。”孔颖达疏：“雷雨既作，百果草木皆孚甲开坼，莫不解散也。”

〔7〕燋卷：枯焦卷缩。芳津：草木的汁液。

〔8〕槲枥、荆榛：都是野生的树木，泛指杂树。

〔9〕墩：土堆。

〔10〕具陈：详述。

〔11〕右辅：长安附近以西一带。西汉时把治理京畿地区的三个地方长官合称为三辅。他们所辖的地区也叫作辅（取辅佐京师之意）。右：指方位上的西。古代以面朝南为准，右则为西。

〔12〕牧伯：州郡等地方长官。

〔13〕荆囷：荆条编的粮仓。

〔14〕庇：养护。旁妇：旁妻，外妇。这句说在当年的好时光里，健壮的汉子不仅能照顾家庭，还有余力养护外妇。

〔15〕贞观：唐太宗的年号。

〔16〕征人：征收赋税。司：管理。陶钧：做陶器用的转轮，喻治理国家的权柄。

〔17〕“降及”二句：开元，唐玄宗的年号。经纶：喻朝纲。唐玄宗晚年荒淫昏聩，开元末，口蜜腹剑的李林甫把持朝政。他身居相位的十九年，正是唐王朝政治腐败的十九年，正是唐王朝由盛转衰的十九年。李林甫死后三年，安史之乱爆发。

〔18〕晋公：指李林甫。他在开元二十五年（737）被封为晋国公。他当政期间为了巩固自己的相位，热衷于铲除异己，对文臣多所贬斥，对武将、藩将则加以提拔重用。安禄山就是这一用人政策的受益者。

〔19〕猛毅辈：武人。

〔20〕除授：官员的任免。

〔21〕幸臣：皇帝所宠幸的近臣。

〔22〕“中原”句：这句说中原地区的老百姓深受倒悬之苦，任人

宰割。

〔23〕厌：同“餍”，饱足。奴隶：特权阶层的奴隶走卒们，这些人由于受到特权者的庇护与纵容过着奢靡的生活。

〔24〕椒房：古代后妃住的宫殿（因用椒和泥涂抹墙壁，故名），也代指后妃。羌浑：古代少数民族羌族和吐谷浑，这里指胡人安禄山。姚汝能《安禄山事迹》载，唐玄宗宠信安禄山，杨贵妃则认其为养子。安禄山生日后三天，杨贵妃按照旧习俗用锦绣把安禄山绷扎起来，并叫宫人们用一顶彩轿抬着游行，说是为安禄山举行“洗三”之礼。

〔25〕控弦：代指士兵。

〔26〕“皇都”句：夸张地说安禄山的老巢范阳距唐都长安的距离。

〔27〕“五里”二句：安禄山从范阳到长安之间来回时所受的特殊待遇。《安禄山事迹》载，范阳到长安之间，驿站要筑台以便换马，台子就叫“大夫换马台”。他停歇之处，都有御膳供应。

〔28〕障：屏风。

〔29〕褰：掀起。

〔30〕捋须：摸着胡须。蹇不顾：态度蹇纵傲慢，目中无人。

〔31〕“坐在”句：《新唐书·安禄山传》载，唐玄宗有一次驾临勤政楼，特地在御座的东面设立了一个大金鸡障，前面放置了一个坐榻，叫安禄山坐在上面，并卷起榻前的珠帘，以示尊宠。

〔32〕“忤者”二句：依附他的人都会鸡犬升天，触忤他的人就会死得卑贱。

〔33〕“华侈”句：贵族们一个个竞相以奢侈为荣。衒：炫耀。

〔34〕“因失”二句：统治阶级腐朽之后，朝廷因此失去了生民养

民惠民之心，对老百姓的压榨与征求也就渐渐地多起来了。

〔35〕“奚寇”二句：奚：什么，何。寇：安禄山的叛军。东：各本都作“西”，据朱鹤龄的说法改。因安禄山的老巢在范阳，范阳在长安的东北方。这句故意设问，说是什么贼寇从东北而来，气势如此汹汹（“挥霍如天翻”）？

〔36〕例獐怯：像獐一样胆怯。

〔37〕羸：这里指瘦羊。

〔38〕上阳：上阳宫，建在洛阳。安禄山起兵后不久攻陷洛阳，并在洛阳称帝。

〔39〕“玉辇”二句：唐玄宗在叛军的步步紧逼下，仓皇逃往西蜀。

〔40〕遘：遭遇。屯（zhūn）：艰难困顿。许慎《说文解字》：“屯，难也。象草木之初生。屯然而难。”屯，又为《周易》中的卦名。该卦彖辞说：“屯，刚柔始交而难生……雷雨之动满盈。”上一句的“诚知”，疑为“谁知”。因屯卦在《周易》中为第三卦，象征天地开始相交，指天地开辟之初的困难状况。上一句既说开辟已久，按理不应该“屯”了，综合文意，以上两句应该是说谁知开辟这么久了，竟然还遭遇此云雷之屯，语气中有震惊与不解之意。

〔41〕问鼎大：问鼎的大小轻重。相传九鼎为大禹所造，是夏商周三代的传国之宝。《左传·宣公三年》载，楚庄王率军经过周都洛阳，周定王派大臣王孙满去慰劳楚军。楚庄王开口就问九鼎的大小轻重。九鼎是国家权力的象征，问鼎之大小，居心显然。

〔42〕要：要挟。

〔43〕互间谍：互相刺探窥视。

〔44〕枭：猫头鹰，古人视之为恶鸟。枭与鸾相对。

〔45〕“南资”二句：长江以南地区的财力被消耗殆尽了，而黄河上游地区也已沦陷。吴越：泛指南方。河源：黄河上游一带。安史之乱后，南方相对稳定富饶，成为朝廷的主要收入来源，而西北地区则被少数民族势力吐蕃所占。

〔46〕左藏库：也叫左藏署，唐朝的国库，主要储藏全国的赋调。另外还有右藏署，储藏各种金玉珠宝、铜铁等。（参见欧阳修《新唐书·百官志》）

〔47〕痿痹：一种肢体萎缩不能动弹失去知觉的病症，这里喻指安史之乱后唐王朝就像个半身不遂的病人一样有左无右了。

〔48〕臊膻：牛羊身上的腥臊味。古代的汉族人常以此喻指西北地区的少数民族。这句说安史之乱后唐王朝的肘腋之处都成了少数民族统治者践踏侵占的地方了。

〔49〕“万国”句：唐王朝中央和地方陷入了财政困境，各地方困于维持生存，而国库空虚乏钱。万国：各诸侯国，这里指全国各地。杼轴：本指纺织，这里是指各地方像纺织一样忙于营生图存，自顾不暇。

〔50〕内库：国库。

〔51〕“馈饷”二句：军饷既不及时发放，又高估铜铅这些货币的价值。这样的做法自然会导致士兵的强烈不满，这样的军队，其战斗力可想而知。

〔52〕爨烟：炊烟。

〔53〕榷（què）：征税。

〔54〕中间：地方上的藩镇们。他们看到中央政府统治力衰弱，一个个飞扬跋扈起来。

〔55〕铤（chán）：一种短矛。

〔56〕节制：旌节与制书。

〔57〕锡：赐。通天班：直通中央的官职。

〔58〕羌零：少数民族羌族的一支。

〔59〕直求：只求。

〔60〕厌：同“餍”，饱足。

〔61〕“敢问”句：萧统《文选》中收曹植《上责躬应诏诗表》“伏惟陛下”句，李善注，“应劭曰：‘陛，升堂之阶。王者必有执兵陈于阶陛之侧，臣与至尊言，不敢指斥，故呼在陛者而告之，因卑以达尊之意也。若称殿下、阁下、侍者、执事，皆此类也。’”许慎《说文解字》：“宰，罪人在屋下执事者。”下执事：大概就是屋下执事者的简称。

〔62〕国蹙：国家形势紧迫。《诗经·小雅·小明》：“曷云其还？政事愈蹙。”

〔63〕牛医儿：东汉时期的黄宪出身卑贱，他的父亲是个牛医，他也就被人称作“牛医儿”。这里以“牛医儿”指称唐文宗时期的权臣郑注。郑注未做官时以医术行走江湖，他先是依靠李愬，经李愬的推荐，傍上了大宦官王守澄。王守澄又把他推荐给了唐文宗，为其治疗风痹的毛病。郑注治疗唐文宗的风痹症取得了一定的疗效，由此得到了文宗的信任和重用。郑注把持朝政后，结党营私，排斥异己，史称“贬逐无虚日，班列殆空”，后郑注伙同李训图谋铲除宦官势力失败，酿成了晚唐的政治地震“甘露之变”。

〔64〕城社：成语“城狐社鼠”的省语，狐和鼠依庇在城墙与神社里，想去除掉它们，又担心把它们所依庇的城社损坏了。《晏子春

秋》："景公问于晏子曰：'治国何患？'晏子对曰：'患夫社鼠。'公曰：'何谓也？'对曰：'夫社，束木而涂之，鼠因往托焉，熏之则恐烧其木，灌之则恐败其涂，此鼠所以不可得杀者，以社故也。夫国亦有社鼠，人主左右是也。内则蔽善恶于君上，外则卖权重于百姓，不诛之则为乱，诛之则为人主所案据，腹而有之，此亦国之社鼠也。'"

〔65〕盲目：《新唐书·郑注传》中说郑注"貌寝陋，不能远视"。盲目之说，既指他的生理缺陷，又指他在政治上没有远见。大旆：军中大旗。

〔66〕京西藩：凤翔府，是拱卫京师的重要地区，在长安以西。大和九年（835）十月，郑注任凤翔节度使。

〔67〕"快刀"二句：郑注谋诛宦官失败后，被人砍下头颅，悬在京城的兴安门上示众。

〔68〕军牒：军中文书。

〔69〕"乡里"二句：乡人们害怕供给不起驻扎在这里的军队（甘露之变后凤翔这地方驻扎了上万人的军队），一个个牵老携幼地四散逃亡。供亿：供给。相扳牵：互相牵携着逃亡。

〔70〕孩：小儿笑。

〔71〕亭午：正午。

〔72〕"节使"二句：世遭变乱，农民相聚为盗后，官府严令捕盗，可是这样的盗贼捕得恐怕没什么道理吧。节使：节度使。亭吏：亭长，负责捕杀盗贼。

〔73〕官健：士兵。唐初士兵是自带粮食武器，后来由政府供给了。由政府供给的士兵就叫官健。

〔74〕“常恐”二句：这帮官健们骄横无法，若遇到荒远之地，常会害人性命，为非作歹。以下六句是村民对作者说的话，他说很惭愧你问了这些事情本末，希望你不要在这里徘徊逗留，从鄜坞到陈仓，这一带兵荒马乱的，切忌在黄昏时赶路。

〔75〕因循：徘徊。

〔76〕会：士会，人名，春秋时晋国的一个大夫。《左传·宣公十六年》载，晋景公任命士会（因食采于随，也叫随会）为执政，晋国的盗贼们听说后都逃往秦国去了。

〔77〕紫宸：宫殿名，唐朝时皇帝听政的地方。

〔78〕九重：九重门，指皇帝所居的地方。九重常代指皇帝、京城、皇宫或朝廷。曹植《当墙欲高行》：“愿欲披心自说陈，君门以九重，道远河无津。”

〔79〕使典：胥吏，古代官府里办理公文的低级人员。唐时称胥吏为使典。《旧唐书·李林甫传》载，李林甫结党营私，向唐玄宗保荐牛仙客，九龄坚持反对意见，对曰：“……仙客本河湟一使典，目不识文字，若大任之，臣恐非宜。”

〔80〕厮养：厮役，家奴。晚唐时的太监掌有兵权，统御禁军。皇帝在宦官的兵威之下，形同幽禁。如深受宦官挟制的唐文宗曾叹恨道：“赧、献受制强臣，今朕受制家奴，自以不及远矣。”他说完这话，不禁感伤落泪。(《新唐书·仇士良传》)

【解说】

这首长篇政治抒情诗，记叙了晚唐时期国家衰败、社会动乱、民不聊生的客观现实，表达了作者为国事忧愤的心情。诗中借一个老农之口叙述了晚唐社会，特别是农村地区由于连连征战所造成的残破衰败景象，叙述中时有议论，并追溯了造成这种情况的社会历史原因。此诗以自己的所见开篇，从首句以下至“及门还具陈”为一段，给我们展现出的是京郊地区一片残破衰败的景象：田地荒芜，十室九空，存者衣不蔽体。从“右辅田畴薄”起，以一个村民的口吻开始讲述开唐以来的社会政治状况。先述往年的幸福生活，全赖当时政治清明，官吏亲民（“官清若冰玉，吏善如六亲”），更何况贞观（唐太宗年号）之后，多用文人当官，更是国安民富。但到了开元中（唐玄宗年号），就开始出现奸邪之徒了。李林甫一改往年做法，大量重用边将武人，一帮如狼似虎的人于是开始统治百姓，中原从此多故。发展到后来，甚至连官员的任免也不由皇帝来决定了（“或出幸臣辈，或由帝戚恩”）。从“中原困屠解”以下直到“渐见征求频”，重点叙述安禄山得宠于朝廷，得势于北疆，极力描绘他的骄奢跋扈。从“奚寇东北来”直到“人去豺狼喧”叙述安史之乱，仿佛晴天一声霹雳，地动山摇，使得整个唐王朝一下子陷入不知怎么办的地步（“是时正忘战，重兵多在边”“谁知开辟久，遘此云雷屯”）。安史之乱发生后，割据与反割据的战争不断，社会随之衰败，百姓流离失所。从“南资竭吴越”到“人稀役弥繁”，诉述在连年征战的情况下，国家经济凋敝，人口锐减，朝廷捉襟见肘，疲于应付，而老百姓的赋税更加繁重。从“近年牛医儿”到“但欲死山间”，指出近年来又出了个郑注，结党营私，弄得老百姓惶惶不知所适，就想着逃到山里去死了算了。从“尔来又三岁”到“此地忌黄昏”，叙述在这种悲惨的生活状况下，贫苦人民终于忍无可忍，揭竿而起。从“我听此言罢”到最后，是我在听了村民的叙述后，内心忧愤如焚，很想为国出力，却只能徒叹奈何。

乐游原〔1〕

向晚意不适， 驱车登古原。
夕阳无限好， 只是近黄昏。

【注释】

〔1〕乐游原：汉唐时期长安有名的游赏胜地，故址在今陕西省西安市南郊。由于地势高，站在乐游原上视野相当开阔，据说可以俯观长安城。

【解说】

这首诗的前提是向晚意不适。但向晚为何意不适呢？为何是向晚？说向晚意不适，仿佛这一天的经历就是蓄积这“不适”的过程似的。仿佛到了傍晚，这不适的感觉就饱满了，就实在无法忍受下去似的。于是在傍晚，他作出了一个果敢的行动：驱车登古原（表面上看他是主动地驱车，而实际上，他是先被某个力量驱动了，而后才去驱车）。但这个心中有郁结，登高为散愁的人到底看到了什么呢？他能看到什么呢？他能看到的不过是他的心中一直笼罩着的挥之不去的越来越阴沉的阴影罢了。这个阴影时刻都在扩大，时刻都在向他逼近，准备把他吞噬。夕阳虽有如此之好，可是又有什么用呢？

滞雨〔1〕

滞雨长安夜， 残灯独客愁。
故乡云水地， 归梦不宜秋。

【注释】

〔1〕滞雨：因雨滞留。

【解说】

残灯照出的是一个清醒的持续状态。他清醒地意识到“归梦不宜秋”，意识到自己在特殊的境况下消极的抗拒心理。

晚晴

深居俯夹城[1]，　春去夏犹清。
天意怜幽草，　人间重晚晴。
并添高阁迥，　微注小窗明。
越鸟巢干后[2]，　归飞体更轻。

【注释】

〔1〕夹城：第一句提到夹城，第七句中提到越鸟，提到“归”字，可见这首诗是在桂林写的。当时的桂林有子城、夹城等。莫休符《桂林风土记》：“夹城：从子城西北角二百步北上，抵伏波山。缘江南下，抵子城逍遥楼，周回六七里。光启年中，前政陈太保可环创造三分之二。于是诸营展力，日役万人，不时而就。增崇气色，殿若长城。南北行旅，莫不叹美。”

〔2〕“越鸟”句：李商隐在诗中多次提到越鸟、越燕、鹧鸪等。这些南方的物象反映出他在桂林时的生活体验，参见《越燕二首》、《深树见一颗樱桃尚在》（“越鸟夸香荔，齐名亦未甘”）等。

【解说】

首二句说自己所居既深又高，可以俯看夹城，此时正是春去夏清、夕阳正好的时候。三、四句是在对晚晴的好处有了体会后说的整体感受。三句结合了自己的身世说感受，四句实际上就是在感受到“夕阳无限好”后的言下之意。正因为“夕阳无限好”，留之无术，所以才“人间重晚晴”。五句是远距离感受夕阳的光线，六句是近距离体会光线的流与注，“微”字是要我们在具体的体会上把握住光线的流量与速度。末二句是把自己对晚晴的喜悦放飞在鸟的身上。

李商隐自大中元年（847）三四月份随郑亚离京去桂州（桂林），在第二年的三四月份离开桂州返京，前后共一年左右的时间。在桂林的这段不长时间里，李商隐把自己当作一个异乡人的意识非常强烈。他在《桂林》一诗里说“城窄山将压，江宽地共浮”，说“殊乡竟何祷，箫鼓不曾休”，字里行间显示出一个不能入乡随俗的人的抗拒心理。这种抗拒心理在《异俗二首》中表现得更明显。

《晚晴》是李商隐旅居桂林期间写的诗中，心情较为轻快的一首，也许这时离他返京的日子不远了吧。

闻歌

敛笑凝眸意欲歌〔1〕，　高云不动碧嵯峨〔2〕。
铜台罢望归何处〔3〕，　玉辇忘还事几多〔4〕。
青冢路边南雁尽〔5〕，　细腰宫里北人过〔6〕。
此声肠断非今日，　香灺灯光奈尔何〔7〕。

【注释】

〔1〕“敛笑”句：笑容收起，目光内敛，一副就要唱歌的样子。

〔2〕“高云”句：旧有响遏行云的说法，这句形容歌声嘹亮。

〔3〕铜台：曹操所建的铜雀台。曹操临终遗言，要求他的婢女、歌妓们在他死后都住到铜雀台里去，并时常眺望他的陵墓。

〔4〕玉辇：帝王乘坐的车子。见《曲江》注〔4〕。

〔5〕青冢：王昭君的墓。传说昭君所葬处遍地生白草，但只有她坟上生的是青草。

〔6〕细腰宫：楚宫。因“楚王好细腰”，故这样说。北人过：楚属南方，楚宫被北人占据，亡国之恨可知。

〔7〕“此声”二句：这歌声所勾起的心酸往事，令人感慨（“奈尔何”）。光：一作“残”。香灺：香烛的余烬。灺：也作“炧”。许慎《说文解字》：“灺，烛烬也。”桓谭《新论·祛蔽》：“其旁有麻烛，而灺垂一尺所。”戴叔伦《二灵寺守岁》：“守岁山房迥绝缘，灯光香灺共萧然。”

【解说】

首句说她收敛了表情，目光也开始内敛，看那意思是要开始唱了。此时，她进入了状态，“敛笑”说明外部庄重了，“凝眸”说明内部蓄势了。次句说歌声响遏行云，富有感染力。三、四、五、六句举出了历史上很多令人伤感的事情（仿佛这些事情像幻灯片似的在歌的旋律中一页页翻过去）。末二句说这歌声当年听了就已令人伤心肠断了，言下之意，更何况现在呢？这个“香灺灯光”是持续了一段时间的结果，更是还在持续着的状态，而相关的人在这个状态中饱满了，他充分地感受到了从歌声中产生的力量。这个力量一方面内化在了人的心中，另一方面则外化在所谓的“香灺灯光”中。

夕阳楼[1]

花明柳暗绕天愁[2]，　上尽重城更上楼。
欲问孤鸿向何处，　不知身世自悠悠[3]。

【注释】

〔1〕自注：“在荥阳。是所知今遂宁萧侍郎牧荥阳日作者。”夕阳楼是当年位于河南荥阳的一座楼。我们也可以望文生义：夕阳既表明了登楼的时间，也为登楼布置了场景。

〔2〕绕天愁：满眼的花舞絮飘，绕天而飞，就如我的绕天之愁。

〔3〕“欲问”二句：前面的花絮随风而飘，不能自主。这里的孤鸿，悠然空中，难道就知道去哪里吗？可是它虽不知身世，却一副悠然自得的样子。人能如此吗？

【解说】

这是一首自悲茫茫身世、感叹命运不能自主的诗。首句先言“花明柳暗”给我们提供的是不确定的视觉效果，仿佛我们正处在这漫天愁绪中，眼中看到的花呀柳呀模糊成了一片，只有明和暗的区别。“花明柳暗”是尽量地去铺展我们的愁绪，而孤鸿是用来固定、明确这个情绪的。次句言登高，表达出他想登高散愁的强烈的愿望（符合这个绕天之愁的极致程度）。三句设问孤鸿，问缥缈的孤鸿要去哪里。这个问是忍不住地去问。末句说问它（孤鸿）是“白问”了，它不知身世，也就没有烦恼，看样子，它是多么悠然自在啊！

最后两句的手法在李商隐诗中经常看到，如“青楼自管弦”“雨不厌青苔”“狂飙不惜萝阴薄”“五更疏欲断，一树碧无情”等，都是把两个对立的世界拿来对比、对照，从而更清晰地看出其中之一的“我”的不幸处境。

楚吟

山上离宫宫上楼[1]，　楼前宫畔暮江流。
楚天长短黄昏雨[2]，　宋玉无愁亦自愁[3]。

【注释】

〔1〕离宫：行宫，供帝王巡幸时住的宫殿。

〔2〕长短：横竖，反正。白居易《食后》：“无忧无乐者，长短任生涯。”李商隐《追代卢家人嘲堂内》：“只应同楚水，长短入淮流。”又《樱桃花下》：“他日未开今日谢，嘉辰长短是参差。”

〔3〕宋玉：辞赋家宋玉感情细腻、敏锐，写过《秋风赋》。该赋以悲秋感时伤世为主题，所以这里把他当作悲秋好愁的代表。

【解说】

前两句渲染一个适合行吟泽畔的氛围，三句用“楚天”“黄昏”“雨”来加重这个氛围。四句说在这种环境下，想不愁也难！

钧天

上帝钧天会众灵[1]，　昔人因梦到青冥[2]。
伶伦吹裂孤生竹[3]，　却为知音不得听[4]。

【注释】

〔1〕“上帝”句：司马迁《史记·赵世家》载，“赵简子疾，五日不知人……居二日半，简子寤，语大夫曰：‘我之帝所甚乐，与百神游于钧天，广乐九奏万舞，不类三代之乐，其声动人心。’”上帝：天帝。钧天：天的中央，天帝所居。众灵：引文中的百神。

〔2〕昔人：赵简子。青冥：天。

〔3〕伶伦：古代传说中的音乐家，制定音律者。《吕氏春秋·仲夏纪·古乐》：“昔黄帝令伶伦作为律。伶伦自大夏之西，乃之阮隃之阴，取竹于嶰溪之谷，以生空窍厚钧者断两节间，其长三寸九分，而吹之以为黄钟之宫。”孤生竹：独生的竹，这里指用孤生竹制作的管乐器。

〔4〕“却为”句：李商隐《寄令狐学士》有“钧天虽许人间听，阊阖门多梦自迷”。

【解说】

这是一首自抒孤独、悲愤情绪的诗。诗中人物欲与众灵天上合乐而不得，只能苦恼地自吹自听，无人欣赏。这孤独的意味与后来《红楼梦》里那块因不能与众石一起补天的顽石的心境很像。此诗前后两部分是明显的对比。这个对比不在昔人和伶伦之间，而在众灵与伶伦之间。首句说上帝汇集各方人才（众灵）举行了一场音乐盛会。次句补充说曾有人见证过的。三句标出无缘盛会的伶伦，说他独自演奏，把竹子都吹破了，也没个人听。

汉南书事〔1〕

西师万众几时回〔2〕， 哀痛天书近已裁〔3〕。
文吏何曾重刀笔〔4〕， 将军犹自舞轮台〔5〕。
几时拓土成王道， 从古穷兵是祸胎〔6〕。
陛下好生千万寿〔7〕， 玉楼长御白云杯〔8〕。

【注释】

〔1〕汉南：唐朝时把山南东道节度使的行政所在地襄州叫作汉南。书事：咏时事。晚唐时期，内忧外患，动乱不已。国家连年征战，虽然取得了一定的效果，但是单纯的军事行动并不能改变根本的问题。相反，穷兵黩武只会招来自身的灭亡，即如此诗说云“从古穷兵是祸胎”。

〔2〕西师：西征之师。几时：各本都作“几时”，冯浩提出来说：“味诗意当作‘几人’。”应是。

〔3〕哀痛天书：指罪己诏。汉武帝年轻时好大喜功，穷兵黩武，劳师袭远只为开疆拓土。到了晚年，他幡然醒悟，下了份罪己诏，对自己早年的行为作了深刻的检讨。他写的这份诏书，史称“哀痛之诏”。裁：诏书的写就与颁布。

〔4〕刀笔：古代在竹简上写字，要用到刀，因此刀笔合称。

〔5〕“将军”句：据班固《汉书·李广利传》载，贰师将军李广利行军西域，所到之处，那些小国家们没一个不来迎接的，没一个不给他的大军提供食物的。只有轮台没有按规矩办事。于是李广利将军下令攻城，攻破之后，下令屠城。这里用“轮台”代指边境地区。用“舞”字说明当时那些在边境的将帅们耀武扬威的行径。

〔6〕祸胎：犹祸源，祸根。枚乘《上书谏吴王》："福生有基，祸生有胎。"

〔7〕好生：仁者爱人，好生是仁德的表现。

〔8〕"玉楼"句：这句劝说陛下还是去好好地养生求仙吧。

【解说】

这首诗是写时政的，主旨是反对穷兵黩武，反对一味拓土开疆的军事主义，认为这种政策无法成就王道，最终只能给自己带来苦果。首二句说浩浩荡荡的西征军回来了几个呢？听说陛下最近下了罪己诏，作深刻检讨了。三、四句指责当时的文官武将们，哪一个是在为朝廷分忧的啊？五、六句议论，说明这种单纯的军事主义很不可取。最后的两句具有讽刺的意味。从前面的描述看，这里所谓的冠冕堂皇的好生之德有什么实际意义呢？我们的这位陛下就像当年的汉武帝那样，是既要开边，又要长生。所以，从开边导致的严重后果看，你还不如去求长生呢！

淮阳路〔1〕

荒村倚废营〔2〕，投宿旅魂惊。
断雁高仍急，寒溪晓更清。
昔年尝聚盗，此日颇分兵。
猜贰谁先致〔3〕，三朝事始平〔4〕。

【注释】

〔1〕淮阳：今河南淮阳。晚唐时期，淮西连年战乱，从元和九

年（814）起至元和十二年（817）结束，政府军和吴元济率领的淮西叛军在这里打了四五年的割据与反割据的战争。残酷的兵燹战乱导致这一带民生凋敝，人烟荒芜。多年后，战争虽然结束了，但是战争留下的荒凉景象依然没有多少变化，就像这首诗里所描绘的那样依然令人触目惊心。

〔2〕废营：废弃的营寨。

〔3〕猜贰：猜疑，有二心。

〔4〕三朝：淮西藩镇从成为中央的心腹之患起到被完全平定经历了德宗、顺宗、宪宗三朝。

【解说】

这是一首反省藩镇割据原因的诗。首二句说自己投宿在荒村，看到当年战争遗留下来的创伤，不禁感到触目惊心。三、四句写在荒村看到的荒凉景象。五、六句说当年养虎遗患，遂导致日后的用兵征剿。这两句的写法与《马嵬二首》中的“此日六军同驻马，当时七夕笑牵牛”类似，都是通过今昔的对比来表现矛盾的尖锐性。末二句从对现象的描写与分析转为对历史的追问与思考，问这惨痛的教训到底是谁导致的。

有感二首（选一）〔1〕

九服归元化〔2〕，　三灵叶睿图〔3〕。

如何本初辈〔4〕，　自取屈氂诛〔5〕。

有甚当车泣〔6〕，　因劳下殿趋〔7〕。

何成奏云物[8]？直是灭萑苻[9]。
证逮符书密，辞连性命俱[10]。
竟缘尊汉相[11]，不早辨胡雏[12]。
鬼箓分朝部[13]，军烽照上都[14]。
敢云堪恸哭[15]，未免怨洪炉[16]。

【注释】

〔1〕原注："乙卯年有感，丙辰年诗成。"这首诗是有感于晚唐政治一次重大的事变——"甘露之变"而写的。唐文宗时，以王守澄、仇士良为首的宦官集团把持朝政，皇帝实际上已成为连自身性命都得不到保障的傀儡。唐文宗不堪忍受这样的傀儡状态，内心非常痛苦。据《旧唐书·李训传》云："文宗性守正嫉恶，以宦者权宠太过，继为祸胎，元和末弑逆之徒尚在左右，虽外示优假，心不堪之。思欲芟落本根，以雪仇耻。"终于，在大和九年（835），即原注所说的乙卯年，唐文宗为夺回权柄，利用郑注、李训图谋诛灭宦官。这一年的十一月二十一日上午，唐文宗像往常一样登紫宸殿早朝，文武百官随班而立。这时，金吾将军韩约报告说：金吾左仗院内的石榴树夜降甘露，是祥瑞之兆。这个情节是文宗等人事先设好的，目的是把宦官们引到那里去，一起杀掉。文宗听到报告后，装出一副很惊讶的样子，派左右军中尉，枢密内臣仇士良、鱼弘志等宦官骨干前去查看。谁知计划不周密，被宦官看出了破绽。首先来到左仗院时，发现那个报告甘露的人韩约情况反常，因为大冬天的，他居然头上直冒汗，随后又发现有很多执兵器者在帷幕内若隐若现的。他们顿时全明白了，马上返回殿上，挟持了文宗，抓住了主动

权。双方在殿中一阵混战，最后宦官们胜出。这次事变影响巨大，宦官集团借此大诛朝臣，烧杀抢掠，很多与此事变不相干的人被杀害，就连当时的宰相舒元舆等也被逮捕下狱，惨遭毒打，被逼自诬谋反。

〔2〕九服：王畿之外的九等地区，泛指全国广大地区。据《周礼・夏官・职方氏》，以方一千里的王畿为中心向外扩散，每方五百里为一服，依次为侯服、甸服、男服、采服、卫服、蛮服、夷服、镇服、藩服。元化：天地造化。

〔3〕三灵：天、地、人。古人认为天地之间人最高贵，因此以人配天地，合为三灵。叶（xié）：协助，协合。睿图：帝王的谋略、宏图。

〔4〕本初：袁绍，字本初。东汉末年，宦官专权。汉灵帝死后，大将军何进与袁绍一起谋杀宦官，结果计划泄露，何进被宦官杀死，袁绍率兵杀进皇宫，把宦官尽数诛杀。

〔5〕屈氂：刘屈氂，他是汉武帝的庶兄中山靖王刘胜的儿子。据班固《汉书・刘屈氂传》载，刘屈氂担任丞相时，武帝太子因被人诬告被逼造反，刘屈氂参与了攻杀太子的行动。此后，贰师将军李广利率军出击匈奴，临行前，对他的儿女亲家刘屈氂说心里话，希望他能请武帝立自己妹妹生的昌邑王为太子。刘屈氂答应了。可就在这时候，武帝严令治巫蛊，有人借机告刘屈氂与李广利搞巫祝活动，想要谋立昌邑王为帝。汉武帝于是下诏诛杀刘屈氂。

〔6〕有甚：有甚于。郭震《王昭君三首》之一："容颜日憔悴，有甚画图时。"据《史记・袁盎传》载，汉文帝有一次外出，陪同乘车的是宦官赵同。这袁盎一见这种情况，就伏在车前说："我听说陪

同天子一起乘车的都是天下的英豪。今天我们大汉朝虽然人才缺乏，但陛下为何非要和一个“刀锯余人”同乘一车呢？文帝听了这番议论，哈哈大笑，便让赵同下去。这让赵同感觉自尊心受到严重挫伤，一边抹着眼泪，一边下了车。

〔7〕下殿趋：下殿趋走，指唐文帝因甘露之变而失去权柄，被宦官挟持。

〔8〕云物：云的色彩。古人看云色以辨人事吉凶，云物成为一种具有预见性的兆象。这句说那些想通过降甘露，玩阴谋，搞机会主义的人什么时候成功过的呢？

〔9〕直：竟然。萑苻：泽名，代指盗贼。《左传·昭公二十年》：“太叔为政，不忍猛而宽。郑国多盗，取人于萑苻之泽。太叔悔之曰：‘吾早从夫子，不及此。’兴徒兵以攻萑苻之盗，尽杀之，盗少止。”以上两句说郑注、李训没有完成铲除宦官的任务，反而被宦官当盗贼给灭了。

〔10〕“证逮”二句：说甘露之变后，宦官们不断地下命令，大肆迫害、捕杀和案情有牵连的人，只要一被供辞牵扯上，即有杀身之祸。符书：官符文书，这里指逮捕令。辞连：被供辞所牵连。

〔11〕汉相：李训。班固《汉书·王商传》载，王商身材魁梧，容貌绝人。他当丞相的时候，有一次，匈奴单于来朝见天子。单于来到白虎殿，一见王商就吓得往后退缩。天子听说后感叹道：“此真汉相矣！”被唐文宗尊宠有加的李训身材也相当高大，《旧唐书·李训传》上说他“形貌魁梧，神情洒落”。

〔12〕胡雏：胡人小子。历史上有两个胡人，一个是石勒，一个是安禄山，当他们还没有形成势力，还是个胡雏的时候，就有人看

出他们的狼子野心了。《晋书·石勒传》:“(石勒)年十四,随邑人行贩洛阳,倚啸上东门。王衍见而异之,顾左右曰:‘向者胡雏,吾观其声视有奇志,恐将为天下之患。’”《新唐书·张九龄传》:“安禄山初以范阳偏校入奏,气骄蹇,九龄谓裴光庭曰:‘乱幽州者,此胡雏也。’”

〔13〕鬼箓:阴间里登录死者的名册。朝部:朝班。百官朝见皇帝时有一定的秩序班次,称为朝班。

〔14〕上都:都城长安。唐朝以长安为上都,以洛阳为下都。

〔15〕“敢云”句:犹言不堪恸哭。

〔16〕洪炉:喻天地造化。《庄子·大宗师》:“以天地为炉,造化为冶。”古人常把天地的造化之功比喻为一个熔炼万物的大炉子(洪炉)。葛洪《抱朴子·勖学》:“鼓九阳之洪炉,运大钧于皇极。”

【解说】

首四句说如今八方臣服,天下平和,可是郑注、李训却妄动干戈,他们也学袁绍的榜样想把宦官势力彻底铲除掉,可是怎么搞的,结果却像刘屈氂那样被人诛杀,成了政治斗争的牺牲品。五、六句说郑注李训们对付宦官方法太简单粗暴,结果使皇帝反受其害。七、八句说像这种靠辨云气定吉凶的方法什么时候成功过的啊?谋事不成,最后竟被人当作盗贼给消灭了。九、十句说宦官们大搞恐怖活动,诛杀了很多无辜的人。十一、十二句说,追溯起来,之所以走到这一步竟是因为当时没有早点发现具有狼子野心的人。十三、十四句说朝臣们被大肆屠杀,整个长安城陷入动乱之中。末二句悲愤而无奈地说如此悲痛之事敢怨恨谁啊,只怪上天无眼罢了!

风雨

凄凉宝剑篇〔1〕，羁泊欲穷年。
黄叶仍风雨〔2〕，青楼自管弦〔3〕。
新知遭薄俗，旧好隔良缘。
心断新丰酒〔4〕，销愁斗几千〔5〕？

【注释】

〔1〕宝剑篇：郭震《古剑歌》载，“君不见昆吾铁冶飞炎烟，红光紫气俱赫然。良工锻炼凡几年，铸得宝剑名龙泉……非直结交游侠子，亦曾亲近英雄人。何言中路遭弃捐，零落漂沦古狱边。”杜甫《过郭代公故宅》：“高咏宝剑篇，神交付冥漠。”郭代公即郭震。

〔2〕仍：“仍”字见意，参见《深宫》里的“狂飙不惜萝阴薄”、《寄裴衡》里的“秋应为黄叶，雨不厌青苔”等句子。

〔3〕自：“自”字见意。

〔4〕新丰酒：据《旧唐书·马周传》，马周是个孤儿，年轻时，“落拓不为州里所敬”，外出游荡，又多次被人欺辱，后来到了一个叫新丰的地方，住在一家旅店里。那店主“唯供诸商贩而不顾待周，遂命酒一斗八升，悠然独酌，主人深异之”。李贺《致酒行》诗：“吾闻马周昔作新丰客，天荒地老无人识。”

〔5〕“销愁”句：语出曹植《名都篇》“归来宴平乐，美酒斗十千”。

【解说】

首二句说自己空有报国的抱负，一身本事得不到施展，这辈子看来只能在漂泊动荡中度过了。三、四句说困厄的仍然在经受风吹雨打，快活的自享受他的灯红酒绿。五、六句说自己日感孤独，过去的交往都过去了，新认识的又难以沟通。末二句说在这种境况下，除了借酒消愁，还有什么办法呢！

城上

有客虚投笔〔1〕，无憀独上城〔2〕。
沙禽失侣远，江树着阴轻〔3〕。
边遽稽天讨〔4〕，军须竭地征〔5〕。
贾生游刃极〔6〕，作赋又论兵。

【注释】

〔1〕虚投笔：指空有为国效力的壮志。范晔《后汉书·班超传》："永平五年，兄固被召诣校书郎，超与母随至洛阳。家贫，常为官佣书以供养，久劳苦。尝辍业投笔叹曰：'大丈夫无它志略，犹当效傅介子、张骞立功异域，以取封侯，安能久事笔研间乎？'"

〔2〕无憀：无聊。

〔3〕"沙禽"二句：失去伴侣的沙禽飞远了，江边的树稀稀疏疏的。着阴轻：树叶稀少，投下的阴影就轻淡。

〔4〕边遽：来自边境的警报。稽：止，滞留。天：国家，朝廷。

〔5〕军须：军需。竭地征：靠竭尽地赋来满足军队给养。

〔6〕贾生：贾谊。李商隐以贾谊自比，说自己也和贾谊一样是个热心国事的文人。游刃极：指他对治国之道很在行（"极"字里充满

了激愤的情绪)。《庄子·养生主》:“今臣之刀十九年矣,所解数千牛矣,而刀刃若新发于硎。彼节者有间,而刀刃者无厚,以无厚入有间,恢恢乎其于游刃必有余地矣,是以十九年而刀刃若新发于硎。”

【解说】

首句用个“虚”字说明自己空有一腔抱负。次句说我是灌满了愤懑才上城楼散心的。三、四句是登高看到的景色:沙禽孤单远去,江边的树木稀稀落落的,影子轻浮在地面上。五、六句说国家还有很多祸患等着政府征讨和解决,然而那些需要刮尽民财才能养活的军队在干什么呢?末二句说那个书生穷思竭虑干着急,又是写文章又是纵谈兵事,一副痛心疾首的样子,可是又有什么用呢?

夜出西溪〔1〕

东府忧春尽〔2〕, 西溪许日曛〔3〕。
月澄新涨水, 星见欲销云〔4〕。
柳好休伤别, 松高莫出群〔5〕。
军书虽倚马, 犹未当能文〔6〕。

【注释】

〔1〕西溪:四川梓州城西的一条河。

〔2〕东府:唐朝时,东府指丞相府,这里指东川幕府。

〔3〕许:许可,同意。以上两句说上级在暮春时候给我放了假,傍晚,我便去西溪边徜徉徜徉。

〔4〕“月澄”二句：这里暮春的夜晚水月交映，星高云淡。

〔5〕“柳好”二句：自己在这个环境里既不能流露真情，也不能展露才华。

〔6〕“军书”二句：草拟军书，倚马可待。倚马：形容才思敏捷，写得快。刘义庆《世说新语·文学》：“桓宣武北征，袁虎时从，被责免官。会须露布文，唤袁倚马前令作。手不辍笔，俄得七纸，殊可观。东亭在侧，极叹其才。”这二句自负才华，觉得自己在这里大材小用，可惜了。

【解说】

首二句说单位终于在春末放了一次假，我可以在傍晚时分到西溪边游玩一番了。“忧春尽”是客套话，指到了春末才放了一次假。三、四句说的是游玩时看到的景色，只见水月交辉，星高云淡。五、六句却在此轻松的语调下把烦恼重提，说自己现在这个时候不要为离别伤感，也不要锋芒毕露。末二句把自己的心态最终归结到自负上，说自己虽然在这里负责草拟军书，可是写这点文章算得了什么呢？我的真正的才华还没能充分展现出来！

梓州罢吟寄同舍〔1〕

不拣花朝与雪朝，　五年从事霍嫖姚〔2〕。
君缘接坐交珠履，　我为分行近翠翘〔3〕。
楚雨含情皆有托〔4〕，　漳滨卧病竟无憀〔5〕。
长吟远下燕台去〔6〕，　惟有衣香染未销〔7〕。

【注释】

〔1〕梓州罢：梓州刺史、东川节度使柳仲郢于大中九年（855）府罢回长安，李商隐随之而归。这首诗当即写于此时。

〔2〕“不拣”二句：不论是在美好的花时，还是在雪舞的季节，我们都追随在将军左右，共有五年时光。霍嫖姚：霍去病，西汉时抗击匈奴的著名将领，曾任嫖姚校尉，这里借指柳仲郢。

〔3〕“君缘”二句：你我在幕府中都得到过特殊礼遇，参与了很多只有亲近的人才能参加的活动。接坐：挨着坐。珠履：缀有宝珠的鞋子，喻指贵客。司马迁《史记·春申君列传》：“春申君客三千余人，其上客皆蹑珠履以见赵使，赵使大惭。”分行：分行列就座。翠翘：妇女的一种首饰，这里喻指幕府中的歌妓。

〔4〕“楚雨”句：引用宋玉赋中巫山神女的典故，表达自己在梓州的五年，这里的一切都是有情有意的。我也深切地感受到了这种情意。

〔5〕“漳滨”句：刘桢字公幹，东汉末年人，建安七子之一，以诗歌见长，与曹植并称“曹刘”。刘桢才华高，但体弱多病，身逢乱世命运也不太好，他在写给曹丕的诗中说自己是“余婴沉痼疾，窜身清漳滨”(《赠五官中郎将》)。漳滨：漳水边。

〔6〕燕台：黄金台。传说战国时期的燕昭王为广招天下贤才，建了一个台子，并置千金于其上。

〔7〕“惟有”句：表达自己依依不舍之情。

【解说】

首二句说我们追随在将军左右，达五年之久，一同经历了多少美好的时光啊！三、四句说我们都曾受过将军的恩宠，待遇远远高于一般的人。五、六句说这里的一切充满了情意，我却卧病漳滨，无聊度日。末二句说当此离别之际，我抚往追昔，感慨不已。

李商隐在梓州的五年，不能说是完全满意的。他仍然觉得自己的才华没能得到真正的施展，这在上一首《夜出西溪》诗的末二句中已可看出。但他由于受到柳仲郢的礼遇，甚至某种程度上的重用，使他又觉得在梓州的这段经历是难忘的。而在桂林的一段时间，诗歌里反映出的却基本是不适应环境的抵触的情绪。

寿安公主出降〔1〕

沩水闻贞媛〔2〕，　常山索锐师〔3〕。
昔忧迷帝力〔4〕，　今分送王姬〔5〕。
事等和强虏〔6〕，　恩殊睦本枝〔7〕。
四郊多垒在〔8〕，　此礼恐无时〔9〕。

【注释】

〔1〕出降：公主下嫁，叫出降。《旧唐书·文宗本纪》载，成德军节度使王庭凑凶悖骄横，不服中央管辖。他死后，儿子王元逵继任，唐文宗为了安抚他，就把女儿寿安公主下嫁给他。

〔2〕沩水：在今天山西永济南。《尚书·尧典》载，尧帝为了考察虞舜的综合素质，把两个女儿下嫁给他，和他一起在沩水生活。

〔3〕常山：据《旧唐书·地理志》载，成德军节度使镇守的恒州，也叫镇州、常山郡。索：娶。陆游《老学庵笔记》：“今人谓娶妇为索妇，古语也。”这句说王元逵凭锐师索娶公主（“锐师”可不是迎亲的队伍，是娶亲的实力和资本）。

〔4〕帝力：《击壤歌》云“日出而作，日入而息。凿井而饮，耕田而食。帝力于我何有哉”。这句说这个心腹大患一直困扰着唐王朝。

〔5〕分：本分。上一句的“迷”字和这句的“分”字用得有力。“迷”字说明这么一个忧患搞得中央也犯迷糊了，导致今天把王姬送过去还像是本该如此似的。这就本末倒置了。据《旧唐书·文宗本纪》载，王元逵继任后，一改乃父的作为，开始向朝廷按时纳贡。唐文宗看在眼里，喜在心上，他是高高兴兴，投桃报李般地把寿安公主下嫁过去的。

〔6〕“事等”句：这种事和与强虏和亲没什么区别。

〔7〕“恩殊”句：下嫁公主给藩镇与图求本枝和睦不能同日而语。在枝强本弱、尾大不掉的现实下，这种行为等于姑息养奸。

〔8〕四郊多垒：《礼记·曲礼》云“四郊多垒，此卿大夫之辱也”。这句指当时藩镇割据的现实。

〔9〕无时：没个休止的时候。“此礼恐无时”一句，以及《有感二首》中的“此举太无名”一句都鲜明地体现了李商隐站在国家立场上的进步的政治见解。

【解说】

这是一首反思当时朝廷政策的诗，心情悲愤而见解深刻。首二句说，听说过当年尧嫁二女选贤才的故事，可如今朝廷竟然想通过下嫁公主的方式把成德军收买过来。三、四句说朝廷真是被国家的内忧外患搞昏了头了，搞得现在好像把公主嫁过去是应尽的义务似的。五、六句指出这种行为不仅丢了中央的脸面和权威，实际上也达不到决策者的预期目的。末二句说如今外强中干，藩镇骄横，用这种方式来求得一时的苟安，恐怕要没完没了了。

谒山[1]

从来系日乏长绳，　水去云回恨不胜。
欲就麻姑买沧海[2]，　一杯春露冷如冰[3]。

【注释】

〔1〕谒：拜访。

〔2〕麻姑：见《华山题王母祠》注〔4〕。

〔3〕春露：见《陈后宫》(玄武开新苑)注〔5〕。

【解说】

一

首句说了一个普遍的认识：时间是留不住的。次句用“水去云回”说明恨的具体情形（水和云的说法可以继续深化时光不可留的印象，又可以暗示两者乖离的怅恨）。三句是前面“恨不胜”之后的心理反抗（欲）：恨不得把这愁海买下来才好。但是这怎么可能呢？四句“一杯春露冷如冰”，是用一个静止的、长时间保持着某种状态的情景来与内心的想法（状态）进行对比。露与求仙、长生、留住时间有关，所以这里用一杯冰冷的春露（说明挽留时间的努力后的结局）来说明时间是留不住的。这是他惯有的手法，其他如“云浆未饮结成冰”“半杯松叶冻颇黎”，甚至和“一树碧无情”这样的句子一样，用的都是同一个显示内外状态对比的方法。

二

首句说了个不可能的事情（没有这样的绳子）。次句水和云的流逝，带给人云水茫茫何所归的怅惘。三句提到了沧海，更是把这个情绪、心理一总说下。四句把流逝中的云水，把握不住的沧海都丢下，让人独自面对一杯具有结局意义的春露。

无题

紫府仙人号宝灯〔1〕，　云浆未饮结成冰〔2〕。
如何雪月交光夜，　更在瑶台十二层〔3〕。

【注释】

〔1〕紫府：道家所说的仙境。葛洪《抱朴子·祛惑》："及到天上，先过紫府，金床玉几，晃晃昱昱，真贵处也。"庾信《道士步虚词十首》其三："五香芬紫府，千灯照赤城。"宝灯：本义为供奉神佛的灯，这里借用来指称这个紫府中的仙人，大概就是不很认真地给他起了个外号。

〔2〕云浆：道家所谓的仙药，仙酒。《汉武帝内传》："云浆玉酒，元圃琼腴。"这句说那人求仙求得的所谓"云浆"还没喝呢，都结成冰了。这是用没喝成说明他白求了，空等了。

〔3〕"如何"二句：这两句说明他都痴迷到什么程度了，在这种寒夜里（雪月交光之夜，极其寒冷、清幽、孤寂），还待在那么高的地方不肯下来！瑶台：仙台。王嘉《拾遗记·昆仑山》里说昆仑山"傍有瑶台十二，各广千步，皆五色玉为台基"。

【解说】

一

首句说有个紫府仙人，号称宝灯。次句说了一个状态，一个等待中的状态和结果。李商隐另有诗句“唱尽阳关无限叠，半杯松叶冻颇黎”，说的也是等待中的状态与结果。这两句于是就是表示那个求仙之人在漫长的等待中有点执迷不悟了。后面的两句是把这个等待尽力往极限处（这么寂寞，这么冷清，这么“高处不胜寒”）说，把这个执迷不悟的状态极力往痴迷处说。从“等待”这个立场看这个诗，这个诗就贯通了，统一了，有状态了。

二

李商隐有不少意境高渺的诗是从君王求仙这一主题来的。这一首无题，实际也是讽刺君王的求仙，不过和前面《汉宫词》不同的是，这里旨在表现君王求仙的执迷不悟。前二句说痴迷者一味求仙，在那里干等着激动人心的时刻，所谓的仙露之类的饮料还没喝，都结了冰了，以这一冰冷的现实说明梦想的破灭。后二句说他居然还没有死了这条心，又在这雪月交光、寒彻天宇之夜，独自登上仙台痴痴眺望。

日日

日日春光斗日光〔1〕， 山城斜路杏花香。
几时心绪浑无事， 得及游丝百尺长〔2〕？

【注释】

〔1〕“日日”句：春光是万物争奇竞艳产生的整体效果，而在日光的照耀下，色态更见明丽。“斗”字显出春光主动的表现力。“日日”指一天天地这样斗下去，有“越斗越勇”的意味在内。在此“斗”的过程中，春光和日光早已分不出彼此。

〔2〕“几时”二句：什么时候我也能什么都不想，一心去感受这美好的春天，让我的心绪就像那长长的游丝一样飘浮在空中？游丝：蜘蛛等昆虫吐出的飘荡在空气中的细丝。游丝是春的产物，是昆虫们在春光斗日光的感召下吐出来的。雍裕之《游丝》：“游丝何所似，应最似春心。一向风前乱，千条不可寻。”

【解说】

首句先普遍地感受春光。次句把这个感受落实到具体的环境中。没有首句动态的斗，哪有二句静态的香？没有一番光照和压榨，哪有“老老实实”淌出的酒？前面说“斗”，这里就用个“斜”字去看这个“斗”。既是斗，就不会四平八稳。三、四句说自己在充分感受到春的力量之后，也想暂时忘却心中的烦恼，加入春的怀抱中。

李商隐的艺术手法很高妙，善于表现那个超出具体事物的普遍的力，那个抽象与具象混于一体的力。这里的“斗”就是这个力的表现，就是对春光中万物欣欣向荣的整体意识。妙就妙在斗得无形。

寄蜀客

君到临邛问酒垆〔1〕，　近来还有长卿无〔2〕？

金徽却是无情物〔3〕，　不许文君忆故夫〔4〕。

【注释】

〔1〕临邛：地名，今四川邛崃。酒垆：放酒坛的土台子，借指酒店。据《史记》等载，司马相如在卓王孙家通过弹琴私通上了他新寡的女儿卓文君，后俩人私奔，一起去了临邛，并在那里开了家酒馆。

卓文君当垆卖酒，司马相如则身穿犊鼻裈，亲自当上了店小二。

〔2〕长卿：司马相如，字长卿。

〔3〕金徽：金饰的琴徽。这里代指琴。

〔4〕文君：卓文君。文君嫁给司马相如属再嫁，因此有故夫。

【解说】

首句说你到临邛那去看看，当年的相如哪去了。那个代表他们的一段风流史的琴真是无情之物，因为它“不许”文君思念她的那个“故夫”(这故夫可不是指相如，否则这个作为他的红娘的金徽才不会这么霸道到不许她思念呢)。为什么金徽“不许文君忆故夫”呢？因为它开创了一段历史，它同时也拒绝了一段历史。这是它的蛮横和霸道处。

此诗是作为一封信寄给一位蜀地的朋友的，信中的内容一定有所指，他大概是想把自己的心意或某个道理告诉他的朋友。

有金徽如此，文君做人难。文君的婚姻史和李商隐几次三番的寄幕经历有一定的比拟性。

宿骆氏亭寄怀崔雍崔衮〔1〕

竹坞无尘水槛清〔2〕，　相思迢递隔重城。
秋阴不散霜飞晚〔3〕，　留得枯荷听雨声。

【注释】

〔1〕崔雍、崔衮：当是两兄弟。崔雍是李商隐从表叔崔戎的儿子。李商隐在崔戎手下做过幕僚。

〔2〕坞：四面高中间低的凹地。水槛：水亭上的栏杆。

〔3〕秋阴：深秋傍晚的阴沉天气。

【解说】

首句的“清”字里有孤独意、自怜意。清，是近距离观看自己的孤独。第二句是在孤独不堪的前提下放飞自己的思念。三、四句又回到自己的现实处境中，光去放飞思念就太散漫了，太虚渺了，还得回到这现实的雨声中，一切才显得持久而渐进……

别智玄法师〔1〕

云鬓无端怨别离〔2〕，十年移易住山期〔3〕。
东西南北皆垂泪〔4〕，却是杨朱真本师〔5〕。

【注释】

〔1〕智玄法师：人物不详，或说是指唐时的高僧知玄（“知”“智”通）。据赞宁《宋高僧传》卷六《唐彭州丹景山知玄传》载，此僧在长安与李商隐有过一段交往，李商隐还曾“以弟子礼事玄”。但据诗意，这里的智玄应该是个女性，她的云鬓，她的多愁善感，她的爱哭鼻子，以及作者善意的嘲笑都表明她是个女性。若此智玄是那李商隐“以弟子礼”所事的知玄，诗中所表现出的正经的诙谐、善意的调笑以及平等轻松的语气都是不可想象的。

〔2〕云鬓：本指女子美发，这里代指智玄法师。无端：无缘无故。

〔3〕“十年”句：这句说智玄法师每十年要换个住地。

〔4〕“东西”句：她无论是去哪里，都要为离别伤感。

〔5〕杨朱：战国时人，又称杨子。《淮南子·说林训》：“杨子见逵路而哭之，为其可以南，可以北。”

【解说】

首句用云鬟代指那个一遇离别就要哭哭啼啼的人。既然说她无端怨怅，就不必去刻意找缘由，她就是个一遇离别就要垂泪的多愁善感的人。次句说她每十年换个地方住。三句说她每次不论去哪里，都要哭一番。四句说照这样子看，她真是杨朱那一类人的祖师爷了。

诗中的这个智玄法师，这个眼泪不争气的人在与诗人相别时，想必又哭鼻子了，所以诗人这么带着善意地“嘲笑”她。

戏题枢言草阁三十二韵〔1〕

君家在河北，　我家在山西〔2〕。
百岁本无业〔3〕，　阴阴仙李枝〔4〕。
尚书文与武〔5〕，　战罢幕府开〔6〕。
君从渭南至〔7〕，　我自仙游来〔8〕。
平昔苦南北，　动成云雨乖。
逮今两携手，　对若床下鞋。
夜归碣石馆〔9〕，　朝上黄金台〔10〕。
我有苦寒调，　君抱阳春才〔11〕。
年颜各少壮，　发绿齿尚齐。
我虽不能饮，　君时醉如泥。

政静筹画简，　退食多相携[12]。
扫掠走马路[13]，　整顿射雉翳[14]。
春风二三月，　柳密莺正啼。
清河在门外，　上与浮云齐[15]。
欹冠调玉琴[16]，　弹作松风哀[17]。
又弹明君怨[18]，　一去怨不回。
感激坐者泣，　起视雁行低。
翻忧龙山雪，　却杂胡沙飞。
仲容铜琵琶[19]，　项直声凄凄。
上贴金捍拨[20]，　画为承露鸡[21]。
君时卧枨触[22]，　劝客白玉杯。
苦云年光疾，　不饮将安归。
我赏此言是，　因循未能谐[23]。
君言中圣人[24]，　坐卧莫我违。
榆荚乱不整，　杨花飞相随。
上有白日照，　下有东风吹。
青楼有美人，　颜色如玫瑰[25]。
歌声入青云，　所痛无良媒。
少年苦不久，　顾慕良难哉。
徒令真珠肶[26]，　裛入珊瑚腮[27]。
君今且少安，　听我苦吟诗。
古诗何人作，　老大犹伤悲[28]。

【注释】

〔1〕枢言草阁：冯浩注引钱良择曰，"'枢言'，疑草阁主人字。"据诗意，这个草阁主人和李商隐为同事，同在卢弘正幕下任职。

〔2〕"我家"句：李商隐是李唐王室的后裔，其先出于陇西成纪。

〔3〕业：一作"异"，非。

〔4〕仙李枝：李唐宗室自认为是老子李聃的后代，所以这里说"仙李枝"。

〔5〕尚书：卢弘正。

〔6〕"战罢"句：参见《偶成转韵七十二句赠四同舍》诗中"武威将军使中侠，少年箭道惊杨叶。战功高后数文章，怜我秋斋梦蝴蝶"等句。

〔7〕渭南：长安近郊的渭南。

〔8〕仙游：地名未详。朱鹤龄注引《长安志》："盩厔县有仙游泽，复有仙游宫。"李商隐曾任盩厔县尉，此仙游大概指的即是盩厔县。

〔9〕碣石馆：亦称碣石宫。碣石宫是春秋战国时燕昭王为引进的人才邹衍建造的。《史记·孟子荀卿列传》："（邹衍）如燕，昭王拥彗先驱，请列弟子之座而受业，筑碣石宫，身亲往师之。"

〔10〕黄金台：燕昭王为了广招天下贤才，置千金于台上。这个台就被人叫作黄金台。

〔11〕阳春才：超凡出俗之才。萧统《文选》中收宋玉《对楚王问》："客有歌于郢中者，其始曰《下里》《巴人》，国中属而和者数千人；其为《阳阿》《薤露》，国中属而和者数百人；其为《阳春》《白雪》，国中属而和者不过数十人。"

〔12〕退：一作“边”，非。

〔13〕扫掠：扫除。

〔14〕射雉翳：古代射猎野鸡时，射手要先隐蔽好，这个用来隐蔽的东西就叫“翳”。

〔15〕“清河”二句：草阁高耸入云，下临泗水。清河：古泗水，水源在山东泗水县东蒙山南麓。

〔16〕欹冠：斜着帽子。

〔17〕松风：古琴曲有《风入松》。郭茂倩《乐府诗集·琴曲歌辞·风入松歌》题解：“《琴集》曰：‘《风入松》，晋嵇康所作也。’”皎然《风入松歌》：“西岭松声落日秋，千枝万叶风飗飗。美人援琴弄成曲，写得松间声断续……何人此时不得意，意苦弦悲闻客堂。”

〔18〕明君怨：《昭君怨》，古琴曲名。郭茂倩《乐府诗集·琴曲歌辞·昭君怨》题解引《乐府解题》：“昭君恨帝始不见遇，乃作怨思之歌。”

〔19〕仲容：阮咸，字仲容。阮咸是阮籍的侄子，叔侄齐名，时称“大小阮”。据说阮咸精通音律，曾创制一种长直柄的琵琶乐器。这个乐器因为是阮咸所造，就名为“阮咸”，简称为“阮”。刘悚《隋唐嘉话》卷下：“元行冲宾客为太常少卿，有人于古墓中得铜物，似琵琶而身正圆，莫有识者。元视之曰：‘此阮咸所造乐具。’乃令匠人改以木，为声甚清雅，今呼为‘阮咸’者是也。”

〔20〕捍拨：弹奏琵琶用的拨子。

〔21〕承露鸡：大概是指一种长鸣鸡。承：一作“永”“水”，非。朱鹤龄注引《江表传》：“南郡献长鸣承露鸡。”“承露”一词所指未明。这句说琵琶乐器上画有引吭高歌的公鸡形象。

〔22〕枨触：触动，感触。孙光宪《虞美人》："天涯一去无消息，终日长相忆。教人相忆几时休？不堪枨触别离愁，泪还流。"

〔23〕因循：沿袭旧习。李商隐不善饮酒，故说"因循未能谐"。

〔24〕中圣人：也叫中圣，系醉酒的隐语。魏晋时人讳言酒字，把清酒叫作圣人，浊酒叫作贤人，把喝醉酒了叫作"中圣人"，意味喝中了酒了。陈寿《三国志·魏书·徐邈传》："魏国初建，为尚书郎。时科禁酒，而邈私饮至于沉醉。校事赵达问以曹事，邈曰：'中圣人。'达白之太祖，太祖甚怒。度辽将军鲜于辅进曰：'平日醉客谓酒清者为圣人，浊者为贤人，邈性修慎，偶醉言耳。'"

〔25〕如：原作"始"，据戊签等本改。

〔26〕朏：当作"眦"，"朏""眦"系形近而讹。眦，指眼角，眼眶，泛指眼睛，常与泪相连用。如韩愈《答张彻》："尘袪又一掺，泪眦还双荧。"说真珠眦，则真珠比泪珠一说就落到了实处；说真珠眦，就与下句的珊瑚腮，对得妥当；说真珠眦，就使得泪珠的说法更形象。而说真珠朏，则不成语。若光从真珠一词还难以看出真珠比的即是泪珠，只有和眦相联合，真珠才明确了指的是泪珠。

〔27〕裛：通"浥"，沾湿。古代女子喜用胭脂等化妆品涂抹两腮，搞得红红的。这里说珊瑚腮，等于说经过一番化妆后的红腮（珊瑚多呈红色）。

〔28〕犹：一作"徒"。汉乐府《长歌行》："百川东到海，何时复西归。少壮不努力，老大徒伤悲。"

【解说】

这首诗可分为四节，第一节从"君家在河北"到"朝上黄金台"，说我和你一个天南，一个地北，本不相识，都是贫苦人家出身，后来因缘聚会，竟成了一对朝夕相伴的好朋友。“对若床下鞋”一句很诙谐，切合题目中的“戏”字。第二节从“我有苦寒调”至“坐卧莫我违”，谈论我和你之间年龄、性格、才华、生活习惯等方面的异同，说你我年龄相仿，都属怀才不遇；说我们经常一起喝酒出游，弹琴抒意，感怀伤时；说你经常劝我该醉时就一醉方休，我虽不善饮酒，但很能领会你的心意。第三节从“榆荚乱不整”到“裹入珊瑚腮”，以美人作比，这与前面“对若床下鞋”一句一样诙谐味十足，说我和你就像那高楼上寂寞的美人儿，容貌那么美，歌声那么动听，心中痛的是没个好介绍人啊！而那爱慕我的少年却只能“红楼隔雨相望冷”，只能迎风洒泪独自归，眼看着大好的青春就这样被消耗掉了。第四节总结全诗，说你我都是怀才不遇悲老大的人啊！

桂林

城窄山将压〔1〕，江宽地共浮〔2〕。
东南通绝域，西北有高楼〔3〕。
神护青枫岸，龙移白石湫〔4〕。
殊乡竟何祷〔5〕？箫鼓不曾休。

【注释】

〔1〕“城窄”句：桂林城窄山多，给人一种压迫感。

〔2〕江：漓江。第一句用山“压下去”，这里又用水浮起来，这一压一浮就把在这陌生地方的不舒服的感受抬挤出来了。

〔3〕“西北”句：《古诗十九首·西北有高楼》有“西北有高楼，上与浮云齐”。

〔4〕“龙移”句：旧有龙移湫的说法。康骈《剧谈录》卷上“华山龙移湫”条：“咸通九年春，华阴县南十余里，一夕风雷暴作，有龙移湫，自远而至。先是崖垄高亚，无贮水之所，此夕回从数丈小山，从东西直亘南北，峰峦草树，一无所伤，碧波回塘，湛若疏凿。”白石湫：也叫白石潭，在今桂林市北。以上两句，以及《骊山有感》中的“九龙呵护玉莲房”句、《圣女祠》中的“龙护瑶窗凤掩扉”句，都是把静态的说成动态的，说得神乎其神。

〔5〕殊乡：异乡。

【解说】

大中元年（847）三月，李商隐应郑亚之辟，任掌书记，随之远赴桂州。翌年二月，郑亚被贬为循州刺史，李商隐失去幕职，不久北返，大约九月间抵达长安。李商隐在桂州的时间仅一年左右。他在桂州的感受总体上说是压抑的。他对那里的气候、环境、习俗表现出很明显的不适应。

此诗首二句说地理的特点。首句说窄，说压，先把个不舒服的感觉表露出来。三、四句说自己在此天涯地角常常登高望远，怀念家乡。五、六句继续说自己看到的陌生的环境（神、龙，都是不寻常的保持着距离的警惕性的说法）。末二句把这样的陌生、隔阂上升到了习俗、文化上的高度。

开头两句虽然说的也是看到的景象，可是一种压抑的难受已呼之欲出。有了这两句，三、四句的登高望乡才有一种感情上的立足点，并且教人相信在这样的感情状态下望也是望不出什么好结果来的。他到底望到了什么呢？他望到了异乡陌生而奇怪的风土人情，而这一切是多么令人难以理解啊！

梓潼望长卿山至巴西复怀谯秀〔1〕

梓潼不见马相如，　更欲南行问酒垆〔2〕。
行到巴西觅谯秀，　巴西惟是有寒芜〔3〕。

【注释】

〔1〕梓潼：今四川梓潼。长卿山：原名“神山”“蚕婆山”，因司马相如（字长卿）曾在此读书而得名。巴西：今四川绵阳东。谯秀：字符彦，晋朝人，以儒学著称，一生不愿做官，在老家巴西过着隐居的生活，《晋书·谯秀传》上说他“常冠皮弁，弊衣，躬耕山薮”。

〔2〕“梓潼”二句：我在梓潼没见到司马相如（实际是说自己也到了司马相如待过的地方），更想往南去成都到他那著名的小酒店里去找找（说得跟真的似的）。

〔3〕“行到”二句：走到巴西这里的时候，又打算去看看谯秀，可是举目一看，哪里看得到，只见远处一片寒芜之色。

【解说】

此诗的司马相如和谯秀所指是谁，或者只是他心有渴望虚引出来的（假设他需要这样的朋友），都不必过分推求，且跟着他的足迹去走一走。他说到了梓潼，没有见到想见之人（司马相如），更想往南走到他可能在的地方（酒垆所在地）。然而途径巴西这个地方时，却又想起了另一个人谯秀，可是到哪里能找到他呢，远远望去，巴西之地只有一片寒芜之色。此时，第一个人物和第二个人物都退居幕后了，只有眼前一片寒芜之色和回荡在内心的怅惘的情绪才是最真实的。

杜工部蜀中离席〔1〕

人生何处不离群，　世路干戈惜暂分。
雪岭未归天外使〔2〕，　松州犹驻殿前军〔3〕。
座中醉客延醒客〔4〕，　江上晴云杂雨云〔5〕。
美酒成都堪送老，　当垆仍是卓文君。

【注释】

〔1〕杜工部：杜甫，因做过工部员外郎，故称。《旧唐书·杜甫传》："上元二年冬，黄门侍郎、郑国公严武镇成都，奏为节度参谋、检校尚书工部员外郎，赐绯鱼袋。……永泰元年夏，武卒，甫无所依。及郭英乂代武镇成都，英乂武人粗暴，无能刺谒，乃游东蜀依高适。既至而适卒。是岁，崔宁杀英乂，杨子琳攻西川，蜀中大乱。"

〔2〕雪岭：位于四川省西北部的岷山。杜甫有"烟尘犯雪岭，鼓角动江城"(《岁暮》)、"剑阁星桥北，松州雪岭东"(《严公厅宴同咏蜀道画图得空字》)等句。松州、雪岭附近是唐与吐蕃、党项经常交战的边境地区。天外使：出使到吐蕃等地区的使臣。

〔3〕松州：今四川松潘，唐时为防守吐蕃的边区重镇。《旧唐书·吐蕃传》："于是进兵攻破党项及白兰诸羌，率其众二十余万，

顿于松州西境。遣使贡金帛，云来迎公主。又谓其属曰：‘若大国不嫁公主与我，即当入寇。’遂进攻松州，都督韩威轻骑觇贼，反为所败，边人大扰。”殿前军：护卫皇帝的禁军。松州是边境地区，驻扎在那里的却是护卫皇帝的军队，战争形势可想而知。

〔4〕“座中”句：描述醉醒同时的诗句，还有“薛王沉醉寿王醒”（《龙池》）。《楚辞·渔父》“众人皆醉我独醒”，亦醉醒同时之句。

〔5〕“江上”句：此句或从刘禹锡《竹枝词》“东边日出西边雨”化出。

【解说】

诗题交代了杜甫在蜀中参加宴会后离开酒席的一个场景。看内容，这首诗既把杜甫当作剧中人，又模拟了他诗的写法，还自觉地引为同调。

首句就从自己漂泊动荡的人生中总结出感慨，说在哪里没有离别呢，如今兵荒马乱的，更教人伤心，也更令人珍惜相会之时。三、四句说国家外患不已，形势危急，令人痛心疾首，徒唤奈何。五、六句写酒席上具体的情状，这时酒大概也喝得差不多了，座中醉了的也有（还在一个劲地劝人喝酒），醒着的也有（却把深沉的目光投向了窗外），窗外晴云夹杂着雨云，漂移不定。末二句是劝人留下的话，说这地方不错的，有的是美酒，不如就留此养老吧，而且，别忘了，酒店的老板娘还是卓文君这样的人儿！

末二句既有他用典灵活的特点，底子里又有他善于诙谐说笑的特色。你看他把一个沉痛的事故意说得乐呵呵的，骨子里却不知有多少悲愤和感慨。

失题[1]

幽人不倦赏，　秋暑贵招邀。
竹碧转怅望，　池清尤寂寥。
露花终裛湿[2]，　风蝶强娇饶[3]。
此地如携手，　兼君不自聊[4]。

【注释】

〔1〕这首本与无题诗“八岁偷照镜”合为《无题二首》，何焯、冯浩诸家认为它不属无题一类的诗，应该是原有题目的。这里据此定为“失题”。

〔2〕露花：沾露之花。裛：同“浥”，沾湿。

〔3〕风蝶：风中之蝶。

〔4〕不自聊：无聊，没趣。

【解说】

这一首题目失却了，猜想其题，大概也就是某时某地邀请某人的话。首二句先说本来在这样一个秋暑之日，是应该一起聚起来赏景消遣的。三、四句说自己在这样一个碧竹森森、清池沉沉的环境中真是孤独、寂寥透了。五、六句描写眼前所见的环境，实际表现出自己内心无奈、无助的状态以及强乐还无味的感受，说自己在此境况下只是加深了一贯消极的情绪。末二句说幸好你没来，否则也要和我一样无聊了。

少将

族亚齐安陆〔1〕，风高汉武威〔2〕。
烟波别墅醉，花月后门归〔3〕。
青海闻传箭〔4〕，天山报合围〔5〕。
一朝携剑起，上马即如飞〔6〕。

【注释】

〔1〕亚：配，与……相当。齐安陆：南齐的安陆昭王萧缅。萧缅，字景业，他的父亲始安贞王萧道生是齐太祖的二哥，他本人是齐明帝萧鸾的三弟。(《南齐书·宗室·安陆昭王缅传》)沈约在《齐故安陆昭王碑》中说他的为人是："至公以奉上，鸣谦以接下。抚僚庶尽盛德之容，交士林忘公侯之贵。"

〔2〕武威：将军名号。这句说他的风度、气度可比汉武威将军("汉武威"三字，不必坐实到历史上的某人)。

〔3〕烟波、花月：形容他的风流生活。后门归：晚归。

〔4〕青海：古名鲜水、西海，又名卑禾羌海，到北魏时开始叫青海。青海及天山一带是唐与少数民族政权经常交战的边境地。传箭：传递令箭。《新五代史·霍彦威传》："夷狄之法，起兵令众以传箭为号令，然非下得施于上也。"

〔5〕天山：又名"白山""雪山""折罗漫山"。唐时称伊州以北一带山脉为天山。《新唐书·沙陀列传》："有大碛，名沙陀，故号沙陀突厥云。咄陆寇伊州(故址在今新疆哈密)，引二部兵围天山。"

〔6〕"一朝"二句：他听到边境有情况后立即携剑而起，飞身上马。

【解说】

首二句说他出身高贵，风范威武。三、四句说他在太平时节过着花天酒地的日子。五、六、七、八句说别看他平时不务正业的德性，可是一旦得到边境有战事的消息，他马上一跃而起，拿起武器就赶去战斗了。

公子

外戚封侯自有恩，　平明通籍九华门〔1〕。
金唐公主年应小〔2〕，　二十君王未许婚〔3〕。

【注释】

〔1〕通籍：见《重过圣女祠》注〔8〕。九华门：宫门名。

〔2〕金唐公主：出处未详，不过这个名称就是个符号，和《无题四首》之“何处哀筝随急管”一首中所说的溧阳公主一样，不必去坐实。

〔3〕二十君王：谓君王年轻。李商隐《令狐八拾遗见招送裴十四归华州》：“二十中郎未足希，骊驹先自有光辉。”二十中郎：谓很年轻的中郎。

【解说】

前两句说外戚封侯自有他的特殊门路，不信，你看，昨天还是个无名小卒，一夜之间就天下闻名了（“平明通籍九华门”）。三句紧接着这个意思，说他们得陇望蜀，现在又开始打上公主的主意了（可见势力不小）。可是那个年纪轻轻的君王居然没有同意。是太年轻不懂事吧？我们的猜测是：也许因为公主的年纪还太小吧！

汴上送李郢之苏州〔1〕

人高诗苦滞夷门〔2〕，　万里梁王有旧园〔3〕。
烟幌自应怜白纻〔4〕，　月楼谁伴咏黄昏。
露桃涂颊依苔井，　风柳夸腰住水村。
苏小小坟今在否〔5〕，　紫兰香径与招魂〔6〕。

【注释】

〔1〕汴上：汴水之上。汴水是河南开封附近的一条河流。古开封也叫汴梁。李郢：字楚望，长安人，大中十年（856）进士。他是晚唐时期的一位诗人，《新唐书·艺文志》载“李郢诗一卷”。辛文房《唐才子传·李郢》里说他的诗“理密辞娴，个个珠玉，其清丽极能写景状怀，每使人竟日不能释卷……”

〔2〕夷门：本指战国时魏国都城大梁的城门，因建在夷山之上而得名。后以夷门代指大梁，即今天的开封市。

〔3〕梁王：西汉梁孝王刘武。他继承了战国时期养士的遗风，热衷于招贤纳士。旧园：梁孝王的东苑，即历史上有名的梁园，也叫菟园。该园极尽奢华之能，规模宏大，方圆有三百余里。梁孝王在其中广纳宾客，当时的名士如司马相如、枚乘、邹阳等均为座上客。

〔4〕白纻：白衣，为平民百姓所穿。刘禹锡《插田歌》：“农妇白纻裙，农父绿蓑衣。”雍陶《公子行》：“公子风流嫌锦绣，新裁白纻作春衣。”因为白纻与锦绣相对，不是有钱、有地位的人穿的，所

以雍陶才特意用它来说明这位公子不同寻常的风流。

〔5〕苏小小：齐梁时期钱塘一带著名的歌妓。如白居易《和春深》之二十："杭州苏小小，人道最夭斜。"殷尧藩《送客游吴》："欲知苏小小，君试到钱塘。"李贺《七夕》："钱塘苏小小，又值一年秋。"李商隐送李郢去的地方是苏州，苏州属吴地，所以这里提到苏小小。

〔6〕香径：见《杏花》注〔14〕。

【解说】

首二句说李郢落魄在汴梁这块地方，而当年所谓的梁园在哪里呢？三、四句说李郢失意时的情状。五、六句宕开一笔，说那些露桃风柳们一个个自得其所，以此反衬他的流离失所。末二句是用苏小小的命运来作个对照，说他和苏小小一样是个失意人。

赠刘司户〔1〕

江风吹浪动云根〔2〕，　重碇危樯白日昏〔3〕。
已断燕鸿初起势〔4〕，　更惊骚客后归魂〔5〕。
汉廷急诏谁先入，　楚路高歌自欲翻〔6〕。
万里相逢欢复泣，　凤巢西隔九重门〔7〕。

【注释】

〔1〕刘司户：刘蕡，字去华，是晚唐时期一个敢言直谏的文人。当时的朝政被宦官把持，造成了万马齐喑的局面。大和二年（828），

刘蕡考中进士。他写的策文，洋洋洒洒，不避时讳，矛头直指祸国殃民的宦官集团。当时朝野震动，产生了极大的政治效应，以致朝官热议，士人感泣，宦官切齿。而负责这次考试、处在风口浪尖上的官员们一方面叹服刘蕡的勇气和见识，一方面又迫于形势不敢录取他。一位和刘蕡一同参加考试并被录取的士子说：“刘蕡没被录取，我倒被录取了，这说明我是多么厚颜无耻啊！”他上疏要求把授给他的官职让给刘蕡。唐文宗迫于宦官集团的压力，最终不得不作出放弃刘蕡的决定。此后，宦官集团开始了诬陷、迫害刘蕡的行动，最后把他远远地贬走了事。刘蕡后在贬所柳州抑郁而终。李商隐对刘蕡相当敬重，视之为良师挚友，对他的坎坷的命运寄予了深刻的同情。刘蕡死后，李商隐写了多首哭刘蕡的诗，情绪激愤而极富感染力，如“一叫千回首，天高不为闻”“并将添恨泪，一洒问乾坤”“平生风义兼师友，不敢同君哭寝门”等等。

〔2〕云根：古人称石为云根。

〔3〕碇：固定船的石墩子，作用跟锚差不多。

〔4〕“已断”句：这句是对风的描写。参见《风》：“回拂来鸿急，斜催别燕高。”

〔5〕骚客：楚客。《九日》：“不学汉臣栽苜蓿，空教楚客咏江蓠。”

〔6〕楚路高歌：在放逐的路上悲歌慷慨。自欲翻：指情绪的激昂翻涌。一说唐人言制曲为翻曲，这里非用此意。

〔7〕凤巢：喻朝廷。《艺文类聚》卷九十九引《尚书中候》：“尧即政七十载，凤皇止庭，巢阿阁欢树。”《竹书纪年》：“有凤凰集……或止帝之东园，或巢于阿阁，或鸣于庭。”宋玉《九辩》：“岂不郁陶而思君兮，君之门以九重。”

【解说】

首二句描写自己与刘蕡相会于江上时的风景：风掀起了巨浪，风掀动了礁石，风使白日昏沉，船下重碇。三、四句接着说这个风的淫威，说它不仅断了燕鸿初起之势，更且惊颤了骚客后归之魂。五、六句说朝廷里谁还记得我们这些逐臣呢？我们只有行吟泽畔，自作宽解。七句说想不到我们能在这里相遇，此时此刻真是百感交集啊！八句交代他们同是天涯沦落人，交代他们都心系国运，却归路渺茫。

有感

非关宋玉有微辞〔1〕，　却是襄王梦觉迟〔2〕。
一自高唐赋成后〔3〕，　楚天云雨尽堪疑〔4〕。

【注释】

〔1〕微辞：委婉的讽辞。宋玉《登徒子好色赋·序》："登徒子侍于楚王，短宋玉曰：'玉为人体貌闲丽，口多微辞。"

〔2〕襄王：楚襄王。宋玉《神女赋序》中写他和楚襄王一起游于云梦之浦，襄王命宋玉把当年楚君遇巫山神女的一段风流韵事用文学的手法记下来。后来，楚襄王玩累了，晚上睡觉，也梦见巫山神女与之幽会。

〔3〕高唐赋：宋玉作品《高唐赋》。

〔4〕楚天云雨：《高唐赋》中形容那神女与楚王约会是"旦为朝云，暮为行雨。朝朝暮暮，阳台之下"。

【解说】

宋玉为何要用“微辞”这样一种特殊的表达方式呢？这还不是襄王的缘故。换句话说，不是宋玉好微辞，而是醒不过来的楚王需要它。可是，一旦用微辞写出文章后，一切楚天云雨都成了怀疑的对象。

拟沈下贤〔1〕

千二百轻鸾，春衫瘦着宽〔2〕。
倚风行稍急，含雪语应寒〔3〕。
带火遗金斗〔4〕，兼珠碎玉盘。
河阳看花过〔5〕，曾不问潘安〔6〕。

【注释】

〔1〕沈下贤：沈亚之，字下贤，吴兴（即今湖州）人。沈亚之是中唐时期的诗人，有诗文、传奇等作品传世。他与李贺、殷尧藩、杜牧等人都有交往。李贺有《送沈亚之歌》诗，称之为“吴兴才人”。殷尧藩有《送沈亚之尉南康》诗，杜牧有《沈下贤》诗，张祜有《送沈下贤谪尉南康》诗。沈亚之的诗被当时人称为“沈下贤体”。辛文房《唐才子传》卷六：“亚之，字下贤，吴兴人。初至长安，与李贺结交。举进士不第，为歌以送归。元和十年侍郎崔群下进士。泾原李汇辟为掌书记。为秘书省正字。长庆中，补栎阳令。四年，迁福建团练副使，事徐晦。后累迁殿中丞御史内供奉。大和三年，柏耆宣慰德州，取为判官。耆罢，亚之贬南康尉，后终郢州

掾。亚之以文辞得名，然狂躁贪冒，辅耆为恶，颇凭陵晚达，故及于谪。尝游韩吏部门。杜牧、李商隐俱有拟沈下贤诗，盖甚为当时名辈器重云。有集九卷，传世。”

〔2〕“千二”二句：其意不详，疑指下句“春衫”上的图样。厉鹗《清平乐》：“春衫起样休宽，偷描一一轻鸾。”

〔3〕“含雪”句：参见《赠歌妓二首》“红绽樱桃含白雪，断肠声里唱阳关”两句。

〔4〕金斗：熨斗。这句正常的顺序是：遗带火（之）金斗。下句同。

〔5〕河阳：地名，今河南孟州市西。据《白氏六帖·县令》载，潘安任河阳令的时候，要求一县遍栽桃李。潘安：西晋著名文学家潘岳（字安仁）。

〔6〕曾不：从未。

【解说】

题目是“拟沈下贤”，诗应该是模仿沈亚之的风格写的，而描写的对象即是沈亚之其人。首二句说他人很瘦，身上穿的是宽大的春衫。三、四句说他走路有点急，就像倚着风一样，嘴里像含着雪，说出来的话令人感到有高寒意。五、六句上承前面的两句，合起来就是：倚风行稍急，好似遗带火之金斗；含雪语应寒，就如碎兼珠之玉盘。末二句说像他这样的风流人物，就是潘安也比不上啊！

附　录

李商隐生平简述 *

李商隐（811—858），字义山，号玉溪生，原籍怀州河内，自其祖父李俌起，已迁居郑州荥阳，出生地则在怀州获嘉县，他的父亲李嗣时任获嘉县令。李商隐自称“我系本王孙”“阴阴仙李枝”[①]，夸说他家与李唐皇族同宗，都是十六国凉武昭王李暠的后裔。但年代久远，与中唐时的李贺自称“唐诸王孙”[②]一样，这都不过是集体的记忆残留给他们的一点贵族意识而已。实际上，他家早已是“宗绪衰微，簪缨殆歇”“山东旧族，不及寒门”[③]了。高祖李涉、曾祖李叔恒、祖父李俌，包括父亲李嗣，皆官卑位贱，年寿不永。[④]但李家一个显明的特点是，几代皆以科举为业，诗书不辍。曾祖李叔恒不仅十九岁即考中进士，在当时还是位与刘长卿、刘眘虚等齐名的诗人。[⑤]书香门第，至李商隐终于结出了硕果。

---

* 本文取自笔者博士学位论文《晚唐三家研究——文学变革与时代变迁中的杜牧、李商隐和温庭筠》第一章之“李商隐”一节。

① “我系本王孙”句，见《哭遂州萧侍郎二十四韵》（冯浩注本卷一）；“阴阴仙李枝”句，见《戏题枢言草阁三十二韵》（冯浩注本卷二）。

② 李贺《金铜仙人辞汉歌并序》，〔清〕王琦等评注《三家评注李长吉歌诗》卷二，上海古籍出版社，1998 年新 1 版。

③ 李商隐《祭处士房叔父文》，《樊南文集》卷六。

④ 关于李商隐高祖及以下几代的情况，参见董乃斌先生《锦瑟哀弦——李商隐传》，作家出版社，2015 年版，第 7 页。

⑤ 李商隐《请卢尚书撰曾祖妣志文状》，《樊南文集补编》卷十一。

李商隐父亲李嗣，幼小失怙，由祖母卢氏与母亲抚养成人。对他的人生经历，我们只知大概。李商隐出生时，他在获嘉县令任上，随后应浙东观察史孟简之辟去了浙江开始从幕生涯，幼小的商隐兄弟跟着一起“浙水东西，半纪漂泊”[①]。二十多年后，当李商隐登上泾州安定城楼，感怀身世，写下“王粲春来更远游”的诗句时，他的梗泛人生其实早在这次随父的远游中就已预演一过了。这不幸的开头还不止于此，就在他“年方就傅”之时，李嗣一病不起——他也失怙了。父子同命，如出一辙，何其相似之甚。

丧父后，李商隐“躬奉板舆，以引丹旐”，一家戚戚惶惶，扶着灵柩，踏上了返乡之路。李家长年在外，此时的故乡荥阳实已如烟水一般迷茫，商隐兄弟更是毫无印象，孤儿寡母至落到“四海无可归之地，九族无可倚之亲”的境地。回到荥阳，“既祔故丘”——亡者叶落归根了，存者的“生人穷困”才刚开始。一切自是落在了身为长子的李商隐的肩上。“及衣裳外除，甘旨是急，乃占数东甸，佣书贩舂”，就是说，服丧期满，在荥阳落户后，商隐靠为人抄书与舂米维持全家生计。生活之贫苦可想而知。然而，在这“举家清”的日子里，李商隐和弟弟羲叟却有幸得到了好的教育。他们一位学问渊博、秉性淡泊的堂叔负起了“教诱”庭训之责。这位堂叔姓名不详，李商隐称他处士叔。其人精通五经，“小学通石鼓篆，与钟、蔡

---

① 李商隐《祭裴氏姊文》，《樊南文集》卷六。商隐上有三姐，下有一弟（羲叟）一妹。李嗣离开获嘉前夕，李商隐三岁左右，羲叟甫生，商隐仲姊刚不幸去世。这位嫁给裴氏的仲姊，不知何故，十八岁嫁去后，不见容，旋被遣回娘家，不久就夭亡了。据商隐《祭裴氏姊文》追述，此时，他与羲叟“尚皆乳抱，空惊啼于不见，未识会于沉冤”。可见，裴姊之死，个中实有冤情。李商隐当时不能“识会”，他的见解无疑来自父母后来的讲述。

八分，正楷散隶，咸造其妙”[①]，一生终老故土，不愿出仕，学问品行皆很高古。商隐兄弟的才学无疑从他这里打下了坚实的基础。羲叟擅古文，李商隐“十六能著《才论》《圣论》，以古文出诸公间”[②]，在小学与书法上亦颇有造诣[③]，这些都可从这位处士叔身上寻到根源。

---

① 李商隐《请卢尚书撰故处士姑臧李某志文状》，《樊南文集补编》卷十一。

② 李商隐《樊南甲集序》，《樊南文集》卷七。

③ 李商隐精通小学，史载其著有《蜀尔雅》《字略》等，当是文字学方面的著作。前几年出土的李商隐撰并书的《唐故云麾将军右龙武将军知军事兼御使中丞上柱国太原县开国公食邑一千五百户太原王公夫人陇西李氏合祔墓志铭并序》（简称《王翊元及夫人李氏墓志铭》）中存在着大量的异体字（在一千多字的铭文中居然有五十六个异体字），这一现象既反映了他在书法上对形式美的艺术追求，又能借以窥见他在古文字上的深厚功底。（参见钟明善《从〈王翊元夫妇墓志铭〉看李商隐的诗文与书法》，西安交通大学学报，2011 年第 4 期）再举一例，高邮王氏在词语训释上一个经典的释例是考证《诗经·邶风·终风》。王引之《经传释词》卷九“终众”条云：“家大人曰：终，词之‘既’也。……《诗·终风》曰：‘终风且暴。’毛传曰：‘终日风为终风。’《韩诗》曰：‘终风，西风也。’此皆缘词生训，非经文本义。终，犹‘既’也。言既风且暴也。《燕燕》曰：‘终温且惠，淑慎其身。’言既温且惠也。……‘终’与‘既’同义，故或上言‘终’而下言‘且’，或上言‘终’而下言‘又’。说者皆以‘终’为‘终竟’之‘终’，而经文上下相因之指，遂不可寻矣。”（《经传释词》，上海古籍出版社，2014 年版，第 189—190 页）王氏父子能从众多的书证中总结出一般的格式，故能推翻前说，发人之所未见。其实，关于终～且～的句式，李商隐诗文中早有用例。其《重祭外舅司徒公文》（《樊南文集》卷六）云：“终哀且痛，其可道耶！”即是对这一句式的准确运用。在书法上，李商隐亦为当时的大家。《宣和书谱》卷三载：“观其四六稿草，方其刻意致思，排比声律，笔画虽真，亦本非用意。然字妍媚，意气飞动，亦可尚也。今御府所藏二：正书《月赋》、行书《四六本稿草》。”（《宣和书谱》，湖南美术出版社，1999 年版，第 67 页）上引李商隐撰并书的《王翊元及夫人李氏墓志铭》，全文以正楷书写，是现今唯一能看到的李商隐的真迹。其书法“端庄儒雅，秀整而雄劲。方笔坚劲峻峭，但转折处又圆润含蓄，有藏锋之美。颜筋柳骨，形瘦实腴，具有很高的艺术水平”。（张玖青《试论新出李商隐撰书〈太原王公墓志铭〉》，《武汉大学学报》，2013 年第 4 期，第 102 页）

处士叔于大和三年（829）去世。这一年，年方十九的李商隐走出玉阳山[①]，来到他人生的第一站东都洛阳，在那里，他有幸结识了诗坛名宿、此时刚好“分秩洛下，息躬池上”[②]的白居易。二十年后，时至大中三年（849），白居易业已下世三载，其子白景受恳请李商隐为父撰写碑铭。李商隐在回信中深情地追忆当年与白居易初次相会的情景：“伏思大和之初，便获通刺；升堂辱顾，前席交谈。陈、蔡及门，功称文学；江、黄预会，寻列《春秋》。”[③]

洛下之会，白居易对这位刚刚崭露头角的年轻诗人很是垂顾，以至于后者甘以及门弟子自称。但无奈“迹有离合，时多迁易”，此后李商隐梗泛幕居，与白居易似再未有多少联系，对后者的知遇之情，遂只能在“永怀高唱”中感念“余晖”了。据说晚年的白居易为李商隐诗所迷，甚至要死后托生为商隐的儿子。[④]这大概只是个附会之谈。白、李诗歌风格迥异，二人集中均未见有往来之作，他们的交情或只停留于洛下一会的层面上。

就在与白老诗人相会前后，同在洛阳，李商隐遇到了对其一生

---

① 李商隐师从处士叔的一段时期内，还曾“学仙玉阳东”，具体多长时间，颇难确定。（详见刘学锴著《李商隐传论》，安徽大学出版社，2002 年版，第 49—53 页）李商隐诗歌中的道教色彩，无疑与这段学道的经历有关。不过，细检其诗，他其实只是借用了道教中的一些典故与词汇，骨子里与道教其实并无多大关系。

② 白居易久历宦海，饱经世事，知命之年，常思引退，到大和三年（829），他五十八岁时，始得“称病东归”，定居洛阳。其《池上篇》序云：“大和三年夏，乐天始得请为太子宾客，分秩于洛下，息躬于池上。”老诗人从此与纷争的长安遥相对望，不再热心世事，唯以悠游为乐。（见朱金城笺校《白居易集笺校》，上海古籍出版社，1988 年版，第 3705 页）

③ 李商隐《与白秀才状》，《樊南文集补编》卷七。

④ 见郭绍虞辑《宋诗话辑佚·蔡宽夫诗话》，中华书局，1980 年版，第 388 页。

走向产生重大影响的人物——此时正以检校兵部尚书身份出任东都留守、东畿汝都防御使的令狐楚。此人是中晚唐时一位有名望的大臣，以文章起家，宦海沉浮，一度入朝为相。据说唐德宗能从一堆奏章中辨出他的文笔。当十九岁的李商隐“以所业文干之”时，他已经是一位年过六十的花甲老人了。“楚以其少俊，深礼之”[①]，又“奇其文，使与诸子游。楚徙天平、宣武，皆表署巡官”。[②]此外，令狐楚还自为其师，授以“四六”。四六，就是骈文，当时公文中通用的文体。李商隐本是“为古文，不喜偶对”[③]的，在令狐楚的调教下，居然成了一位骈文大家。这年的十一月，令狐楚调任天平军节度使、郓曹濮观察等使，辟李商隐为巡官。庾郎年少之时，恩师“顾遇”之初，意气飞扬的李商隐“摩挲七宝刀”[④]，对未来充满了遐想，又怎料自己长达二十年之久的幕府生涯已就此拉开序幕。

但此时，一个初出茅庐的少年才子，出身寒微，刚涉人世，即能同时得到两位德高望重的老人垂顾——“此时谁最赏，沈范两尚书”[⑤]，这确是他人生的幸事。但很快，他就尝到了人世的艰辛与仕路的蹭蹬。自大和四年（830）随计上都起，至开成二年正月（837），李商隐“凡为进士者五年”，皆名落孙山。大和七年（833），李商隐第三次入京参试，依旧铩羽。他认定自己之屡考不中是“为故贾相

① 刘昫等撰《旧唐书·李商隐传》，中华书局，1975 年版，第 5077 页。

② 欧阳修、宋祁撰《新唐书·李商隐传》，中华书局，1975 年版，第 5792 页。

③ 刘昫等撰《旧唐书·李商隐传》，中华书局，1975 年版，第 5078 页。

④ 李商隐《春游》，冯浩注本卷二。

⑤ 李商隐《漫成三首》之三，冯浩注本卷一。

国所憎”[1]导致，心中抑郁不平。唐代的科举尚未实行糊名制度，加上种种官场人情与科场弊端，行卷请托之风盛行。在此世风之中，他却标榜自己“居五年间，未曾衣袖文章，谒人求知”[2]，耿介个性或许是他数次落第的一大因由。八年因病不试，九年复落第，直到开成二年，方在他的好友令狐楚之子，已先他步入仕途的令狐绹的帮助与请托下登了第。其《与陶进士书》记之甚详：

> 时独令狐补阙最相厚，岁岁为写出旧文纳贡院。既得引试，会故人夏口（指高锴）主举人。时素重令狐贤明，一日见之于朝，揖曰：“八郎之交谁最善？”绹直进曰“李商隐”者，三道而退，亦不为荐托之辞，故夏口与及第。[3]

经历了多年科场磨炼，至此“方沾一第”[4]，李商隐的心情是复杂的。他在“成名”后写给令狐楚的报喜状文中表达的是“幸忝科名，皆由奖饰”[5]的感激之情，却在两年后的《与陶进士书》中披露自己登第的内幕，表达出了对科场黑暗与社会不公的批判态度与自己不愿同流合污的清高姿态。开成三年（838），李商隐试吏部博学宏辞科，未能“两枝仙桂一时芳”。按唐制度，士子登进士第后，尚须通过吏部的关试，方能释褐为官。此外，吏部还会举行名目众多的各

① 据《上崔华州书》（《樊南文集》卷八）云，李商隐自大和五年起参加了三次进士试，主考官都是贾悚，即所谓“故贾相国”。他把落第的原因指名道姓地归于某人，其中当有隐情，今已不能明。

② 李商隐《上崔华州书》，《樊南文集》卷八。

③ 李商隐《与陶进士书》，《樊南文集》卷八。

④ 李商隐《上令狐相公状六》，《樊南文集补编》卷五。

⑤ 李商隐《上令狐相公状五》，《樊南文集补编》卷五。

类考试，名为“制举”。凡已中进士者，皆可参加。这一次，李商隐参加制举考试，又落选了。据他讲，本来是已被选中的，却不料由吏部提交到中书省复审时，被一位“中书长者”大笔一挥，抹去了，给出的理由是“此人不堪”[①]。这位中书长者为谁？李商隐没有明言，大概此人当时尚在，不便指实。“不堪”之说，亦难详究。李商隐对此的回击是“不知腐鼠成滋味，猜意鹓雏竟未休”[②]。好在四年春，他又参加吏部书判拔萃科考试，总算通过了，被授予秘书省校书郎一职。从大和四年（830）李商隐踏上科考路算起，至开成四年（839）释褐授官，李商隐走了差不多十年的光阴。这一年，他29岁，已近而立之年。

然而，就在李商隐汲汲于科举功名的时段里，整个政局与他个人的生存状况都在发生着急剧的变动。大和六年（832）二月，令狐楚调任太原尹、北都留守、河东节度使，七年（833）六月，又入为检校右仆射兼吏部尚书。李商隐失去幕职，旋于本年底入华州刺史崔戎幕，八年（834）三月，崔戎调任为兖海观察史，商隐随幕前往。六月，崔戎忽染霍乱去世，幕府解散，李商隐只好返回故乡郑州。大和九年（835）十一月，“甘露之变”爆发。这次政治上的大变局，犹如一场标志着由秋入冬的风雨，以阴谋诡计与血雨腥风的暴力方式宣告晚唐政权的内部溃烂与衰亡进程加速了。此后，宦官势力左右朝政的格局终唐之世再无可撼动（到唐昭宗借助藩镇之力诛灭宦官，已是王朝最后的挣扎了，非但于事无补，反使自己彻底地成为孤家寡人）。这场事变还使广大士人的心态发生严重的分化，

① 李商隐《与陶进士书》，《樊南文集》卷八。

② 李商隐《安定城楼》，冯浩注本卷一。

政治的血腥与大批朝臣的丧命，使老臣如白居易者暗自庆幸，使身为朝臣如杜牧者深感忧惧并力避祸害，在国事日非的现实中不断地丧失斗志与进取心，更使得当时尚未登第却有着一腔热血如李商隐者内心充满了悲愤难抑之情。事变发生后，李商隐在震惊中沉痛反思，接连写下了《有感二首》与《重有感》这样一字千钧的感愤诗。这一年，他第四次落第。但显然，个人前途的蹭蹬之感此时已让位于对国事的莫大悲痛了。两年后，开成二年（837），他进士及第，但兴奋的心情里却已掺杂进了对国家的忧思。就在这年底，令狐楚病危，急召李商隐赴兴元代草遗表，云："吾气魄已殚，情思俱尽，然所怀未已，强欲自写闻天。恐辞语乖舛，子当助我成之。"[①]十一月，令狐楚死。十二月，李商隐与令狐绹兄弟一道护送其灵柩回长安，途中写下了堪与杜甫《北征》《自京赴奉先县咏怀五百字》相媲美的长篇诗史《行次西郊作一百韵》。开成三年（838），李商隐入王茂元泾原幕，并娶其小女为妻。史传以为令狐楚属牛党，而王茂元属李党，李商隐此举是背牛入李，从此陷入党争旋涡，以致"坎壈终身"[②]。

开成四年（839），李商隐释褐为秘书省校书郎，谁料上任不到几个月，就被调为弘农尉。具体原因，他说是自己主动申请的："寻复启与曹主，求尉于虢，实以太夫人年高，乐近地有山水者，而又其家穷，弟妹细累，喜得贱薪菜处相养活耳。"（《与陶进士书》）他的母亲于两三年后，即会昌二年（842）去世，所说未必不是实情。但他在弘农尉上干得并不顺心，不久即因"活狱"，也就是对囚犯网开

① 刘昫等撰《旧唐书·令狐楚传》，中华书局，1975年版，第4464页。

② 刘昫等撰《旧唐书·李商隐传》，中华书局，1975年版，第5078页。

一面，触犯了陕虢观察使孙简，遭其训斥。“谁将五斗米，拟换北窗风”[①]，一气之下，李商隐递交了以诗的形式写成的辞呈，表达出了“却羡卞和双刖足，一生无复没阶趋”[②]的愤恼与受屈心情。然而，就在这当儿，那个令他愤而离职的孙简升迁走人了，接替者是诗人姚合。经其挽留，李商隐就又干了一年多，到第二年九月后，他终于以到长安“从调”的理由从弘农尉任上辞了出来。随后便把在济源的母亲与在泾州的妻子都接到了长安居住。新家在樊川南，他因而自号为“樊南生”。

会昌二年（842），李商隐又一次参加吏部书判拔萃科的考试，通过后被任为秘书省正字。不料母亲忽于这年冬得病离世。李商隐按规定离职守丧三年。居丧期间，李商隐得以为当年未能葬入故丘的亲人们办理迁葬事宜，了却了多年的心愿。五年（845），李商隐守丧期满，重回秘书省任正字。这是他第三次在秘书省任职了，从开成四年（839）至今，前后跨了6个年头，“走马兰台类转蓬”，他的奔波、辛劳、忍耐最终换来的却只是原地踏步。唯一能令他多少觉得安慰的家人团聚最终也因母亲的骤然离世残缺了。然而，就在他个人仕途“困不动”[③]的历史表象下，一股政治的寒流已开始笼罩整个都城，无情的风暴很快就将他鸿毛似的抛出长安，抛向漫漫征途。会昌六年（846）三月二十三日，以政治家李德裕为相的唐武宗因服食丹药暴亡，年仅33岁。宦官集团密议后决定拥立宪宗子光王怡为帝，是为宣宗。四月壬申（初二），刚即位没几天的唐宣宗就罢了李德裕的相位，出为荆南节度使。当时“德裕秉权日久，位重有

① 李商隐《自贶》，冯浩注本卷一。

② 李商隐《任弘农尉献州刺史乞假归京》，冯浩注本卷一。

③ 李商隐《别令狐拾遗书》，《樊南文集》卷八。

功，众不谓其遽罢，闻之莫不惊骇”。[①]紧接着，一批追随李德裕的所谓“党人”都遭到了政治清洗。于此同时，所谓的牛党中人则被委以重任，一些被贬在外的如牛僧孺、李宗闵、杨嗣复等也纷纷召回重用。此时李商隐刚刚复职一年半载，不过一个小小秘书省正字，无与党局是很明显的。但在政治大势之下，谁又能真正幸免呢？更何况李商隐之为官至今虽基本不与党局，他的目的却是要与政局的。如此我们就不应忘了李商隐首先是一个有着政治抱负与政治立场的人物。正如当年他任弘农尉时以辞职的方式表达自己的傲然个性一样，这一次他以追随一个明显已失了势的李党之人郑亚远赴桂林的方式表达了自己鲜明的人生态度与政治立场。郑亚，字子佐，李德裕的得力助手，会昌之政的重要人物，随着德裕的被贬，他出为桂管观察使。李商隐则被他辟任为掌书记，随其远赴桂州。

唐代最后一位有作为的政治家李德裕的倒台，不仅标志着所谓的李党彻底覆灭，也意味着晚唐的最后一点星火终于在内耗与纷乱中惨淡地熄灭了，从此凄风苦雨度残年，只有挣扎之态，再无振作之象。官高如令狐绹辈，所谓“系安危”[②]者，悉皆衮衮诸公，早已“不学汉臣栽苜蓿”[③]；官卑如李商隐者，则在政治寒流的侵袭下，“警露鹤辞侣”[④]，走上了最具晚唐特色的无尽的漂泊与感伤之路。

大中元年（847）三月，李商隐“赴辟下昭桂”，在长安东郊，

① 司马光编著《资治通鉴·唐纪六十四》（卷二百四十八），中华书局，1956年版，第8024页。

② 李商隐《酬别令狐补阙》：“人生有通塞，公等系安危。”见冯浩注本卷一。

③ 李商隐《九日》，冯浩注本卷二。

④ 李商隐《酬别令狐补阙》，冯浩注本卷一。

与今年刚进士及第的弟弟羲叟洒泪而别[1]，这是他从此天涯泛梗的起始之点。在桂期间，他把自己以往写的四六文编成一集，唤作“樊南四六”，即《樊南甲集》，并在一次出差途中与好友刘蕡“万里相逢欢复泣”[2]，在湘阴黄陵一带相会[3]。大中二年（848），郑亚又被贬为循州刺史，李商隐遂又“失职辞南风”，离开桂州，一路“破帆坏桨”，沿荆江北返长安。大约这年九月左右，李商隐抵达长安。这次落魄而归，他是“著破南衫出无马”“玉骨瘦来无一把”[4]，境况很是窘迫。不久他被选调为盩厔尉，又于年底前后，被京兆尹“留假参军事，专章奏”[5]。大中三年（849），小李杜中的杜牧亦在长安，两人有交往，李有诗赠杜。三年十月，义成节度使卢弘止因武宁军（驻地在徐州）发生兵变被朝廷紧急调去平乱并接管军务。李商隐则被老相识卢弘止聘为节度判官，随军前往。这次李商隐的心情与前年从郑亚幕去桂州时的“恸哭辞兄弟”显有不同。对这次入幕，他在诗中声调高昂地说“此时闻有燕昭台，挺身东望心眼开”[6]，可见精神甚是振奋，大概以为这是一次为国平乱的机会。入徐幕一年左右，卢弘止升任检校兵部尚书、汴州刺史、宣武军节度使，李商隐遂又跟着到了汴州。谁知不久卢弘止就一病不起，死于任上。李商

① 李商隐《偶成转韵七十二句赠四同舍》：“明年赴辟下昭桂，东郊恸哭辞兄弟。”见冯浩注本卷二。

② 李商隐《赠刘司户蕡》，冯浩注本卷一。

③ 关于李商隐到江湘，史上有争论，冯浩等人曾以为李商隐在开成末、会昌初有过一次“江湘之游”，今刘学锴先生考证，李商隐在此期间绝无此游踪，李、刘相会只能是在商隐入桂期间。（参见刘学锴著《李商隐传论》，黄山书社，2013 年版，第 291—300 页）

④ 李商隐《偶成转韵七十二句赠四同舍》，冯浩注本卷二。

⑤ 李商隐《樊南乙集序》，《樊南文集》卷七。

⑥ 李商隐《偶成转韵七十二句赠四同舍》，冯浩注本卷二。

隐失去靠山，遂于大中五年（851）返回长安家中，却惊悉妻子王氏已病故的噩耗。悲痛之余，写下了悼亡诗《房中曲》，中云“归来已不见，锦瑟长于人”，物是人非之感塞满胸臆。回长安后，据说因干求令狐绹，李商隐得了个太学博士的虚职闲官。这时，已于今年七月擢升为剑南东川节度使的柳仲郢向他发出了邀请，辟他为节度书记。李商隐遂再次选择、踏上了“依刘”之路。[①] 这次的从幕时间最长，达五年之久。这也是他人生中最后一次幕府经历。李商隐已步入到了晚年。随柳仲郢在梓州幕中的这段时间内，李商隐身体衰病，意气消沉，在生活上选择了谢绝幕主美意[②]，在精神上则选择了皈信佛教[③]。

大中九年（855），柳仲郢入任吏部侍郎，李商隐一同返京。次年二月左右回到长安。不久，柳仲郢转任兵部侍郎、充诸道盐铁转运使，他遂奏任李商隐为盐铁推官。大中十二年（858）左右，李商隐病废罢归郑州，不久去世，年四十八。

李商隐的诗，《新唐书·艺文志》称《玉溪生诗》三卷，但宋初即已散佚不存。宋江少虞《皇宋事实类苑》卷三十四“玉溪生”条

---

① 李商隐在收到柳仲郢的辟书后，写有回启，末云：“终无喻蜀之能，但誓依刘之愿。”（《献河东公启二首》其一，《樊南文集》卷四）所谓“誓依刘”，既是在向柳表意愿，更是对他自己一生所选道路的一种肯定与表白。或许在他眼里，长安早已变了味了，至少已不再是适合他的生存之地了。屈原“宁溘死以流亡”的坚决态度虽然不能完全用在李商隐身上，但他一再地放弃长安，选择“流亡”之路，这本身就意味着一种坚决的人生态度与价值抉择。与杜牧一再地要求任杭州、湖州刺史，以图解决家口之累一比，李的“依刘”之誓显得更有悲剧的意味。

② 李商隐丧偶，生活不便，柳仲郢试图把梓州乐营中的歌妓张懿仙介绍给他，被他婉言谢绝了，见李商隐《上河东公启》（《樊南文集》卷四）。

③ 《樊南乙集序》：“三年以来，丧失家道，平居忽忽不乐，始克意事佛，方愿打钟扫地，为清凉山行者。”

载：杨文公（亿）“孜孜求访，凡得五七言、长短韵、歌行、杂言共五百八十二首”。又钱若水“留意捃拾，才得四百余首”。杨亿与钱若水所搜罗到的李商隐诗，当有重复，不过从数量上看，已与现存的李商隐六百首诗的体量相差不多。宋仁宗时，王尧臣上《崇文总目》，其中已著录“《李义山诗》三卷”。此外，还有《宋史·艺文志》著录《李商隐诗集》三卷，尤袤《遂初堂书目》著录《李义山集》、陈振孙《直斋书录解题》诗集类著录《李义山集》三卷等。以上各家所著录的李商隐诗集，宋代的原刻本今均不存。《宋史·艺文志》所著录的《李商隐诗集》，今有清影宋抄本，北京图书馆有藏本。又清席启寓刻《唐诗百名家全集》中有据宋原刻本校订的《李商隐诗集》三卷。《李义山集》则有明毛氏汲古阁刊《唐人八家诗》中《李义山集》三卷本。此外，明代尚有分体刊本，如毗陵蒋孝刻《中唐人集十二家》中《李义山诗集》六卷本（四部丛刊据此影印）、姜道生刻《唐三家集》中《李商隐诗集》七卷本，皆为分体刊本。关于李商隐诗集的注本，明清以来，为义山诗作注的，有释道源、朱鹤龄、徐树穀、程梦星、姚培谦、屈复、冯浩等人。其中释道源注本今已不存，朱鹤龄注本即在释道源旧本的基础上增删而成。诸注本中，以冯浩的《玉溪生诗集笺注》最为详富，本文所引义山诗即以上海古籍出版社 1998 年出版的冯浩注本作为底本。今人刘学锴、余恕诚先生所著《李商隐诗歌集解》，是义山诗研究史上的集大成之作，该书既汇聚了前人注解，对李商隐的诗也多有新的解说。另黄世中先生所撰《类纂李商隐诗笺注疏解》，对李商隐的诗分门别类，并加以注疏，是上述《李商隐诗歌集解》之外又一重大的研究成果。

李商隐最早的文集是《樊南甲集》与《樊南乙集》，皆为李商隐亲自编定。《樊南甲集》编成于唐宣宗大中元年，共二十卷，收文四百三十二篇，名为《樊南四六》。《樊南乙集》编成于大中七年，亦为二十卷。以上两部文集今均不存。清乾隆年间，冯浩据徐树穀、徐炯的笺注本撰成《樊南文集详注》八卷（其中共有李商隐文一百五十篇，由徐氏从《文苑英华》中辑出）。清同治年间，钱振伦、钱振常兄弟又从《全唐文》中辑出李商隐骈体文二百零三篇，并加以笺注，撰成《樊南文集补编》十二卷。今刘学锴、余恕诚先生的《李商隐文编年校注》即在上述两个注本的基础上撰成。上海古籍出版社合冯氏、钱氏注本为《樊南文集》加以出版。